Karl Traunmüller

Der Polizist

Polizeialltag in Österreich

Easy Media Druck & Verlag, Linz

Gewidmet meinen Kollegen, die mich
bei allen meinen Amtshandlungen
so vorbildlich unterstützt haben.

ISBN 978-3-902773-07-4

Fotos: Aus dem Archiv des Autors
Covergestaltung: Isolde Anderlik
Gesamtherstellung: Easy-Media Druck & Verlag, A-4020 Linz
www.easy-media.at

Inhaltsverzeichnis

Vorwort

In meinem zweiten Versuch als Buchautor, „Der Polizist – Polizeialltag in Österreich“, stand die Absicht im Vordergrund, die Wünsche, Sorgen und Probleme dieses Berufsstandes, der sehr oft im Rampenlicht der Öffentlichkeit steht, einem breiteren Publikum zugänglich zu machen, soweit dies unter der Berücksichtigung der Amtsverschwiegenheit und des Datenschutzes möglich ist.
Die Gesetze, Erlässe und Verordnungen, welche unser Zusammenleben bestimmen und ordnen sollen, werden vom Gesetzgeber beschlossen. Mit der Vollziehung eines Großteiles dieser gesetzlichen Bestimmungen wird vom Gesetzgeber die Polizei beauftragt. Dabei steht die Aufrechterhaltung der öffentlichen Ruhe, Ordnung und Sicherheit im Vordergrund.
Unter Sicherheitsempfinden versteht man auch Lebensqualität, lautet ein von der Politik gern verwendeter Slogan.
Der Polizist auf der Straße steht bei der Verrichtung seiner dienstlichen Aufgaben mitunter vor schwerwiegenden Entscheidungen, die anschließend medienwirksam verarbeitet werden.
In Bruchteilen von Sekunden muss sich ein Polizist entscheiden, Schusswaffengebrauch, ja oder nein, Verfolgung aufnehmen, ja oder nein. Diese Entscheidungen können manchmal über Leben oder Tod entscheiden und nicht nur das weitere Leben der beamtshandelten Person, sondern auch das des Polizisten und seiner Familie nachhaltig beeinflussen.
Wie fühlt sich ein Polizist, wenn die Folgen seiner Entscheidung, tagelang und wochenlang, in den Medien breitgetreten werden und er dazu nicht Stellung nehmen darf.
Die betroffenen Parteien, deren Familienmitglieder und vollkommen unbeteiligte Personen erhalten durch die Medien die Möglichkeit, ihr Statement abzugeben. Als Beamten steht dem betroffenen Polizisten, sollte er dies wünschen, diese Möglichkeit jedoch nicht offen.
Die hohen Beamten im Innenresort, welche für die Öffentlichkeitsarbeit zuständig sind, können in den wenigsten Fällen auf eine polizeiliche Ausbildung oder gar Praxis verweisen. Wird die Polizei unsachlich, ungerecht und polemisierend angegriffen, erhält sie kaum Unterstützung aus der Politik.

Bei meinem Buch handelt es sich um eine Gewissensarbeit, nicht ohne ein vorhandenes persönliches Risiko. Kritische Bemerkungen zu Politikern, politischen Entscheidungen oder zur Polizeiführung sollen schon zu Strafversetzungen, Ermahnungen und Suspendierungen geführt haben, wie man hört.
Anhand persönlich erlebter Beispiele, bei denen ich persönlich vor Ort war und/oder als Aktenführer fungiert habe, möchte ich meine eigenen Erlebnisse und ganz persönlichen Eindrücke aus dem Polizeialltag in Österreich schildern. Eine private Bestandaufnahme und ein Rückblick auf meine mehr als 30-jährige Berufserfahrung über einen Beruf, der für mich zur Berufung wurde und sich aufgrund verschiedener Umstände zur krank machenden Belastung wandelte.
Aus Gründen der persönlichen Sicherheit und nach reichlicher Überlegung habe ich mich entschlossen, meine an den geschilderten Amtshandlungen beteiligten Kollegen namentlich nicht anzuführen. Ohne deren tatkräftige Mithilfe wären die erfolgreichen Amtshandlungen niemals durchführbar gewesen. Ich danke ihnen dafür.

Was ist ein Polizist?

Von allen Menschen ist er einmal der am dringendsten benötigte, zum anderen jedoch meist ungewünschte Zeitgenosse.

Ein Polizist gehört zur Kategorie von Menschen, die sich aus Heiligen und Sündern, Gott und Teufel zusammensetzt. Er ist eine namenlose und seltsame Kreatur, von vorn mit „Herr Wachmeister" hinter seinem Rücken mit „Idiot" angesprochen.

Ihn zeichnet Diplomatie aus, so dass nach Beilegen einer Streitigkeit jeder der Beteiligten glaubt, er habe Recht bekommen. Er muss im Augenblick Entscheidungen fällen, für die ein Richter viele Monate benötigt.

Ist er freundlich, biedert er sich an, andernfalls meckert er.

Ist er adrett, heißt es, er sei ein Snob. Fehlt ein Knopf, betrachtet man ihn als einen unordentlichen Uniformträger. Beeilt er sich, wird ihm Unvorsichtigkeit vorgeworfen, ist er bedächtig, heißt es, er sei faul.

Er muss der Erste am Unfallort und unfehlbar in seiner Entscheidung sein. Künstliche Beatmung, Stillen von Blutungen, Anlegen von Schienen gehört zu seinem Beruf, wobei er sich zu vergewissern hat, dass dem Betreffenden nichts weiter fehlt.

Er muss imstande sein, sich mit zwei Männern herumzuschlagen, die doppelt so groß und nur halb so alt sind wie er, ohne seine Uniform zu zerreißen und ohne brutal zu sein. Wenn jemand auf ihn einschlägt, ist er ein Feigling, schlägt er zurück, ist er ein Rohling.

Ein Polizist muss alles wissen – und nichts sagen. Er muss die Sünde kennen – und nicht teilhaben. Ein Polizist muss anhand eines einzelnen Haares imstande sein, einen Verbrecher, die Tatwaffe und den Täter zu beschreiben und möglichst auch sofort wissen, wo sich der Täter aufhält. Aber wenn er den Täter fasst, hat er Glück, fasst er ihn nicht, ist er ein Dummkopf.

Ein Polizist muss sich tagelang bemühen, einen Zeugen zu suchen, der sich an nichts erinnern will. Er studiert Akten und schreibt Berichte, bis die Augen schmerzen, um ein Verfahren gegen Straftäter in Gang zu bringen, die dann meistens ohne weiteres auf freiem Fuß belassen werden.

Ein Polizist muss gleichzeitig ein Minister, Sozialhelfer und Diplomat, ein rauer Bursche und ein Gentleman sein. Wenn er befördert wird, dann nur durch gute Beziehungen; avanciert er nicht, ist er ein Trottel. Und auf jedem Fall muss er ein Genie und Rechenkünstler sein, denn er muss seine Familie mit dem „reichlichen Beamtengehalt" ernähren.

Paul Harvey, US-Radiokommentator

Erste Kontakte mit der Staatsgewalt

Ein schöner, sehr warmer Sommertag neigt sich seinem Ende zu. Ich verbrachte den ganzen Tag mit meinen Freunden am Pichlinger See, einer Naherholungsoase von Linz.

Nun sitze ich auf meiner schwarzen KTM Comet 50S und fahre nach Hause. Die langen, vom letzten Sprung ins kühle Nass des Badesees noch feuchten Haare flattern im Fahrtwind. Eine Sturzhelmpflicht gab es damals, Anfang der siebziger Jahre des vorigen Jahrhunderts noch nicht. Wer denkt schon mit 16 Jahren an die unbestrittenen Vorteile eines Sturzhelmes, im Falle eines Falles. Außerdem konnte man beim Tragen eines derart unpraktischen und störenden Utensils, wie es ein Sturzhelm nun einmal darstellt, nicht an der lässig im Mundwinkel hängenden Zigarette ziehen. Nasse Haare im Fahrtwind und alles ohne störende Kopfbedeckung – eine chronische Sinusitis erinnert mich noch heute an diese coole Zeit. Aber damals, im jugendlichen Leichtsinn, verschwendete ich natürlich keinen einzigen Gedanken an eventuelle gesundheitliche Schäden oder Folgeerscheinungen.

So zieht man die neidischen Blicke der Damenwelt auf sich, die im Auto der Eltern den Heimweg antreten müssen; diese armen, armen Mädels. Mit einem solch coolen Auftritt – ohne störenden Sturzhelm und mit der obligatorischen Zigarette im Mundwinkel – hatte man auf der nächsten Party sehr gute Chancen auf einen vielversprechenden Aufriss.

Ich drehte den Gasgriff meiner schwarzen KTM Comet 50S voll auf und fuhr natürlich viel schneller, als die damals, in den siebziger Jahren des vorigen Jahrhunderts, erlaubten 40 km/h Höchstgeschwindigkeit für einspurige Motorfahrräder. Wie zu dieser Zeit unter den Jugendlichen üblich, hatte ich mit meinen Freunden aus der Clique die Vergaserdrossel ausgebaut und den Auspufftopf ausgeräumt. Außerdem hatten wir die Zahnkränze der Übersetzung ausgetauscht und so erreichte mein aufgemotzter *Hobel* knapp über 80 km/h an Höchstgeschwindigkeit. Ein guter Schnitt, obwohl ich damit sicherlich nicht zu den Schnellsten der Clique gehörte. Die aufgemotzten *Zündapps* und *Testis* einiger meiner Freunde packten locker die magische „100-er Grenze".

Dazu fehlte mir allerdings das nötige Kleingeld, denn derartige technische Veränderungen waren sehr kostspielig. Als Lehrling in einem pharmazeutischen Großhandel in Linz verdiente ich zu dieser Zeit monatlich gerade einmal 500,– Schilling. Dieser nicht berauschende Betrag entspricht nach heutiger Währung ungefähr 35,– Euro – eine nicht sonderlich fürstliche Entlohnung für meine Dienste als angehender Drogist.
Der finanzielle Aspekt war aber nicht der einzige und wahre Grund für meine technische Zurückhaltung, um meinen *Hobel* in den „100-er Club" aufsteigen zu lassen. Mein Vater war der eigentliche Hauptgrund – besser gesagt die Tatsache, dass er den Beruf eines Polizisten ausübte, hielt mich von meinem Vorhaben ab, in den legendären „100-er Club" aufgenommen zu werden.
Nach dem zweiten Weltkrieg, den mein Vater live miterleben musste, kam er als junger Mann erst sehr spät aus der Gefangenschaft in die Heimat zurück. Nach dem Ende des Krieges bauten die Generationen unserer Großeltern und Eltern unsere zerstörte Heimat wieder auf. Aufgrund seiner späten Heimkehr war die Auswahl bei freien Arbeitsplätzen nicht mehr sehr üppig. Die zu dieser Zeit heiß begehrten Arbeitsplätze in der VÖEST, bei der ÖBB und der Post waren bereits zur Gänze vergeben und versprochen. So trug es sich zu, dass sich mein Vater um eine freie Planstelle bei der Polizei in Linz bewarb. Die Polizisten versahen zur damaligen Zeit ihren Streifendienst meist in Form von Fußstreifen, bewaffnet mit alten Militärkarabinern. Den Bewerbern wurde eine Arbeit bei der Polizei auch mit günstigen Dienstwohnungen schmackhaft gemacht. Mit einem sicheren Arbeitsplatz und günstigen Dienstwohnungen wurde versucht, zukünftige Polizisten zu ködern. So entschloss sich mein Vater schließlich, bei der Bundespolizeidirektion in Linz einen Job anzunehmen und er wurde Polizist. Er machte niemals einen Hehl aus der Tatsache, den Job als Polizist lediglich in Ermangelung geeigneter Alternativen angenommen zu haben. Es war auch kein wohlgehütetes Geheimnis, dass er niemals Polizist aus Überzeugung und mit Leib und Seele war. Er nahm diese Arbeit bei der Polizei nur an, um seine Familie in dieser schweren Zeit ernähren und versorgen zu können.

Auf der breiten, zweispurigen Straße, drehte ich meinen *Hobel* nun so richtig auf und brauste mit guten „70 Sachen" meinem vermeintlich wohlverdienten Abendessen entgegen.
Plötzlich befiel mich ein ungutes Gefühl in der Magengegend, da mir schon verdächtig lange ein Auto folgte, mich aber nicht überholte. Als ich in den Rück-

spiegel blickte, traf mich fast der Schlag. Ein weißer VW-Käfer, mit Blaulicht und Folgetonhörnern am Dachträger montiert, hatte sich an meine Fersen geheftet. Die große schwarze Aufschrift „POLIZEI“ auf dem weißen VW-Käfer war nicht zu übersehen. Ich verringerte sofort meine Geschwindigkeit, aber vermutlich war es ohnehin schon zu spät, der Funkwagen war mir schon zu lange Zeit auf den Fersen und hatte mit hoher Wahrscheinlichkeit meine Geschwindigkeit gemessen.

Mein Sündenregister schoss mir durch den Kopf: Überschreiten der höchst zulässigen Bauartgeschwindigkeit, technische Veränderungen und Überschreiten der im Ortsgebiet zulässigen Höchstgeschwindigkeit … Der Funkwagen setzte soeben zum Überholmanöver an. Das Seitenfenster des Funkwagens wurde heruntergekurbelt und ein Anhaltestab herausgestreckt. Nun war guter Rat teuer und eine wohl überlegte Ausrede notwendig.

Der Funkwagen überholte mich mit eingeschaltetem Blaulicht und Folgetonhorn, mittels Anhaltestab wurde ich zum Anhalten meines Gefährts aufgefordert. Dieses ganze „Tam-Tam“ mit Blaulicht und Folgetonhorn fand ich ziemlich übertrieben.

Nun hieß es aber gute Miene zum bösen Spiel zu machen. Ich hoffte auf zwei ältere und verständnisvolle Polizisten, die sich bei aufgemotzten Fahrgeräten nicht wirklich auskannten. Beide Polizisten, sowohl der Fahrer als auch der Beifahrer, stiegen aus dem Funkwagen und kamen auf mich zu. Es war offensichtlich nicht mein Glückstag, denn es handelte sich um zwei sehr junge Bullen, die mich nun einer Lenker- und Fahrzeugkontrolle unterzogen.

Mit strenger Miene wurde ich zur Ausweisleistung aufgefordert. Ich musste einen Lichtbildausweis und den Zulassungsschein für meine KTM Comet 50 S vorweisen. Nun folgte eine übergründliche und, wie ich empfand, fast schikanöse Lenker- und Fahrzeugkontrolle. Mit der Lenkerkontrolle wurde die Amtshandlung eingeleitet und nachdem sich die beiden Bullen überzeugt hatten, dass ich keinen Alkohol konsumiert hatte, nahmen sie meinen *Hobel* unter die Lupe. Meine schwarze KTM Comet 50 S wurde nun einer gründlichen Bestandsaufnahme unterzogen.

Da ich schon damals ein eingefleischter Zweiradfan war, gab es technisch nichts zu beanstanden. Die Begutachtungsplakette, die Reifen, die Beleuchtung und natürlich auch die Bremsen boten keinerlei Grund für eine Beanstandung. Doch es kam, wie es kommen musste. Die beiden jungen Bullen kannten sich aus und bemerkten sofort die technischen Veränderungen an meinem Fahrzeug. Ich war auf das Schlimmste gefasst. Aber es geschehen noch Zeichen und Wunder – die Weiterfahrt wurde mir nicht untersagt. Die beiden jungen Beamten stellten mir lediglich einen sogenannten Mängelschein aus und ich wurde für die folgende Woche auf das Wachzimmer Bulgariplatz bestellt. Bis dahin sollte ich meine schwarze KTM Comet 50 S wieder in den gesetzmäßigen Zustand gebracht haben. Erst dann sollte über eine mögliche Bestrafung mittels einer Anzeige gesprochen werden. Obwohl einer der beiden meinen Namen und meine Adresse notiert hatte, fragten sie mich nicht nach meinem Vater. Da die beiden sehr jung waren, hoffte ich, dass sie meinen Vater nicht kennen würden, zumal dieser ohnehin auf einem anderen Wachzimmer seinen Dienst versah.

So fuhr ich nach der Lenker- und Fahrzeugkontrolle nach Hause, ohne dabei die erlaubte Höchstgeschwindigkeit für einspurige Motorfahrräder, also 40 km/h, zu überschreiten. Den Mängelschein versteckte ich in einer meiner Jackentaschen. Weder meiner Mutter und schon gar nicht meinem Vater erzählte ich von diesem unliebsamen Zwischenfall.

Da ich alle ausgetauschten Originalteile für meinen *Hobel* zu Hause im Keller gebunkert hatte, konnte ich den gesetzmäßigen Zustand ohne großen Aufwand relativ leicht wieder herstellen. So fuhr ich in den nächsten Tagen – bis zum Ladungstermin – mit maximal 40 km/h durch die Gegend.

Am Tag der Wahrheit fuhr ich mit einem doch etwas schlechten Gewissen zum Wachzimmer Bulgariplatz, um dort meinen *Hobel* begutachten zu lassen. Trotzdem hoffte ich, dass ich mit einem blauen Auge davonkommen würde.

Die beiden jungen Polizisten inspizierten meinen *Hobel* sehr eindringlich und zogen danach, zu meiner großen Überraschung, den ausgestellten Mängelschein zurück. Eine Anzeige wurde nicht erstattet und ich musste auch kein Organmandat bezahlen. Eine eindringliche und ausführliche Standpauke der beiden jungen Bullen blieb mir aber nicht erspart. Diese ließ ich geduldig über mich ergehen, war ich doch sehr froh, keine Geldstrafe zahlen zu müssen. – Eine durchaus übliche und auch legitime Vorgangsweise.

Ob die beiden jungen Beamten meinen Vater gekannt haben und ob dieser jemals von dieser Sache erfahren hat, ist bis heute nicht überliefert.

Es dauerte jedoch einige Zeit, bis ich diesen Schrecken überwunden hatte. Unter dem Druck meiner Freunde, die bei den gemeinsamen Ausfahrten immer auf mich warten mussten, kam es, wie es kommen musste und ich machte meinen Hobel wieder „gesellschaftsfähig".

Als Sohn eines Polizisten aufzuwachsen beinhaltete zweifelsohne auch gewisse *Highlights.* Schon als kleiner Knirps genoss ich manchmal das Privileg, mit einem Polizeiauto mitfahren zu dürfen, was den Stellenwert in der Clique ungeheuer steigerte. Als weiteres Abenteuer galt auch eine Bootsfahrt mit dem Polizeiboot auf der Donau oder eine Zillenfahrt im Hafen der Stadt Linz.

Eine besondere Rarität der damaligen Zeit war sicherlich das Wachzimmer Standschiff, unterhalb der Nibelungenbrücke. Dabei handelte es sich um ein Polizeiboot, welches am Brückenkopf Nord vor Anker lag und als Wachzimmer genutzt wurde. Ein Besuch meines Vaters am Wachzimmer Standschiff war immer ein außergewöhnliches Erlebnis.

Auf der anderen Donauseite, wo heute das Lentos-Museum seinen Platz hat, befand sich ein weiteres Wachzimmer der Polizei. Von dort hatte man einen ungehinderten Blick auf die Donau, auf den Bereich zwischen Nibelungenbrücke und Eisenbahnbrücke. Fallweise wurden in diesem Abschnitt Rennen mit Schnellbooten ausgetragen. Vom Wachzimmer aus hatte man den besten Überblick über die gesamte Rennstrecke, ein fast unbezahlbarer Vorteil für einen kleinen Knirps wie mich.

So genoss ich in meiner Kindheit die Vorteile, der Sohn eines Polizisten zu sein, ohne auch nur einen Gedanken daran zu verschwenden, ob dies in ferner Zukunft der richtige Job für mich sein könnte.

Es vergingen die Jahre und ich stieg vom Moped auf das Auto um. Dieses Auto, ein hellblauer VW-Käfer mit Jeansstoff bezogenen Sitzen, ermöglichte mir vollkommen neue Freizeitperspektiven und Möglichkeiten. In dieser Zeit war ich leidenschaftlicher Alpinist und kein Berg zwischen Traunstein und Matterhorn war sicher vor meinen Freunden und mir. Mit diesem blauen VW-Käfer war es für uns natürlich jetzt wesentlich leichter, an den Fuß der steilen Wände im Gosaukamm, im Gesäuse und im Wilden Kaiser zu gelangen. Auch die berühmten Wände der Dolomiten rückten für uns damit in greifbare Nähe, und einige Abstecher in die Westalpen, zu den hohen Gipfeln über 4000 Meter, ermöglichte uns dieser fahrbare Untersatz ebenso. Jedes Wochenende waren wir in einem anderen Klettergebiet unterwegs und durchstiegen dort die steilsten Wände.

Nach Abschluss meiner Lehre als Drogist erfüllte ich meine Pflicht als Staatsbürger und leistete meinen Präsenzdienst ab. Somit verbrachte ich acht lange Monate als Grundwehrdiener in einer Kaserne in St. Pölten. Aber auch diese Zeit ging vorüber.

Nun machte ich mich auf die Suche nach meinem Traumjob und musste dabei leider feststellen, dass ich nicht wirklich die richtige Berufswahl getroffen hatte. Ich versuchte mich als Drogist im Einzelhandel und mir wurde bald klar, dass ich beim Verkaufen von Damenbinden und Windeln nicht mein absolutes berufliches Glück finden würde. In einer chemischen Firma, bei der Herstellung von Reinigungsmitteln, sollte ich beim Mischen und Abfüllen der verschiedenen Produkte mein gestecktes Ziel auch nicht erreichen. So versuchte ich mein Glück als Pharmareferent bei einer österreichischen Arzneimittelfirma. Dieser Job ermöglichte mir viel Spielraum bei entsprechender Verantwortung und wurde auch sehr gut bezahlt. Mein Betreuungsgebiet umfasste die Krankenanstalten in Linz und die niedergelassenen Ärzte in ganz Oberösterreich. Ein Firmenauto wurde mir zur Verfügung gestellt, welches ich unter bestimmten Voraussetzungen auch privat nutzen durfte. Diese Tatsache ermöglichte mir die Erfüllung eines lange gehegten Bubentraumes – ich erstand eine blaue Kawasaki Z 750.

Trotz des Firmenautos, der freien Zeiteinteilung und des wirklich nicht schlechten Gehaltes, machte mir mit zunehmender Dauer mein Beruf keinen richtigen Spaß mehr. Ständig auf Achse und auf das Wohlwollen der Kunden angewiesen, suchte ich nach einer beruflichen Alternative und Veränderung. Als Pharmareferent hatte ich eine Menge Termine, aber nicht immer einen Parkplatz, wenn ich ihn dringend brauchte. So kam es immer wieder, während meiner Tätigkeit als Vertreter für Medikamente, zu heftigen Diskussionen mit Polizisten und Gendarmen. Auch die sehr fleißigen Politessen waren da nicht zugänglicher und so blieb es nicht aus, dass ich einen Teil meines sauer verdienten Geldes in Form von Strafmandaten ausgab. Die Tatsache, dass ich einen Großteil meiner Freizeit auf meiner blauen Kawasaki Z 750 verbrachte, bescherte mir noch zusätzliche Kontakte zu den Gendarmen auf dem Land und deren Kollegen von der Polizei in der Stadt.

Zwischenzeitlich hatte ich auch ein Mädchen kennen gelernt, die später meine Frau werden sollte. Meine Freizeit verbrachte ich also auf meiner blauen Kawasaki Z 750 oder ich hing mit meinen Freunden in einer steilen Felswand herum.

Eigentlich schien ja alles im Lot zu sein. Trotzdem war ich nicht vollkommen zufrieden.

Eines Abends, ich war zufällig bei meinen Eltern, ergab sich ein Gespräch über meine Zukunftspläne. Da mein Vater längst mitbekommen hatte, dass ich mit meiner beruflichen Situation nicht wirklich glücklich war, schlug er mir vor, Polizist zu werden. Er erläuterte mir ausführlich die Nachteile und Vorteile dieses Berufsstandes aus seiner persönlichen Sicht und kam zu dem Schluss, dass die Vorteile eindeutig überwiegen würden.

Ich hatte damals eine vollkommen falsche Vorstellung vom Beruf des Polizeibeamten. Diese Typen waren mir nicht geheuer: immer anwesend wenn man sie nicht brauchen konnte, aber nie am richtigen Ort, wenn sie gebraucht wurden.

Die Geschichte mit dem Mängelschein für meine schwarze KTM Comet 50S hatte ich noch nicht vergessen, zeigte mir aber auch, dass es solche und solche Bullen gibt. Trotzdem konnte ich mich vorerst nicht mit dem Gedanken anfreunden ein Bulle – Verzeihung, ein Polizist – zu werden.

Da sich meine berufliche Situation nicht wirklich verbesserte, entschloss ich mich, trotz aller meiner Bedenken, eine Bewerbung zur Polizei zu schicken. Eine Bewerbung ist ja noch lange kein unterschriebener Vertrag.

Zu meiner Überraschung erhielt ich schon nach relativ kurzer Zeit eine Einladung der Bundespolizeidirektion Linz, zur Aufnahmeprüfung zu erscheinen. Am Tag der Prüfung begab ich mich also nun zur Bundespolizeidirektion Linz in die Nietzschestraße, um mich dort den Aufgaben der Aufnahmeprüfung zu stellen. Ich war gespannt, was dabei herauskommen würde. Den Schildern und Wegweisern folgend, kam ich vom Torposten zur Schulabteilung, wo schon einige Mitbewerber warteten. Immer mehr Bewerber trafen ein und versammelten sich in diesem Lehrsaal der Polizeischule. Pünktlich um 08:00 Uhr, wie in der Einladung angedroht, erschien ein Uniformierter im Lehrsaal und forderte uns in einem sehr bestimmten Ton zur Ruhe auf. Nach einer kurzen und bündigen Begrüßung wurde uns der geplante Tagesablauf mitgeteilt und wir anschließend in mehrere kleine Gruppen aufgeteilt und in verschiedene Räume geschickt.

Mein Teil der Aufnahmeprüfung sollte mit dem schriftlichen Abschnitt beginnen. Der körperliche Test, welcher auf dem Sportplatz hinter der Polizeischule stattfand, sollte für meine Gruppe am Nachmittag abgenommen werden. Die Allgemeinfragen befand ich für nicht zu schwierig und auch das Diktat brachte ich fast fehlerfrei hinter mich. Es war auch ein Aufsatz zu schreiben, indem ich eines meiner alpinen Abenteuer zu Papier brachte. Nach einer Mittagspause, die alle Bewerber gemeinsam und geschlossen in der Polizeikantine verbrachten, sollte am Nachmittag für mich der sportliche Teil der Aufnahmeprüfung ablaufen. Die beim Test geforderten Zeiten, Weiten und Limits sollten aber kein wirkliches Hindernis für mich darstellen, da sich diese am österreichischen Turn- und Sportabzeichen orientierten.

Am Sportplatz kam der Sportlehrer auf mich zu und fragte mich nach meinem Vater, mit dem er offensichtlich gemeinsam Dienst gemacht hatte. Er trug mir auf, diesem seine Grüße zu bestellen. Der Sportlehrer fügte aber sofort hinzu, dass der Test deshalb für mich keinesfalls leichter ausfallen würde und er mich genau im Auge behalten werde. Diese „Drohung" nahm ich gelassen zur Kenntnis, war ich mir doch meiner körperlichen Fähigkeiten voll bewusst, die ich jedes Wochenende in den Bergen erprobte.

Nach dem Sporttest, der wirklich nicht sehr schwierig war, stand noch das persönliche Gespräch aus. Dieses führte mit mir ein Polizeioffizier, der auch die Funktion des Sportoffiziers innehatte. Der Sportoffizier war eine beeindruckende und Respekt fordernde Persönlichkeit mit einer beachtlichen Körperfülle. Die goldenen Distinktionen funkelten auf seiner Uniform. Mein Aufsatz, der über eines meiner alpinen Unternehmungen handelte, hatte offensichtlich seinen Gefallen gefunden und dieses Gespräch verlief sehr angenehm für mich.

Zufrieden fuhr ich nach dem Test nach Hause und harrte der Dinge, die auf mich zukommen sollten.

In der Zwischenzeit war ich weiter als Pharmareferent tätig. Die nach wie vor relativ gute Bezahlung erlaubte mir den Umstieg auf eine rote Kawasaki Z 1000. Dieser Wechsel ließ allerdings den Kontakt zu den Gendarmen und Polizisten nicht abreißen. Ich sponserte diese beiden *„Vereine"* weiterhin mit der Bezahlung von Strafmandaten – vorwiegend wegen Überschreitung der zulässigen Höchstgeschwindigkeit.

Mit der Post flatterte eines Tages eine Nachricht der Bundespolizeidirektion Linz ins Haus. Darin wurde mir mitgeteilt, dass ich die Aufnahmeprüfung bestanden hätte. Diesem Schreiben war gleichzeitig die Einberufung in die Polizeischule, zwecks Dienstantritt, beigeschlossen.

Nach einem ausführlichen Gespräch mit meinen Eltern und meiner damaligen Freundin, meiner jetzigen Gattin, entschloss ich mich, der Einberufung Folge zu leisten.

Die Ausbildung zum Polizeibeamten

Ende der siebziger Jahre des vorigen Jahrhunderts war es dann soweit. Ich zog also aus, um Polizist zu werden.

Mit meinen neuen Kollegen wurde ich in eine „schmucke" graue Schuluniform gesteckt, die wir nun ständig während des Unterrichtes zu tragen hatten. Eine Ausnahme bildete dabei lediglich die Sportausbildung, bei der wir auf private Sportschuhe und Trainingsbekleidung zurückgreifen durften.

Die Dienstgrade bei der Polizei waren und sind denen beim Bundesheer sehr ähnlich, und so fiel es uns nicht schwer, die einzelnen Lehrer als Chargen und Offiziere zu unterscheiden. Der Schulkommandant und auch einige Vortragende waren Offiziere. Bei den übrigen Lehrern handelte es sich um uniformierte Polizisten mit Chargenkurs, also dienstführende Beamte.

Für die Zeit unserer Ausbildung in der Polizeischule bekamen wir Zimmer mit Viererbelegung zugeteilt. Wenn keine Kasernierung befohlen war, durften wir nach Dienstschluss nach Hause fahren. Schließlich befanden wir uns in der Polizeischule in Linz und nicht in einem Gefängnis.

Um uns langsam an den Außendienst in Uniform heranzuführen, wurde fallweise geschlossenes Ausrücken befohlen. Dies war der Fall, wenn ein Fußballspiel der Bundesliga im Linzer Stadion ausgetragen wurde und mit dem Lehrgegenstand „großer Ordnungsdienst" vereinbar war. Über Anforderung von „richtigen Polizisten" konnte die Schulabteilung bei der Suche nach vermissten Personen oder Gegenständen eingesetzt werden. Im Gegenstand „großer Ordnungsdienst" wurde auch das Exerzieren geübt, welches bei derartigen Szenarien notwendig war. Da man in den siebziger Jahren des vorigen Jahrhunderts erst Polizist werden konnte, nachdem man den Präsenzdienst abgeleistet hatte, kamen wir mit dem Exerzieren sehr gut zurecht.

Die Ausbildung zum Polizeibeamten hatte begonnen und lief mehr oder weniger problemlos ab. Die Vormittagsstunden wurden hauptsächlich im Lehrsaal verbracht und wir dort mit dem notwendigen Wissen versorgt. Der Unterricht am Nachmittag fand schon mehr meinen Gefallen, da war nämlich Sport angesagt. Fast alle Disziplinen aus der Leichtathletik standen auf dem Programm, um unsere körperlichen Fähigkeiten den Anforderungen eines Polizeibeamten im exekutiven Außendienst gerecht werden zu lassen. Die einzige Ausnahme bildete der Schwimmunterricht, welcher in den frühen Morgenstunden, noch vor dem Unterricht abgehalten wurde. Der Grund dafür war, dass wir die Schwimmbecken des Parkbades noch vor den offiziellen Öffnungszeiten nutzen konnten und durften.

Von Montag bis Freitag war nun für die nächsten Wochen und Monate Unterricht angesagt, und zwar in Lehrfächern, die mir bis dahin nicht wirklich bekannt waren. Wir wurden unterrichtet in der österreichischen Straßenverkehrsordnung (StVO) und auch im österreichischen Kraftfahrgesetz (KFG). Aber auch die allgemeinen Verwaltungsgesetze, das Waffengesetz, die Strafprozessordnung und das österreichische Strafgesetz standen auf dem umfangreichen Lehrplan. Ein vollkommen neuer Stoff für mich, der teilweise sehr trocken und deshalb schwer zu lernen war. Da ging es aber Gott sei Dank nicht nur mir so, wie mir von meinen Kollegen bestätigt wurde. Die hochtrabenden Gesetzestexte waren schwer zu verstehen und deshalb auch nicht leicht zu behalten. Oft vermutete ich, dass die dafür verantwortlichen Politiker und Juristen dies mit Absicht machen, um den „Otto-Normalverbraucher“ vor allem zu verwirren und zu irritieren. Im Gegenstand „Lokalkunde“ lernten wir interessante Dinge über Linz. Bei den Prüfungen in diesem Gegenstand dachte ich oft heimlich, ich sei im falschen Film, wollte ich doch Polizist und nicht Taxilenker oder Fremdenführer werden. Erst viel später, im aktiven Streifendienst, lernte ich die Vorteile der Lokalkunde zu schätzen und zu würdigen.

Im Verlaufe des Unterrichtes zum Gegenstand Lokalkunde passierte – aus heutiger Sicht – etwas sehr Kurioses und Lustiges. Wir erhielten im Unterricht eine Liste mit „verbotenen Lokalen“. In dieser Verbotsliste waren sämtliche Animierlokale der oberösterreichischen Landeshauptstadt, aber auch alle Freudenhäuser und Lokale mit zweifelhaftem Ruf, wegen der dort verkehrenden Gäste aus der Halb- und Unterwelt, angeführt. Wir wurden eindringlich darauf aufmerksam gemacht, dass ein Besuch dieser auf der Verbotsliste angeführten Lokalitäten, während der Ausbildung zu unterbleiben hat. Der Besuch der angeführten Lokale in der Freizeit sei für einen angehenden Polizeibeamten nicht tunlich. Darauf wurden wir mehrfach ausdrücklich hingewiesen. Dieser mehrfache, ausdrückliche Hinweis weckte jedoch unsere berufsbedingte Neugierde und ich besuchte mit meinen Kollegen natürlich die meisten dieser verbotenen Lokale –

in unserer Freizeit. Ob dieses eindringliche Verbot ein beabsichtigter Schachzug unserer Ausbilder war, entzieht sich bis heute meiner Kenntnis.

Das Kuriose daran ist allerdings, dass ich in den Jahren meiner aktiven Tätigkeit beim MEK (Mobiles Einsatzkommando) sehr häufig in diese Lokale beordert wurde und zwangsläufig dort relativ viel Dienstzeit verbrachte. Bis dahin sollte es aber noch einige Zeit dauern.

Im Verlaufe der Ausbildung zum Polizeibeamten wurden wir auch in die Geheimnisse des Beamtendienstrechts eingeweiht. Wir wurden darauf aufmerksam gemacht, dass es ein Standesansehen gibt. Somit hat sich ein Polizeibeamter nicht nur im Dienst, sondern auch außerhalb seines Dienstes entsprechend zu benehmen. Ein Polizeibeamter hat sich jederzeit, sowohl im Dienst als auch außerhalb seiner Dienstzeit, mit dem Standesansehen seines Berufsstandes zu identifizieren.

Nach einer erfolgreichen Familiengründung hatte ich aus Kostengründen meine rote Kawasaki Z 1000 gegen eine blaue Honda CX 500 eingetauscht. Nach wie vor verbrachte ich überdies viel Freizeit damit, in steilen und überhängenden Wänden herumzuklettern. Darum brauchte ich mir über mein Standesansehen außerhalb der Dienstzeit keine ernstlichen Gedanken zu machen.

Gott sei Dank lockerte der Sportunterricht die Ausbildung entsprechend auf und auch das Lernen der Gesetzestexte fiel mir nicht mehr ganz so schwer.

Laufen, Schwimmen und Selbstverteidigung standen auf dem Ausbildungsprogramm. Als Ausbildungsziel auf dem Leichtathletik-Sektor galt das altersbedingte österreichische Turn- und Sportabzeichen (ÖSTA). Beim Schwimmen musste die Prüfung zum „Retterschein" der ÖWR (Österreichische Wasserrettung) abgelegt werden. Der Schwimmunterricht wurde mit der kalendarisch beginnenden Badesaison ins freie Sportbecken des Linzer Parkbades verlegt. Noch vor den offiziellen Badezeiten, also in den frühen Morgenstunden, mussten wir nun im Freibad unsere Schwimmeinheiten absolvieren. Da sich das Wetter leider sehr oft nicht an die kalendarischen Vorgaben hält, kam es nicht selten vor, dass wir dick vermummt, mit Wollhauben und Handschuhen adjustiert, zum Sportbecken rannten, uns dort der warmen Kleidung schon im Laufen entledigten und dann unsere Schwimmeinheiten absolvierten. Während der gesamten Unterrichtseinheit hat keiner von uns freiwillig das Becken verlassen, da die Wassertemperatur eindeutig über der Lufttemperatur lag.

Am Ende der Selbstverteidigung-Einheiten stand immer das legendäre und gefürchtete Judorolle-Weitspringen. Obwohl es sich dabei um eine freiwillige Übung handelte, machten alle mit, ohne Ausnahme.

Mutige bzw. dazu bestimmte Polizeischüler knieten, besser gesagt kauerten, aneinander gereiht auf den Boden. Die gestellte Aufgabe war nun, über eine möglichst hohe Anzahl von knienden Polizeischülern einen Hechtsprung zu machen und sich nach dem Flug elegant mit einer Judorolle zu verabschieden. Laut Lehrplan mussten angeblich fünf Personen übersprungen werden. Im aufkeimenden Eifer wurde die Anzahl, die übersprungen werden wollte, natürlich immer größer. Mein persönlicher Rekord liegt bei elf übersprungenen Kollegen. Dieser Flug bescherte mir jedoch einen Kurzaufenthalt in einem Krankenhaus zur ambulanten Behandlung einiger gebrochener Zehen. Wenn elf Kollegen am Boden kauern und man mit dem nötigen Schwung und einer Körpergröße von 192 cm daherkommt, kann es schon passieren, dass die aufgelegte Judomatte zu kurz wird und man auf den harten Boden der Turnhalle knallt. Wenn sich dann sofort ein stechender Schmerz einstellt und sich eine oder mehrere Zehen dunkelblau verfärben, liegt der Schluss nahe, dass diese gebrochen sind. Den letzten Beweis lieferte eine Röntgenaufnahme im nahen Unfallkrankenhaus. Die Behandlung einer gebrochenen Zehe ist nichts Weltbewegendes, man pickt sie einfach mit einigen Streifen Leukoplast an die daneben liegende, nicht gebrochene Zehe. Medizinisch derart perfekt versorgt, halten sich die Schmerzen und Einschränkungen in Grenzen. Und ein Krankenstand während der Ausbildung wäre – wegen einer derartigen Kleinigkeit – sowieso nicht gut angekommen.

Bei der immer näher rückenden Abschlussprüfung sollte man jederzeit auf ungewöhnliche Fragen oder Aufgaben gefasst sein, wurde uns immer und immer wieder angedroht. So soll es schon vorgekommen sein, dass man aufgefordert wurde, an einem der anwesenden Lehrer oder Prüfer einen Judogriff demonstrieren zu müssen. Dabei konnte es sich um die relativ einfach zu handhabende Handfesselsperre, auch bekannt unter „Damengriff“, aber auch um einen etwas komplizierteren Armstreckhebel oder einen komplexen Transportgriff handeln. Man musste dabei eigentlich auf alles gefasst sein. Selbstverständlich standen auch theoretische und praktische Fragen zu den von Polizisten in Österreich verwendeten Dienstwaffen im Raum.

In den Siebzigern des vorigen Jahrhunderts wurden einem Polizisten seine Faustfeuerwaffe, ein Gummiknüppel und eine Handfessel persönlich zugewiesen. Bei der Faustfeuerwaffe handelte es sich um eine Walther PPK 7,65 mm. Diese Pistole musste man natürlich handhaben, zerlegen und wieder zusammensetzen können. Der richtige Einsatz und Umgang mit dem Gummiknüppel war ebenfalls ein Prüfungsthema. Genau so, wie das richtige Anlegen der Handfessel.

Eine Schusswaffe, ein Gummiknüppel, aber auch die Handfessel müssen gewartet werden, um deren Funktionalität zu gewährleisten. Für die persönlich zugewiesenen Dienstwaffen trägt der Beamte selbst die Verantwortung.

Zur Ausrüstung der Polizei gehörte damals auch ein K-38-Karabiner für besondere Einsätze. Dieser wurde nicht persönlich zugeteilt, sondern bei Bedarf auf beschränkte Zeit zugewiesen. Trotzdem musste man im Umgang mit diesem nicht ungefährlichen Ding geschult werden. Dies umfasste nicht nur die Schießausbildung, sondern auch die Wartung, das Zerlegen und das Zusammenbauen. Unter diesen Aspekten wurde der Unterricht immer intensiver und praxisbezogener. Es gab immer wieder Tests in den verschiedenen Gegenständen, um unser Wissen für die bevorstehende Dienstprüfung zu kontrollieren. Unser Wissensstand wurde sehr ausführlich überprüft und umfasste den gesamten Stoff aus sämtlichen Gegenständen.

Zwei etwas kurios anmutende Prüfungsfragen sind mir auch heute noch in Erinnerung: *Wie viele Sicherheitsnadeln müssen sich im Verbandskasten eines Busses befinden?*

Berechtigt war sicherlich auch die Prüfungsfrage über die *maximal erlaubte Steighöhe einer Hagelabwehrrakete.*

Was ein Polizist alles wissen muss!

Ob ich einmal bei einer Lenker- und Fahrzeugkontrolle eines Busses die Sicherheitsnadeln im Verbandkasten zählen würde, hielt ich schon damals für eher unwahrscheinlich. Über die Steighöhe einer Hagelabwehrrakete machte ich mir ebenso wenig Sorgen, wollte ich doch Polizist in Linz werden und nahm deshalb an, dies niemals kontrollieren zu müssen.

Ein Polizeibeamter besitzt sehr große Machtbefugnisse und muss diese auch ausüben. Massive Eingriffe in die Privatsphäre, wie Festnahmen, Personsdurchsuchungen, Hausdurchsuchungen und Sicherstellungen sollten nicht leichtfertig angewendet werden und fordern deshalb ein fundiertes Wissen über die bestehenden Gesetze und Bestimmungen.

Aus heutiger Sicht, nach über 30 Jahren im exekutiven Außendienst, kann ich sagen, man hat sich in der Polizeischule der Bundespolizeidirektion Linz redlich bemüht, uns auf den schwierigen und verantwortungsvollen Beruf eines Polizeibeamten vorzubereiten.

Am Ende der siebziger Jahre des vorigen Jahrhunderts gab es auf den Polizeidienststellen noch keine Computer und so mussten alle Schriftstücke, wie Anzeigen, Berichte und Meldungen mit mehreren Durchschlägen auf den herkömmlichen und klassischen Schreibmaschinen getippt werden. Aus diesem einfachen Grund umfasste die Ausbildung auch einen Lehrgang im Maschineschreiben. Für mich war dies absolutes Neuland und das Zehn-Finger-System kannte ich lediglich vom Hörensagen. Ich beherrschte sogar das Ein-Finger-Adler-Suchsystem nur mangelhaft und sollte jetzt zu einer richtigen „Tipp-Liesel" ausgebildet werden – ein fürchterlicher Gedanke.

Eines schönen Tages wurden wir vor Unterrichtsbeginn aufgefordert, unsere Wolldecken aus dem Quartier in den Unterricht mitzubringen. Dank eines neuen und revolutionären Systems sollte unsere Fertigkeit im Blind-Schreiben überprüft werden. Wir mussten uns die Decken über den Kopf stülpen und so ein Diktat über uns ergehen lassen. Aber auch diese unkonventionelle Prüfung brachte ich mit meinen noch verbliebenen Kollegen hinter mich. Leider hatte es schon aus den verschiedensten Gründen einige Abgänge gegeben.

Gegen Ende der Ausbildungszeit erhielten wir noch einen ausführlichen Erste-Hilfe-Kurs, der sicherlich über das Maß derartiger üblicher Kurse hinausging.

Die Ausbildung zum Polizeibeamten hielt viele Überraschungen für uns bereit, und noch lange nicht alles hatten wir hinter uns gebracht. So stand am Morgen eines neuen Unterrichtstages offensichtlich ein Ausflug bevor. Im Unklaren über das Ziel des Ausfluges gelassen, wurden wir geschlossen in einen Bus verfrachtet. Niemand ahnte, wohin die Reise gehen sollte, die Ausbilder und Lehrer zeigten sich wortkarg und geheimnisvoll. Niemand klärte uns über den Grund dieses Ausfluges auf. Bald aber dämmerte es uns, als wir bemerkten, dass die Fahrt in Richtung Stadtfriedhof führte. Ein flaues Gefühl in der Magengegend machte sich bei mir breit; und wenn ich in die Gesichter meiner Kollegen blickte, stellte ich einigermaßen befriedigt fest, dass es ihnen ebenso zu ergehen schien wie mir. Es war also wahr, was bereits seit geraumer Zeit gemunkelt wurde. Die Ausbildung zum Polizisten umfasste auch die Anwesenheit bei einer Obduktion. Am Stadtfriedhof angelangt, mussten wir in der Nähe der Aufbahrungshalle aussteigen und Aufstellung nehmen. Nun wurde uns der Zweck des Ausfluges mitgeteilt. Was alle befürchtet hatten, sollte jetzt tatsächlich auf uns zukommen: Wir würden Zeugen einer gerichtlich angeordneten Obduktion werden. Bevor wir in der Aufbahrungshalle unsere Aufstellung beziehen mussten, wurden wir noch über den Sinn dieser außergewöhnlichen Unterrichtseinheit informiert. Als Polizisten würden wir zu Verkehrsunfällen gerufen und müssten dort entsprechend agieren können, auch wenn verletzte oder gar getötete Personen daran beteiligt und involviert sind. Aber auch bei schweren Arbeitsunfällen, aufgefundenen Leichen und Selbstmördern würden wir zwangsweise mit dem Tod und dessen fallweise schrecklichem Gesicht konfrontiert werden.

Obwohl ich diese Gründe gut verstehen konnte, hatte ich keine rechte Freude damit. Mir wurde ganz anders und ich konnte mir nicht vorstellen, was auf mich zukommen würde. Gerade 23 Jahre alt war ich und hatte bis dahin noch nie in meinem Leben eine Leiche gesehen. Leise dachte ich bei mir: Hoffentlich wird mir nicht schlecht!

In der Mitte des Raumes, in welchen wir nun geführt wurden, stand der Obduktionstisch aus Marmor. Der sehr karg eingerichtete Raum war leider so groß, dass jeder von uns einen Platz in der ersten Reihe einnehmen konnte. Ein sonderbarer Geruch lag in der Luft und es war ausgesprochen ungemütlich. Was war in der Aufbahrungshalle eines Friedhofes auch anderes zu erwarten? Dann betraten zwei Männer in weißen Mänteln den Raum, der Obduzent und sein Gehilfe. Der ältere der beiden Männer war ein bekannter Gerichtsmediziner, eine stattliche Figur eines Mannes, den offensichtlich nichts so schnell erschüttern konnte. Sein Obduktionsgehilfe war wesentlich jünger und hatte immer ein Lächeln auf den Lippen, trotz seines Berufes. Ein beschissener Beruf, dachte ich bei mir, da würde ich schon lieber Sicherheitsnadeln zählen oder die Steighöhe einer Hagelabwehrrakete überprüfen.

Aus einem der beiden Särge wurde nun der nackte Leichnam eines Mannes herausgehoben und auf den Obduktionstisch gelegt. Da ein Fremdverschulden nicht ausgeschlossen werden konnte und außerdem die Todesursache unbekannt war, wurde vom Gericht eine Obduktion angeordnet. Bei dieser Obduktion war auch ein Kriminalbeamter der Bundespolizeidirektion Linz anwesend. Dieser informierte den Gerichtsmediziner über den vorliegenden Sachverhalt und machte sich dabei seinerseits Notizen im Laufe der Obduktion. Nun aber begann das grausliche Schauspiel. Der Gerichtsmediziner begann, unterstützt von seinem Gehilfen, mit der Leichenöffnung. Am Ende der Obduktion stellte der Gerichtsmediziner fest, dass kein Fremdverschulden vorliege und der Mann einem Herzinfarkt erlegen sei. Dazu legte er uns auch gleich den Beweis vor: Er erklärte uns anhand des entfernten Herzens die Todesursache und wies uns auf einen kleinen, fast winzigen Punkt hin. Ein Blutpfropfen, welcher als Todesursache festgestellt werden konnte. Komisch, dachte ich bei mir, welche massiven Auswirkungen ein derart winziger Blutpfropfen auszulösen vermochte. Aber weder einem meiner Kollegen noch mir war bei der ganzen Sache schlecht geworden und wir hatten für geraume Zeit reichlich Diskussionsstoff über diese Unterrichtseinheit.

Diese außergewöhnliche Lehrstunde sollte mir noch lange in Erinnerung bleiben und mir in meinem weiteren Berufsleben als Polizeibeamter wertvolle Dienste leisten.

Das Ende der Ausbildungszeit näherte sich mit riesigen Schritten und die Prüfungstermine wurden festgelegt. Ich bereitete mich gewissenhaft auf alle möglichen und unmöglichen Fragen vor. Praktische Übungen und theoretisches Wissen hatten wir uns im Verlaufe der Ausbildung ja reichlich angeeignet.

Zu diesem Zeitpunkt konnte ich mir beim besten Willen nicht vorstellen, jemals meine Dienstwaffe gegen einen Menschen richten zu müssen. Es war für mich auch nur schwer vorstellbar, gezwungen zu sein, jemals den Gummiknüppel zu gebrauchen. Auch die Handfessel erachtete ich zu diesem Zeitpunkt eher als unnötigen Ballast an meinem Gürtel. Aus einschlägigen Fernsehserien wusste ich natürlich von spektakulären Verfolgungsfahrten durch nächtliche Städte, von wilden Festnahmen und Hausdurchsuchungen, bei denen Waffen oder Rauschgift gefunden wurden. Für mich war es aber nur sehr schwer vorstellbar, dass ich derartiges machen müsste, schließlich wollte ich lediglich Polizist in Linz werden und kein Cop in New York oder Chicago.

Doch das berühmte elfte Gebot: *Du sollst dich nicht täuschen!*, sollte schneller als mir lieb war, zu seinem Recht kommen!

Zur theoretischen Abschlussprüfung wurde man erst zugelassen, wenn man den sportlichen Teil erfolgreich absolviert hatte. Dieser Teil, der sportliche, stellte mich nicht wirklich vor Probleme. Ich brauchte mir eigentlich nur die erworbenen Ausweise und Leistungsabzeichen in Bezug auf das österreichische Turn-

und Sportabzeichen (ÖSTA) und den ÖWR-Retterschein (Österreichische Wasserrettung) abzuholen. Dazu hatte sich der Sportlehrer aber eine legendäre Hürde einfallen lassen, die so nicht im Ausbildungsplan der Polizei stand. Trotzdem hielt er daran fest und bis zu seinem Ausscheiden in den wohlverdienten Ruhestand hatte sich auch nie jemand darüber beschwert. Sein Motto lautete immer: *Ein Polizist muss sich überwinden können.*

Zur Überreichung der beiden Ausweise wurden wir ins Parkbad gebracht – und zu diesem Zeitpunkt hätte es uns schon dämmern müssen. Wir mussten geschlossen auf den 5-Meter-Turm klettern. Als wir alle oben waren, entfernte der Sportlehrer die Leiter und stellte sich mit einem breiten Grinsen im Gesicht an den Beckenrand des Sportbeckens. In der einen Hand hielt er die ÖSTA-Ausweise und in der anderen Hand die ÖWR-Ausweise. Jeder von uns wurde nun aufgefordert, sich diese bei ihm abzuholen, um zur theoretischen Prüfung zugelassen zu werden. Dazu war natürlich nötig, vom 5-Meter-Turm ins Wasser zu springen. Dabei sollen sich schon menschliche Tragödien abgespielt haben, wie wir hörten. Ob es jemals einen Totalverweigerer gegeben hat, für den der Weg zurück über die Leiter geführt hat, ist nicht überliefert und konnte bisher auch nicht in Erfahrung gebracht werden …

Alle meine Lehrgangskollegen und auch ich haben den Sprung gewagt und die anschließende Abschlussprüfung positiv abgelegt.

Bei der Abschlussprüfung erreichte ich zwar in keinem der Gegenstände ein „Ausgezeichnet", bestand aber die Prüfung und durfte mich nun als richtiger Polizist fühlen und auch so bezeichnen.

Von nun an durfte ich den Dienstgrad „Inspektor" führen, auch wenn es in einer kultigen TV-Serie immer geheißen hat: *„Inspekta gibt's kan!"*

Ich wurde dem damaligen Wachzimmer Derfflingerstraße, wo ich schon meine Praxis während der Ausbildung absolviert hatte, zur Dienstversehung zugeteilt. Meine drei Tage Sonderurlaub habe ich genossen und wartete voller Freude auf die Aufgaben, die mir mein neuer Beruf bescheren sollte.

Endlich Polizist

Gespannt wartete ich auf meine erste Diensttour. Gekämmt, gestriegelt und streng nach Vorschrift adjustiert, meldete ich mich pünktlich beim Kommandanten des Wachzimmers, einen etwas kauzigen, älteren Herren.
Obwohl ich zu diesem Zeitpunkt dachte, ich wäre bereits ein richtiger Polizist mit abgeschlossener Ausbildung, durfte ich vorerst das Wachzimmer nicht ohne Begleitung verlassen. Für den exekutiven Streifendienst wurde mir ein erfahrener *Revierler* zur Seite gestellt, der jeden meiner Schritte argwöhnisch überwachte.
Ein Revierler war und ist ein Polizist mit zwei silbernen Sternen am Revers. Diese beiden silbernen Sterne bedeuten, dass der Träger bereits sechs Jahre Außendiensterfahrung hat. Vom damaligen Kommandanten des Wachzimmers Derfflingerstraße, einem immer etwas grantigen Abteilungsinspektor mit stark ausgeprägtem väterlichem Charakter, wurde ich einem alten und erfahrenen Hasen zugeteilt. Dieser Revierler sollte nun über meine Sicherheit wachen und mich an die Praxis heranführen. Ohne meinen Revierler durfte ich also in den nächsten Wochen das Wachzimmer nicht verlassen und schon gar nicht alleine auf Streife gehen. Dies war auch gut so, wie ich gleich bei der ersten Fußstreife am Südbahnhofmarkt feststellen musste.
An den richtigen Beamtenschritt, den so genannten *Rayonshatscher*, musste ich mich erst noch gewöhnen. War ich es doch gewohnt, von einem Berg zum anderen und von einer steilen Felswand zur anderen zu rennen. Dabei raste ich über steile Schotterhalden oder Firnrinnen talwärts. Eine rasche Umstellung auf den Rayonshatscher war somit tunlichst angebracht.
Schon auf dem Fußmarsch vom Wachzimmer zum eigentlichen Rayon, dem Gelände des Südbahnhofmarktes, hatte ich das Gefühl, dass ich von jederfrau und jedermann angestarrt werden würde. Ein unangenehmes Gefühl, welches sich mit der Zeit legte und sich sogar ins Gegenteil wandelte. Es kam eine Zeit, wo ich die Uniform eines österreichischen Polizisten mit Stolz getragen habe.
Passanten grüßten uns, andere wiederum betrachteten uns misstrauisch. Es gab auch Menschen, von denen wir abweisend und sogar aggressiv behandelt wur-

den. Trotzdem überwog der Anteil der freundlichen und uns wohlgesonnenen Passanten und Menschen. Mein Revierler war in diesem Stadtteil bestens bekannt, da er hier schon jahrelang seinen Streifendienst zu Fuß versah. Dadurch entstand ein ausgezeichneter Kontakt zu den Bewohnern dieses Viertels. Er kannte die Bewohner seines Rayons, die hier ansässigen Geschäftsleute, Wirte und die Standler vom Südbahnhofmarkt und diese wiederum kannten ihn. Ein unbezahlbarer Vorteil, wie sich noch mehrfach bestätigen sollte.

Meinem Revierler waren natürlich die Obdachlosen, die sich dort umhertrieben und immer wieder dafür sorgten, dass uns die Arbeit nicht ausging und wir einschreiten und amtshandeln mussten, bestens bekannt. Mehr oder weniger alkoholisiert sorgten sie oftmals für Radau, beschimpften und belästigten Passanten und Geschäftsleute. Immer wieder kam es zu kleineren Diebstählen von Kleidung, Lebensmitteln und alkoholischen Getränken, die uns angezeigt wurden.

So dauerte es nicht lange, bis ich meine erste Festnahme aussprechen musste. Einer der Obdachlosen, den mein Revierler selbstverständlich kannte, war bei einem Diebstahl vom Standlbesitzer *auf frischer Tat betreten* (erwischt, ertappt) worden, wie es im Amtsdeutsch so schön formuliert ist. Der Mann war ziemlich stark alkoholisiert und deshalb auch sehr aggressiv. So gestaltete sich das mehrfach geübte und auch geprüfte Anlegen einer Handfessel in der Praxis doch deutlich schwieriger als beim Üben im Turnsaal der Polizeischule.

Schon passiver Widerstand des Festgenommenen erschwert diesen Vorgang erheblich. Betrunkene Obdachlose waschen sich nicht sehr häufig und verrichten ihre kleine, manchmal auch große Notdurft, ohne die dabei notwendigen Vorkehrungen zu treffen. Beim passiven oder gar aktiven Widerstand des Festgenommenen kommt es somit zu einem engen Kontakt der beteiligten Personen, welcher für den Polizisten unangenehme Folgen haben kann. Es erscheint auch dringend ratsam, bei der anschließenden Visitierung die gebotene Vorsicht walten zu lassen und Handschuhe zu tragen.

Mit der tatkräftigen Unterstützung meines Revierlers brachte ich dennoch meine erste Festnahme und auch das Anlegen der Handfessel erfolgreich hinter mich. Zum ersten Mal in meiner Berufslaufbahn als Polizist war es notwendig, über Funk bei der Funkleitstelle den Arrestantenwagen anzufordern. Eine für mich persönlich sehr aufregende Sache, die kaum zu toppen sein würde, dachte ich in meiner damaligen Naivität. Der Festgenommene wurde mit dem Arrestantenwagen zur BPD Linz eskortiert und dort beim Journaldienst der Kripo dem Journalbeamten, einem Polizeijuristen, vorgeführt. Diesem musste ich nun den vorliegenden Sachverhalt schildern und die Gründe nennen, welche zur Festnahme geführt hatten. Diese gegenständliche Festnahme erfolgte natürlich nicht gemäß der gültigen Strafprozessordnung wegen Verdacht des Diebstahles, denn der Wert des Diebsgutes war dafür viel zu gering, überdies kannte mein Revierler den Täter sowohl persönlich als auch namentlich. Somit lagen nach der Strafprozessordnung keine Gründe für eine Festnahme vor. Diese Festnahme erfolgte nach dem Verwaltungsstrafrecht aufgrund des aggressiven Verhaltens des vermeintlichen Täters, welches zu einer Störung der öffentlichen Ruhe und Ordnung führte. Damals und zu diesem Zeitpunkt machte dies alles aber keinen großen Unterschied für mich. Eine Festnahme war eine Festnahme – und ich hatte meine erste richtige Amtshandlung. Ein Gerichtsdelikt lag vor und eine Festnahme musste ausgesprochen werden.

Nun musste die Amtshandlung zu Papier gebracht und eine Anzeige verfasst werden, was mir ebenso schwierig erschien. Die Anzeige nahm ihren natürlichen Lauf, und so war mir bekannt, dass dieses von mir verfasste Schriftstück ein Jurist beim Strafamt, aber auch ein Staatsanwalt und eventuell ein Richter, aber auch Rechtsanwälte zum Lesen bekommen werden. Da sollte doch ein derartiges Schriftstück wie eine Anzeige *sattelfest* sein.

Schon in der Polizeischule wurde uns immer wieder eingetrichtert: *Die Anzeige ist eure berufliche Visitenkarte, denkt immer daran.*

Nach Dienstende war ich zufrieden mit mir und der Welt und eigentlich auch ein wenig stolz auf mich. So vergingen die Wochen und Monate und ich sammelte immer mehr an praktischer Erfahrung und Menschenkenntnis. Meinen Entschluss, ein Polizist zu werden, habe ich bis heute grundsätzlich nicht bereut und bin der Meinung, meinen Traumjob gefunden zu haben.

Da der Wachkommandant des Wachzimmers mit meiner Entwicklung zufrieden war, stellte er mir in Aussicht, mich schon in kurzer Zeit alleine auf Streife schicken zu wollen. Ich fieberte diesem Tag entgegen.

Nun war es endlich soweit und der Kommandant machte sein Versprechen war. Er teilte mich alleine für eine 3-Stunden–Fußstreife im Rayon 3 ein. Dieser Rayon war mir gut bekannt und umfasste großräumig das Gebiet um den Südbahnhofmarkt und die in der Nähe liegenden Straßenzüge und Parkanlagen. Eine Besonderheit hatte der Rayon 3 aber doch zu bieten: den *Kinodienst.* Der

Kinodienst war eine ganz besondere Aufgabe. Damals gab es in der Nähe des Südbahnhofmarktes das bekannte und berüchtigte „Eisenhandkino“, welches ausschließlich Sex- und Pornofilme im Programm hatte. Beim Einlass zu diesen Filmen musste der Jugendschutz überwacht und kontrolliert werden. Diese Aufgabe bot eine besondere Abwechslung im Rayonsdienst.

Während dieses Streifendienstes sammelte ich eine umfangreiche Lokal- und Personenkenntnis, die mir bis zum heutigen Tag unbezahlbare Dienste leistet. Es schien so, als wäre ich auf dem richtigen Weg, ein echter Polizist zu werden. Und der Rayon 3 entwickelte sich im Laufe der Zeit zu meinem Lieblingsrayon; ich wurde deshalb dort auch sehr häufig auf Streife geschickt.

Ich hatte mir bereits einen richtigen Rayonshatscher zugelegt und befand mich eines Tages auf dem Rückweg zum Wachzimmer. Plötzlich kam ein sehr aufgeregter Mann auf mich zu, der ganz außer sich zu sein schien. Immer wieder sagte er zu mir: „Herr Inspektor, Herr Inspektor, bitte kommen Sie sofort mit, ich muss Ihnen unbedingt etwas zeigen!“ Ich folgte dem aufgeregten Mann in ein Wohnhaus und er geleitete mich auf den Dachboden. Ich konnte mir nicht vorstellen, was den Mann so derart außer Rand und Band versetzt hatte und war deshalb auf alles gefasst. Auf dem Dachboden zeigte er zwischen die Dachziegel oberhalb des dortigen Fensters und rief: „Herr Inspektor, schauen Sie, was ich da gefunden habe!“

Ich staunte nicht schlecht, als ich zwischen den Dachziegeln eine 5-kg-Granate aus dem zweiten Weltkrieg entdeckte. Die Granate war schätzungsweise 30 cm lang. Soweit ich feststellen konnte, war auch der Zünder noch angebracht. Nun war ich gefragt, in einer äußerst heiklen Situation, auf die ich nicht vorbereitet war. Es war schon ein merkwürdiges Gefühl: Alle Hausbewohner, die sich in der Zwischenzeit auf dem Dachboden ihres Hauses eingefunden hatten, blickten mich erwartungsvoll an und erwarteten eine Entscheidung. Diese Entscheidung sollte nach Möglichkeit aber auch eine richtige sein, denn im Umgang mit Sprengkörpern kann man sich nicht sehr viele Fehlentscheidungen leisten …

Es wird einem jungen Menschen, der sich den Beruf des Polizisten auserkoren hat, manchmal schon sehr, sehr viel abverlangt, dachte ich in diesem Augenblick. Niemals hatte ich im Traum daran gedacht, einmal vor einer derartigen Entscheidung zu stehen. Aber genau diese Unberechenbarkeit macht den Beruf des Polizeibeamten so aufregend und faszinierend. Niemand kann im Voraus sagen, was der nächste Dienst, die nächste Streife oder Amtshandlung bringen wird.

Vom Ausstellen eines Strafzettels wegen eines Parkvergehens, über den Fund einer noch scharfen Granate, wie sich später herausstellen sollte, bis hin zur Festnahme eines bewaffneten Räubers, war einfach alles möglich, wie ich noch am eigenen Leib zu verspüren bekommen sollte.

Die Angelegenheit mit der Bombe auf dem Dach eines Wohnhauses mitten in Linz habe ich in den Griff bekommen, zumal mir die wirklich gefährliche Arbeit, nämlich das Entschärfen des Kriegsreliktes, vom Entminungsdienst abgenommen worden ist.

Schon einige Tage und Diensttouren später saß ich mit einem ebenfalls jungen Kollegen im Funkwagen mit dem Rufnamen „Mitte 2" und wir *bestreiften* unseren Rayon. Gespannt warteten wir auf Aufträge oder Einsätze durch die Funkleitstelle.

An diesem Tag, um 21:22 Uhr, erreichte uns der erste wichtige Funkspruch: *„Mitte 2" von „Donau", bitte kommen!* – Auftragsgemäß meldete sich der Beifahrer und somit der Wagenkommandant über Funk, mit der Bekanntgabe des derzeitigen Standort des Funkwagens. Wir wurden von „Donau" zu einer Anschrift in der Linzer Innenstadt beordert, da dort ein Mann auf uns warten würde, der angeblich der Hilfe der Polizei bedurfte. So lautete der Auftrag, der vorerst nicht sehr aufregend klang und nichts Schreckliches vermuten ließ. Am Auftragsort eingetroffen, wurden wir von dem Mann, der die Notrufzentrale der BPD (Polizeinotruf 133) verständigt hatte, bereits erwartet. Er machte uns folgende Mitteilung: Soeben wollte er seinen pflegebedürftigen und bettlägrigen Vater aufsuchen, konnte jedoch die Wohnungstür nicht öffnen, da diese versperrt war und der Schlüssel innen steckte. Da sein Vater weder auf heftiges Klopfen noch auf Sturmläuten reagierte, machte er sich große Sorgen um das Befinden seines Vaters und vermutete einen Unfall. Aus diesem Grund suchte er nun Rat und Hilfe bei der Polizei – der Besatzung von „Mitte 2".

Da auch wir mit Klopfen und Läuten kein Glück hatten und ein Eindringen in die Wohnung weder durch die Tür noch ein Fenster möglich schien, verständigten wir via Funk über „Donau" die Feuerwehr zur Wohnungsöffnung, wegen Unfallverdachtes.

Die Feuerwehr war in kürzester Zeit vor Ort und öffnete in *„null Komma nix"* die Wohnungstür. Beim Öffnen der Tür schlug uns dichter Qualm und Rauch entgegen und ein sofortiges Betreten war nicht möglich. Die Männer der Feuerwehr drangen mit Atemschutz in die Wohnung ein und brachten den Glimmbrand rasch unter Kontrolle. Erst nach dem Kommando *„Brand aus"* begab ich mich mit meinem Kollegen in die Wohnung. Eine defekte Heizdecke war Verursacher des entstandenen Glimmbrandes, teilte uns der Einsatzleiter der Feuerwehr mit. Nun durchsuchten wir gemeinsam mit den Männern der Feuerwehr die Wohnung nach dem pflegebedürftigen und bettlägrigen Mann und machten eine schreckliche Entdeckung: Der Mann lag in seinem Bett und war vermutlich an den Rauchgasen erstickt. Beim Anblick meiner ersten Brandleiche wurde mir auch sofort klar, warum wir in der Ausbildungszeit einer gerichtlichen Obduktion beiwohnen durften oder mussten. Diese schreckliche Entdeckung mussten wir nun aber dem Mann mitteilen, der sich unsere Hilfe erhofft hatte. Wahrlich keine leichte Aufgabe, die da auf uns wartete.

Mit allen diesen Eindrücken musste ich nun als junger Mensch und Polizist in kürzester Zeit ganz alleine fertig werden. Innerhalb von nur wenigen Monaten erlebte ich meine erste Festnahme, wobei ich auch noch die Handfessel anlegen musste, es wurde mir eine scharfe Granate in die Hand gedrückt und der Anblick einer Brandleiche wurde mir zugemutet. Ziemlich starker Tobak für einen jungen Menschen – in derart kurzer Zeit, wie ich dachte.

Im Verlaufe der Monate wurde es ganz normal, dass ich alleine Streifendienst versah und ich wurde auch immer öfter als Wagenkommandant eingeteilt. Dies war insofern etwas Besonderes, da man jederzeit über Funk von „Donau" zu den verschiedensten Aufträgen und Einsätzen beordert werden konnte, wie ich bereits mehrfach in Erfahrung bringen durfte.

Der Rufname „Donau" stand für die Funkleitstelle in der Nietzschestraße. Dort trafen alle Notrufe (Polizeinotruf 133) ein, die der dort diensthabende Funksprecher zu beurteilen hatte. Nach seinem Urteil beorderte er die Einsatzkräfte, Funkfahrzeuge oder Fußstreifen entweder einsatzmäßig oder auftragsmäßig, alleine oder mehrere, zu den jeweiligen Auftrags- oder Einsatzorten.

Bei einem Auftrag sollte man versuchen, so schnell wie möglich und ohne unnötigen Aufschub oder Verzögerung zum Auftragsort zu gelangen.

Ein Einsatz war da schon eine ganz andere Sache. Unter Verwendung des Folgetonhornes und/oder des Blaulichtes galt es, wegen der gebotenen Dringlichkeit, den Einsatzort möglichst rasch zu erreichen. Eine manchmal mehr als riskante und nicht immer ungefährliche Angelegenheit, je nach Tageszeit, inmitten des normalen Straßenverkehrs.

Damals galt das ungeschriebene Gesetz, dass der Beifahrer des ersten am Auftrags- oder Einsatzort eingetroffenen Funkfahrzeuges die Amtshandlung übernimmt. Somit fungierte dieser Kollege als Leiter der Amtshandlung. Sein Fahrer und die übrigen Kollegen unterstützten ihn dabei. Durch dieses ungeschriebene Gesetz hatte der Leiter der Amtshandlung alles unter Kontrolle und alle Fäden liefen bei diesem zusammen. Er koordinierte vor Ort alle notwendigen Maßnahmen und ebenso erhielt er alle Informationen von den anwesenden Kollegen. Durch diesen Umstand konnte bei der Aufnahme des Sachverhaltes nichts vergessen und Doppelgleisigkeiten vermieden werden.

Natürlich oblag es diesem Kollegen nach Abschluss der Amtshandlung, diese zu Papier zu bringen und eine entsprechende Anzeige zu verfassen. Eine verantwortungsvolle Aufgabe, wie man sich sehr gut vorstellen kann; diente diese Anzeige doch dem Kriminalbeamten, der diese zur weiteren Bearbeitung zugeteilt bekam, sobald gerichtlich strafbare Tatbestände zur Anzeige gelangten, als Grundlage für seine weiteren Ermittlungen. In weiterer Folge wurde diese Anzeige von Staatsanwälten und Richtern gelesen. Rechtsanwälte und Sachverständige nahmen ebenfalls Einblick in dieses Schriftstück. Eine derartige Anzeige kann man getrost als berufliche Visitenkarte des Verfassers bezeichnen.

Bei besonders umfangreichen Amtshandlungen wurde man immer von erfahrenen Kollegen und seinem Kommandanten unterstützt und keinesfalls alleine im Regen stehen gelassen.

Trotzdem kam es vor, dass diese Hilfe manchmal ein wenig nervte, da man sich nach den persönlichen Vorlieben und Spleens des jeweiligen *Hilfestellers* richten musste. Auf den eigenen Schreibstil und die eigene Ausdrucksweise konnte man dabei nicht immer zurückgreifen. Im Nachhinein betrachtet war es aber grundsätzlich richtig, und in meiner mehrere Jahrzehnte dauernden Dienstzeit hatte ich noch reichlich Möglichkeiten, einen eigenen Schreibstil zu entwickeln.

Auf den Wachzimmern der Bundespolizeidirektion Linz gab es zur damaligen Zeit ein Dienstsystem, ein so genanntes *„6-er Rad"*. Es umfasste drei Dienstgruppen: die Gruppe A, die Gruppe B und – richtig geraten – die Gruppe C. Diese Gruppen waren unterteilt in die Untergruppen A1 und A2 und so weiter. Die gesamte Gruppe versah geschlossen Tagdienst und bei Nacht war die entsprechende Halbdienstgruppe im Dienst. Unterbrochen wurde dieses Dienstrad durch einen entsprechenden Freizeitblock. Diese Regelung hatte zur Folge, dass jeder Kommandant – und natürlich auch dessen Stellvertreter – besonders auf „seine Dienstgruppe" achtete und den Standard seiner Leute entsprechend hoch halten wollte. Jeder Sicherheitswachebeamte wollte natürlich der besten Gruppe des Wachzimmers angehören. Dieser Umstand förderte die Gruppendynamik ungeheuerlich und steigerte ständig das Niveau der Beamten.

Nach nur sieben Monaten im Außendienst am damaligen Wachzimmer Derfflingerstraße, nachdem ich die Abschlussprüfung der Polizeischule geschafft hatte, wurde ich zum Rapport befohlen. Zum Rapport befohlen zu werden ist nicht immer eine positive Angelegenheit, noch dazu bei einem Offizier einer anderen Abteilung. Beim Leiter der Verkehrsabteilung, einem Offizier im Range eines Majors, handelte es sich um einen als streng und überkorrekt bekannten Mann. Ich hatte ein flaues Gefühlt im Magen, obwohl ich mir keiner Schuld bewusst war. Ich hatte keine meiner Amtshandlungen versaut und es hatte auch keine der von mir beamtshandelten Personen eine Beschwerde angedroht.
Pünktlich stand ich nun – gekämmt, gestriegelt und nach Vorschrift adjustiert – vor dem Büro des gefürchteten Majors der Verkehrsabteilung.
Er kam rasch zur Sache und teilte mir mit, dass er auf der Suche nach neuen Beamten für die Funkstreife der Bundespolizeidirektion Linz sei. Aus diesem Grund habe er sich bei meinem Kommandanten über mich erkundigt und stichweise in meine Anzeigen Einsicht genommen. Dabei sei er zu dem Schluss gekommen, dass ich für die Funkstreife geeignet sei und er mich gerne bei seiner Truppe, der Funkstreife der BPD Linz, haben möchte.
Die legendäre Funkstreife der BPD Linz, optisch erkennbar durch die schwarzen Lederjacken, war schon lange mein heimlich gehegter Wunsch gewesen. Ich war natürlich freudig überrascht und sagte sofort zu.

Bei der legendären Funkstreife der BPD Linz

Im Geheimen hatte ich immer damit spekuliert, einmal bei der Funkstreife der BPD Linz meinen Dienst versehen zu dürfen. Die SWB der Funkstreife waren äußerlich erkennbar durch ihre schwarzen Lederjacken. Zur Funkstreife kamen zu dieser Zeit, Anfang der achtziger Jahre des vorigen Jahrhunderts, nur die erfahrensten Sicherheitswachebeamten – und diese nur nach einer persönlichen Auslese des Kommandanten der Verkehrsabteilung. Nie hatte ich zu hoffen gewagt, dass ich diesen Sprung schon so bald schaffen würde. Die Funkstreifengruppe war eine verschworene Gemeinschaft und als Feuerwehr für die Kollegen der Wachzimmer gedacht, besonders bei brenzligen und speziellen Einsätzen.

Bei der Funkstreife gab es das so genannte *„4-er Dienstrad"*. Dieses Dienstsystem unterschied sich von den auf den Wachzimmern praktizierten insofern, als auch in den Nachtstunden die gleiche Anzahl an Beamten ihren Dienst versah, da die Unterteilung in Halbgruppen wegfiel. Diese Maßnahme machte Sinn, da die Funkstreifen vorwiegend als erste Besatzung zu heiklen Aufträgen und Einsätzen geschickt wurden: Bei Massenschlägereien, bei Gewaltexzessen mit Verdacht auf Beteiligung einer Waffe, immer wurde zuerst ein Funkwagen der Funkstreife zum Ort des Geschehens beordert. Derartige Vorfälle spielten sich naturgemäß sehr häufig in den Nachtstunden in einschlägig bekannten Lokalen und Örtlichkeiten ab. Am Tag kam es hingegen zu Alarmauslösungen in Bankinstituten oder anderen ähnlichen Geschäftslokalen. Fallweise wurden die Funkstreifler auch eingesetzt zur Unterstützung des VUK (Verkehrsunfall-Kommando) beim großräumigen Absichern von Unfallorten oder bei der Sperre der Autobahn im Stadtgebiet von Linz. Es war immer etwas los und wir hatten alle Hände voll zu tun, eine wunderschöne Zeit, in der ich meine berufliche Erfüllung für lange Zeit finden sollte.

Endlich war es soweit: Nach unendlich scheinenden Tagen war der Zeitpunkt gekommen, wo ich mir in der Monturwirtschaft meine heiß ersehnte, schwarze Lederjacke abholen konnte. Nun war ich tatsächlich, und auch optisch erkennbar, ein Mitglied der legendären Funkstreife-Gruppe.

Bei der Funkstreife war es selbstverständlich üblich, dass ein Frischling wie ich vorerst einem alten Hasen zugeteilt wurde. Optimaler Weise waren die Funkstreifenbesatzungen eingeschworene 2-er-Teams, die schon über mehrere Jahre gemeinsam ihren Dienst versahen. So saß ich damals als Fahrer im Funkwagen „Donau 29" und wurde vom Wagenkommandanten und Beifahrer in Lokalkunde geprüft und quer durch die Botanik geschickt.

Dann ein Funkspruch von „Donau": *Hier „Donau", „Donau 29" bitte kommen!* Ordnungsgemäß meldeten wir uns über Funk mit Bekanntgabe unseres derzeitigen Standort. Wir wurden zu einem Wohnhaus im Süden von Linz beordert, da dort eine Rettung auf uns warten würde. Mehr Information enthielt der Auftrag nicht und wir machten uns auf den Weg. Es war gerade 08:51 Uhr, als wir den Auftrag entgegennahmen. Ich dachte bei mir: *Was kann zu dieser Tageszeit schon Schlimmes passiert sein?*, und harrte der Dinge, die mich erwarten würden.

Bei unserem Eintreffen stellten wir fest, dass soeben eine jüngere Frau, welche massiv und heftig aus mehreren Wunden blutete, von den Sanitätern der bereits anwesenden Rettung medizinisch versorgt wurde. Die Verständigung der Polizei erfolgte durch die Rettungssanitäter per Notruf. Aufgrund des erheblichen Blutverlustes konnte die Frau keinerlei Angaben machen, was eigentlich passiert sei. In Anbetracht der massiven Schnitt- und Stichverletzungen war in Hinsicht auf die gesundheitlichen Folgen für die verletzte Frau Eile geboten und sie musste umgehend in ein Krankenhaus gebracht werden. Deshalb mussten wir uns vorerst bei der Erhebung des vorliegenden Sachverhaltes mit einer Kurzversion durch einen Sanitäter ein Bild verschaffen. Dieser Sanitäter teilte uns mit, dass sich in der Wohnung der schwer verletzten Frau, im dritten Stock des Wohnhauses, ein vollkommen mit Blut verschmierter Mann aufhalten soll und dort angeblich auf die Polizei wartet. Sofort begaben wir uns in den dritten Stock des Wohnhauses und in die von dem Sanitäter beschriebene Wohnung.

Schon im Stiegenhaus war alles mit Blut verschmiert. Der Boden, die Wände und das Stiegengeländer, überall war Blut. Noch niemals in meinem Leben hatte ich so viel Blut gesehen. Obwohl wir nicht wussten, wer sich in der besagten Wohnung aufhielt, mussten wir Nachschau halten und der Sache auf den Grund gehen. Handelte es sich bei dem unbekannten Mann in der Wohnung um einen Ersthelfer, einen Zeugen – oder gar um den Täter. War dieser Mann bewaffnet oder nicht, dieser Umstand musste geklärt werden und das war unsere Aufgabe.

In der kleinen Wohnung konnten wir einen apathischen Mann, auf einem Bett sitzend, antreffen. Dieser war lediglich mit einer Unterhose bekleidet und am ganzen Körper mit Blut besudelt. Ein wahrlich unschöner und gespenstischer Anblick.

Bei der äußerst nervtötenden Befragung des Mannes gab dieser erst nach geraumer Zeit an, dass er mit seiner Freundin, welche gerade mit der Rettung ins Krankenhaus gebracht wurde, in Streit geraten war. Wegen ihrer ständigen Nörgelei sei er ausgerastet und habe ihr eine volle Bierflasche auf den Kopf geschlagen. Durch die Wucht des Schlages sei die Flasche zerbrochen. Da ihn seine Freundin nach dieser Attacke heftig beschimpfte, habe er die Nerven verloren. Mit dem Flaschenhals der zerbrochenen Bierflasche habe er nun seiner Freundin Stich- und Schnittverletzungen im Gesicht, am Hals, an der Brust sowie am Rücken zugefügt. Nun täte ihm sein Ausraster, wie er behauptete, aber schon wieder leid und er möchte sich bei seiner Freundin entschuldigen, wie er uns inständig versichern wollte.

Der lediglich mit einer Unterhose bekleidete, vollkommen mit Blut beschmierte Mann ließ sich von uns widerstandslos und ohne jegliche Reaktion festnehmen. Der Festgenommene wurde mit dem Arrestantenwagen in das Gefangenenhaus der BPD Linz eskortiert und nach den damals üblichen Formalitäten in Haft genommen.

Ich verfasste nun meine erste Anzeige als Funkstreifler. Der Tatverdacht lautete damals auf absichtliche schwere Körperverletzung und hatte die Festnahme einer tatverdächtigen Person zur Folge. Diese Anzeige wurde anschließend der kriminalpolizeilichen Abteilung der BPD Linz, dem zuständigen Referat 1 (Gewalt- und Sexualdelikte) zur weiteren Bearbeitung übertragen und sollte dem dortigen Sachbearbeiter, einem gelernten Kriminalbeamten, als Grundlage für seine weiteren Ermittlungen dienen. Dieser Kriminalbeamte erstattete nach dem Abschluss seiner Ermittlungen die Anzeige an die zuständige Staatsanwaltschaft. Dort nahmen anschließend Staatsanwälte, Richter, Rechtsanwälte und auch Sachverständige Einsicht in den Akt, der wiederum die Grundlage für deren weitere Maßnahmen bildete, bis hin zu einer Hauptverhandlung vor Gericht.

Eine lobenswerte und erfolgreiche Amtshandlung, wie mir von meinen Vorgesetzten mitgeteilt wurde. Das Lob nahm ich dankend entgegen, wohl wissend, dass der Hauptanteil dieses Erfolges sicherlich meinem Wagenkommandanten und Aufpasser gebührte, ohne den ich vermutlich bei dieser blutigen Angelegenheit sehr blass ausgesehen hätte. Trotzdem hätte ich mich tapfer geschlagen, wie mir von meinen Kollegen bestätigt wurde.

Bei der Polizei – und ich nehme an, dies trifft nicht nur für Linz zu – gibt es einen alten und sinnigen Spruch, welcher lautet: *„Es gibt nichts, aber auch gar nichts, was es nicht gibt!"* Dieser alte und sinnige Spruch sollte sich im Verlaufe der nächsten Jahrzehnte noch mehrfach bestätigen.

Die Bestätigung von *„es gibt nichts, aber auch gar nichts, was es nicht gibt"* folgte schon bei einer der nächsten Ausfahrten mit dem Funkwagen „Donau 28". Wir waren zum Streifendienst im Rayon 2, im Süden von Linz eingesetzt, als wir an diesem schönen und warmen Sommertag um exakt 13:15 Uhr einen Einsatzbefehl von „Donau" erhielten. Der blutige Auftrag um die Attacken mit der zerbrochenen Bierflasche war mir noch in bester Erinnerung, weshalb ich mich nicht mehr auf die Uhrzeit festlegte und auf alles gefasst war.

Einsatz über Funk von „Donau" angeordnet heißt: Es brennt der Hut und man hat so schnell wie möglich, natürlich unter Verwendung von Folgetonhorn und/oder Blaulicht, zum Einsatzort zu fahren.

Vom Funksprecher erhielten wir lediglich die Information, dass dort *etwas* vorgefallen sein soll und die Polizei benötigt wird. Eine eher spärliche Information mit viel Spielraum für Spekulationen, was uns dort erwarten könnte. Da der Zusatz *„Vorsicht Waffe"* beim Funkspruch fehlte, konnte es doch nicht so schlimm werden, dachte ich bei mir. Die Anschrift des Einsatzortes befand sich im damals noch sehr berüchtigten Zöhrdorferfeld.

Schon auf der Straße vor dem Wohnhaus wurden wir von einer sehr aufgebrachten jungen Frau erwartet. Diese teilte uns lautstark und unter heftiger Mithilfe ihrer Arme mit, dass in der Waschküche des betreffenden Wohnhauses eine wüste Schlägerei in vollem Gange sei. In der besagten Waschküche angekommen, trauten wir unseren Augen nicht. Es war tatsächlich zu einer wüsten Schlägerei gekommen, und zwar zwischen vier offensichtlich *„desperate housewifes"*. Diese vier Damen, alle Angehörige der Volksgruppen der Sinti und Roma, wie sie uns lautstark wissen ließen, gerieten wegen der unterschiedlichen Auslegung des Waschplanes in Streit und daraus entwickelte sich eine handfeste Rauferei. Dabei attackierten sich die Streitparteien mit Besenstielen und anderen mindergefährlichen Waffen. Mit viel Mühe und gutem Zureden in einer überaus bestimmten Tonlage, gelang es uns, die Schlägerei vorerst zu beenden und die Wogen zu glätten. Eine Einigung zwischen den beiden Streitparteien konnten wir jedoch nicht erwirken, zu unterschiedlich waren die Auffassungen in Bezug auf den Waschplan. Bei der anschließenden Aufnahme des vorliegenden Sachverhaltes konnten wir bei zwei der weiblichen Streithähne geringfügige Verletzungen an den Armen und im Gesicht feststellen. Da alle Beteiligten eine ärztliche Hilfe ablehnten und diese auch nicht in Anspruch nehmen wollten, wurden sie von der Erstattung der Anzeige, wegen Verdachtes der gegenseitigen Körperverletzung, in Kenntnis gesetzt. Reumütig versuchten sie uns nun zu erklären, dass sie sich die festgestellten geringfügigen Verletzungen schon vor dem Streit in der Waschküche zugezogen hätten und somit keine Körperverletzung vorliegen würde. Diese Entscheidung wollten wir aber nicht selbst treffen und entschlossen uns zur Erstattung der Anzeige an die Staatsanwaltschaft. Über Funk wurde an „Donau" eine erfolgreiche Streitschlichtung und eine Anzeigenaufnahme gemeldet. Die Besatzung von „Donau 28" war also wieder frei und einsatzbereit.

Die gegenständliche und von mir verfasste Anzeige wurde, wie damals üblich, an die kriminalpolizeiliche Abteilung der BPD Linz zur weiteren Bearbeitung übermittelt. Ob es zu einer gerichtlichen Verurteilung der vier weiblichen Streithähne gekommen ist, entzieht sich bis heute meiner Kenntnis.

Es dauerte leider nicht lange und die Amtshandlungen nahmen an Ernsthaftigkeit und Dramatik wieder zu.

Jeder Polizist in Österreich bekommt mit seinem Gehalt eine pauschalierte Gefahrenzulage überwiesen. Ob diese hoch genug ist, darüber haben sich sicherlich pflichtbewusste und verantwortungsvolle Politiker ihren Kopf zerbrochen.

Während eines Nachtdienstes im Winter, in den achtziger Jahren des vorigen Jahrhunderts, erhielten wir um genau 21:00 Uhr von „Donau" den Einsatzbefehl, zu einem Wohnheim für ausländische Gastarbeiter im Süden von Linz zu fahren, da dort eine wüste Schlägerei im Gange sei. Da wir uns zufällig in unmittelbarer Nähe des Einsatzortes befanden, trafen wir wenige Augenblicke später am Tatort ein. Vor dem Wohnheim trafen wir auf einen Mann, *„dem der halbe Kopf fehlte"* und welcher massiv aus einer großen Wunde blutete. Der Mann war der deutschen Sprache nicht mächtig und so konnte er uns auch nicht erzählen, was passiert war. Wir forderten über Funk via „Donau" die Rettung an, da der offensichtlich schwer verletzte Mann dringend ärztlichen Beistand benötigte. Bis zum Eintreffen der Rettung übergaben wir den Verletzten in die Obhut eines anwesenden Zeugen, der uns glaubwürdig versicherte, dass er Kenntnisse in

Erster Hilfe besitze und außerdem ein Freund des verletzten Mannes sei. Über den Vorfall selbst konnte auch er keine Angaben machen, da er erst zufällig und kurz vor uns eingetroffen sei.

So begaben wir uns nun, ohne Kenntnis der vorliegenden Sachlage, in das Wohnheim für ausländische Gastarbeiter im Süden von Linz. Im Parterre kamen uns bereits mehrere verängstigte Männer, offensichtlich Gastarbeiter, entgegen, die fluchtartig die Unterkunft verlassen wollten. Da keiner dieser Gastarbeiter der deutschen Sprache ausreichend mächtig war, konnte uns auch keiner weiterhelfen und uns über den vorliegenden Sachverhalt aufklären. Einer der Männer zeigte auf das letzte Zimmer der rechten Seite des Ganges im Parterre des Wohnheimes.

Da noch keine Unterstützung eingetroffen war, wir hatten auch keinen Sukkurs angefordert, wollten wir vorerst den Sachverhalt erheben. Als wir uns dem Zimmer näherten, hörten wir ein lautes Grunzen und unverständliche Worte in einer ausländischen Sprache. Durch die geöffnete Tür betraten wir schließlich das Zimmer. In der Mitte des Raumes stand ein Mann mit erhobenem Krampen und schrie, als er uns gewahr wurde, wie wild um sich. Da dieser Mann der deutschen Sprache ebenfalls nicht mächtig war, gestaltete sich die Amtshandlung schwieriger als vorerst angenommen. Außerdem weigerte sich der aggressive und augenscheinlich alkoholisierte Mann, die Spitzhacke wegzulegen. Nun lag es an uns, der Besatzung von „Donau 28“, diese nicht ungefährliche Situation in den Griff zu bekommen und die Amtshandlung durchzuziehen.

Wie man sich in derartigen Situationen zu verhalten hat und dabei richtig vorgeht, steht aber leider detailliert in keinem Lehrbuch. Sicherlich gibt es sehr viele theoretische Vorschläge und auch Vorschriften, wie man mit solch speziellen Dingen umzugehen hat. Kluge Juristen und verantwortungsvolle und pflichtbewusste Politiker haben sich sicherlich darüber den Kopf zerbrochen und entsprechende Gesetze beschlossen und Verordnungen erlassen. Ob sie Derartiges bereits selbst in der Praxis erlebt haben und umsetzen mussten, entzieht sich meiner Kenntnis, dürfte aber eher unrealistisch sein. Ich nehme trotzdem sehr stark an, dass sich die verantwortlichen Juristen und Politiker des Ernstes ihrer Entscheidungen voll bewusst waren.

Nun standen wir also einem Mann gegenüber, der unsere Sprache nicht verstand, offensichtlich äußerst aggressiv und augenscheinlich alkoholisiert war. Da weitere Attacken des Mannes nicht ausgeschlossen werden konnten, musste rasch gehandelt werden. Auf das Eintreffen von weiteren Polizeikräften konnten wir nicht warten – die Zeit drängte und es bestand eine Gefahr für weitere Personen oder Sachen. So kam es wie es kommen musste: Ich sah mich gezwungen, meinen ersten Waffengebrauch mit der lebensgefährlichen Waffe anzudrohen. Ich zog meine Dienstwaffe, eine Walther PPK 7,65 mm, richtete sie gegen den vor mir stehenden Mann und forderte diesen bestimmt und eindringlich auf, die immer noch erhobene und gegen uns gerichtete Spitzhacke wegzulegen. Obwohl er meine Worte nicht verstehen konnte, begriff er doch den Ernst der Lage und legte sein bedrohliches Instrument wortlos zur Seite. Er ließ sich widerstandslos festnehmen. Nach geraumer Zeit versammelten sich einige Gastarbeiter aus dem Wohnheim am Gang im Parterre. Mit deren Hilfe konnten wir nun in Erfahrung bringen, was eigentlich vorgefallen war. Zwischen dem Aggressor mit der Spitzhacke, der inzwischen von uns festgenommen werden konnte, sowie dem schwer verletzten Mann, welcher sich auf dem Weg ins Krankenhaus befand, kam es zu einem heftigen Streit. Im Verlaufe dieses Streites hatte der Festgenommene den Verletzten mit der Spitzhacke attackiert und diesen am Körper verletzt, wie es im Amtsdeutsch so schön formuliert heißt.

Nicht vor allzu langer Zeit, in der Polizeischule der BPD Linz, dachte ich immer bei mir, dass dieser Fall niemals eintreten könnte. Ich wollte doch nur Polizist in Linz, der Landeshauptstadt von Oberösterreich, werden und kein Cop in New York oder Chicago. Noch vor wenigen Monaten war es für mich nicht recht vorstellbar, eine Festnahme aussprechen zu müssen. Die Handfessel betrachtete ich damals in der Polizeischule lediglich als lästigen Ballast am Gürtel meiner Uniform. Nun musste ich in relativ kurzer Zeit einen Menschen mit meiner Schusswaffe bedrohen. Was sollte in den kommenden Jahren, bis zu meiner Pension, die noch in weiter Ferne lag, alles auf mich zukommen. Zum Zeitpunkt dieser Ereignisse war ich gerade 25 Jahre alt. Trotzdem, oder gerade deshalb, fand ich immer mehr Gefallen am Berufsbild des Polizeibeamten und begann mich damit immer mehr zu identifizieren.

Wenige Tage nach der Amtshandlung mit der Spitzhacke musste ich eine neue Erfahrung in meinem Berufsleben machen. In der Silvesternacht des selben Jahres erhielten wir gegen 03:00 Uhr von „Donau“ den Auftrag, zu einem Geschäftslokal am Linzer Hauptplatz zu fahren. Dort hatte angeblich eine Person versucht, die Auslagenscheibe jenes Geschäftes einzuschlagen. Wir sollten nun feststellen, ob es sich dabei um einen Einbruchsversuch oder eine Sachbeschädigung handle. Am Einsatzort eingetroffen stellten mein Kollege und ich fest, dass die Auslagenscheibe des Elektrogeschäftes eingeschlagen war und sich durch das Loch im Glas jemand eingeschlichen hatte. Im Geschäft selbst konnten wir mehrere beschädigte Stereoanlagen und Fernsehgeräte feststellen. Soweit man von außen überblicken konnte, befand sich niemand mehr im Inneren des Geschäftslokales. Da es die Silvesternacht war, nahmen wir an, dass sich so ein Scherzkeks aus Jux und Tollerei am Eigentum eines anderen einen schlechten Spaß erlaubt hatte. Der in Polizeikreisen hinlänglich bekannte und bewährte Spruch *„Alkohol macht schlau und pfiffig!"*, sollte sich wieder einmal bestätigen. Bis zu diesem Zeitpunkt nahm ich in meiner noch immer vorhandenen Naivität an, dass ich bei entsprechendem Auftreten und Verhalten als Uniformträger eine gewisse Autorität darstellen würde. Aber was lehrt uns das berühmte 11. Gebot? Richtig: *„Du sollst dich nicht täuschen!"*

Wir begaben uns also zu einer Personengruppe, die sich unweit des Tatortes aufhielt und wollten dort in Erfahrung bringen, ob sie etwas gesehen hätten und uns Hinweise auf den bisher unbekannten Täter geben könnten. Wie bereits bemerkt: Es war Silvester – und der Spruch *„Alkohol macht schlau und pfiffig"* kam voll zum Tragen. Es war schier unmöglich, mit diesen Personen, die grundsätzlich einen vernünftigen und ordentlichen Eindruck machten, ein Gespräch aufzubauen oder diese zum Sachverhalt zu befragen. Von blöden Sprüchen bis zu Beleidigungen mussten sich mein Kollege und ich so ziemlich alles anhören.

„Von einem Polizisten wird erwartet, dass er über derartigen Dingen steht." Diesen Satz bekam ich mehrfach von Vorgesetzten zitiert, wenn ich derartige Vorfälle zu Papier brachte und über das Verhalten mancher Staatsbürger gegenüber der Polizei meinen Unmut äußerte.

Plötzlich tauchte ein uns unbekannter junger Mann wie aus dem Nichts auf und outete sich als der von uns gesuchte Täter. Er gab an, dass er lediglich Spaß haben wollte und deshalb die Auslagenscheibe eingeschlagen habe. Ein Diebstahl lag ihm allerdings fern, wie er uns beteuerte. Die durch das Loch für ihn erreichbaren Elektrogeräte habe er deshalb beschädigt, weil heute Silvester ist und, seiner Meinung nach, in dieser Nacht ohnehin niemand einen Fernseher brauchen würde – in dieser Nacht der Nächte, wie er beteuerte.

Da eine Sachbeschädigung in nicht unerheblichem Ausmaß vorlag, mussten wir natürlich das *„Große Nationale"* (Vorname, Familienname, Geburtsdatum, Beruf, Anschrift, Telefonnummer, sowie die Vornamen der leiblichen Eltern) des

Tatverdächtigen aufnehmen. Aus diesem Grund wurde er aufgefordert, sich auszuweisen. Gleich nachdem ich ihn dazu aufgefordert hatte, trat er mir gegen das rechte Schienbein, versetzte mir einen Faustschlag ins Gesicht und gab Fersengeld. Als ich den ersten Schock verdaut hatte, versuchte ich meine Nasenblutung notdürftig zu stillen und setzte zur Verfolgung an. Natürlich griff ich dabei nicht auf den angelernten Rayonshatscher zurück, sondern besann mich auf meinen bereits jahrzehntelang bewährten alpinen Sauseschritt, der mich rasch meinem Ziel näher brachte. Ich holte den Flüchtenden ein und beim Überholmanöver setzte ich ihn von der Festnahme in Kenntnis. Da ihm dies offensichtlich missfiel, hielt er an und fragte mich, ob ich deppert sei. Abermals wollte er mir einen Faustschlag versetzen. Auch mein Kollege war in der Zwischenzeit dazugestoßen. Trotzdem ließ sich der Mann nicht beruhigen und versuchte immer wieder, auf uns einzuschlagen. Nach einem Handgemenge gelang es uns gemeinsam den Mann zu bändigen und die ausgesprochene Festnahme zu vollziehen. Wegen seiner noch immer äußerst aggressiven Verhaltensweise mussten wir ihn mit der Handfessel schließen und, mittels Arrestantenwagen, zur BPD Linz eskortieren. In der Aufregung hatte ich vorerst gar nicht bemerkt, dass ich durch die Attakken des Festgenommenen einige Verletzungen erlitten hatte. Da die Schmerzen immer größer wurden, begab ich mich ins Krankenhaus und ließ dort eine umgehende Untersuchung über mich ergehen. Dabei wurde eine Fraktur des kleinen Fingers an der rechten Hand, sowie Prellungen am rechten Handgelenk und am rechten Knie diagnostiziert. Nach der ärztlichen Versorgung wurde ich wegen des Knochenbruches am kleinen Finger der rechten Hand für einige Tage arbeitsunfähig geschrieben und mir absolute Schonung der Hand verordnet.

Da die Anzeige noch nicht geschrieben war, musste die absolute Schonung der rechten Hand noch etwas aufgeschoben werden. Ich begab mich also zur Dienststelle und verfasste dort, gemeinsam mit meinem Kollegen, die Anzeige gegen den festgenommenen Täter. Die Tatbestände der von uns gemeinsam verfassten Anzeige lauteten auf Verdacht der schweren Sachbeschädigung, Verdacht des versuchten Widerstandes gegen die Staatsgewalt und Verdacht der schweren Körperverletzung. Die Körperverletzung wurde als schwer definiert, da ich sie während der Ausübung meines Dienstes im Zuge der Durchführung einer Amtshandlung mit Festnahme erlitten hatte.

Die Amtshandlung wurde nach damaligen Vorschriften der kriminalpolizeilichen Abteilung der BPD Linz zur weiteren Bearbeitung übermittelt. Ob es zu einer gerichtlichen Verurteilung gekommen ist, entzieht sich leider bis heute meiner Kenntnis. Ich erhielt niemals eine Ladung zur gerichtlichen Verhandlung und bekam somit auch kein Schmerzensgeld oder eine andere Entschädigung für meine im Dienst erlittenen Verletzungen und Schmerzen. Vom Dienstgeber, dem Bundesministerium für Inneres, wird einem Polizeibeamten kein Rechtsbeistand zur Verfügung gestellt.

Es hatte niemand meine Interessen als Geschädigter vor Gericht vertreten. Weder meine Vorgesetzten noch die Staatsanwaltschaft oder das Gericht waren sonderlich davon angetan, dass ich bei der Erfüllung meiner Pflicht angegriffen und verletzt worden war. Für mich war die Zeit gekommen, mir ernsthaft die Frage zu stellen, wie hoch der Stellenwert eines einfachen Sicherheitswachebeamten bei den Vorgesetzten, bei den Staatsanwaltschaften und den Gerichten tatsächlich ist. Ich fühlte mich zu diesem Zeitpunkt im Stich gelassen.

Noch vor Ablauf der ärztlich verordneten Schonfrist für meine rechte Hand, an welcher der kleine Finger gebrochen war, nahm ich meinen Dienst bei der Funkstreife wieder auf.

Obwohl das Ansehen der Polizei in der Bevölkerung hoch ist und der Beruf des Polizeibeamten einen hohen Stellenwert genießt, hat man oftmals von den Vorgesetzten und Gerichten nicht den notwendigen Rückhalt. Selbstverständlich hat sich jeder Polizeibeamte bei allen seinen Amtshandlungen an die bestehenden Gesetzte und Bestimmungen zu halten und sein Vorgehen danach zu richten. Zu berücksichtigen und zu bedenken ersuche ich jedoch, dass es sich bei nicht wenigen Amtshandlungen um Grenzsituationen und Ausnahmefälle für die beteiligten Personen handelt, mit denen ein normaler Staatsbürger nur sehr selten konfrontiert wird.

Hat man Erfolg, konnte der Täter auf frischer Tat *betreten* (= erwischt) und festgenommen oder nachträglich ausgeforscht werden, so ist man meist umringt von vorgesetzten Schulterklopfern. Läuft es jedoch nicht nach Wunsch dieser vorgesetzten Theoretiker, sind diese schlagartig verschwunden, haben keine Zeit oder sind von Terminschwierigkeiten geplagt. Die Vorfälle müssen plötzlich aus der nötigen Entfernung und objektiven Distanz beurteilt werden, wie sie sich auszudrücken pflegen.

Bei der Beurteilung von Beschwerden durch Vorgesetzte gerät die Tatsache sehr oft in Vergessenheit, dass wir Polizisten die meisten unserer Amtshandlungen gegen Alkoholisierte und nicht gut beleumundete Personen aus der Halb- und

Unterwelt zu führen haben. Leider musste ich in meiner Dienstzeit mehrfach feststellen, dass sich viele der Vorgesetzten auf die Seite des Beschwerdeführers stellen und den Polizisten *„betonieren"*. Eine leider sehr unschöne und nicht gerade motivierende Situation, die für den Vorgesetzten aber gewiss den Weg des geringsten Widerstandes erwarten lässt.
Mitte der achtziger Jahre des vorigen Jahrhunderts wurde ich an meinem Geburtstag zum Rapport befohlen. Es war bereits durchgesickert, dass eine Beschwerde in Bezug auf eine Amtshandlung eingelangt war. Vorschriftsmäßig adjustiert trat ich zum Rapport an, wo ich von zwei hochrangigen Offizieren der BPD Linz erwartet wurde. Mit strengem Ton und erhobenem Zeigefinger wurde ich verdonnert und es wurde mir eine schriftliche Ermahnung nach dem Beamtendienstrecht übergeben. Da ich mich zu den mir vorgehaltenen Vorwürfen nicht rechtfertigen durfte, verweigerte ich die Unterschrift unter dieses Papier, womit ich den Zorn der beiden hochrangigen Offiziere nochmals steigerte.

In diesem Papier stand Folgendes geschrieben:

Vom Funkwagen aus forderten Sie den Fahrzeuglenker zum Weiterfahren auf, was schließlich zu einer vermeidbaren Eskalierung der Amtshandlung führte, in der es offensichtlich auf beiden Seiten zu unangebrachten Äußerungen kam. Aber auch Amtshandlungen mit nicht gut beleumundeten Personen dürfen nicht zu einem emotionellen und parteiischen Einschreiten führen.
Da Ihnen bereits im Vorjahr mehrere ähnlich gelagerte Amtshandlungen aufgrund von Beschwerden nachgewiesen werden mussten, die zu Belehrungen gegen Sie führten, muss in ihrem Verhalten eine Dienstpflichtverletzung im Sinne des § 43 Abs. 2 BDG gesehen werden. Deshalb werden Sie gemäß § 109 Abs. 9 BDG ermahnt und darauf hingewiesen, dass weitere Verfehlungen dieser Art eine disziplinäre Verfolgung nach sich ziehen wird.

Ich war baff und nahm diese Ermahnung zur Kenntnis.
Es dauerte naturgemäß nicht sehr lange und ich wurde zum nächsten Auftrag geschickt. Etwas länger dauerte es allerdings, bis ich meine Verunsicherung und meine Verwunderung über das Verhalten der Vorgesetzten abgelegt hatte und mich wieder mit vollem Einsatz meinen dienstlichen Aufgaben widmen konnte.

An einem lauen und schönen Sommerabend in den Achtzigern des vorigen Jahrhunderts wurde die Besatzung von „Donau 28“ zu einem Gasthaus am Stadtrand von Linz beordert. Anrufer in der Funkvermittlung (Polizeinotruf 133) war der Inhaber und Wirt des Lokales, da sich dort ein randalierender Gast befinde, der die Zeche nicht bezahlen und auch das Lokal nicht verlassen wolle. Ein sinniger Spruch lautet zwar *„Der Wirt ist die erste Polizei“*, hat er damit jedoch keinen Erfolg, werden die richtigen Bullen gerufen. Diesen wird anschließend die Aufgabe übertragen, die meist unangenehmen Ereignisse zu beruhigen und zu bügeln. Offensichtlich handelte es sich hier um einen solchen Vorfall.

Beim Lokal eingetroffen, begab sich mein Kollege sofort ins Lokal, um den vorliegenden Sachverhalt erheben zu können. Als Lenker des Funkwagens meldete ich noch vorschriftsmäßig per Funk unser Eintreffen bei „Donau“, wollte den Funkwagen versperren und meinem Kollegen ins Lokal folgen. Als ich dieses betreten wollte, wurde ich von einem augenscheinlich stark alkoholisierten Gast angerempelt, der gerade aus der Gaststube torkelte. Er murmelte einige eher unfreundliche Worte in Bezug auf meine Uniform und meinen Berufsstand. Ich sah dem Mann nach und stellte fest, dass dieser soeben auf ein vor dem Lokal abgestelltes Moped zusteuerte und dieses offensichtlich in Betrieb nehmen wollte. Da mir mein Kollege mit Handzeichen zu verstehen gab, dass er mich nicht benötigen würde, ging ich dem Mann nach und wollte ihn an der Inbetriebnahme des Mopeds hindern. Ich folgte dem Alkoholisierten zu seinem Fahrzeug; es handelte sich bei ihm, wie sich später herausstellte, um den Radaubruder aus dem Lokal. Noch bevor er sein Moped in Betrieb nehmen konnte, forderte ich ihn zur Ausweisleistung auf. Der Mann, ein berüchtigter Gewalttäter und amtsbekannter Uniformhasser mit mehr als zwei Dutzend gerichtlichen Vorstrafen wegen verschiedener Gewaltdelikte, ging sofort auf mich los. Er beschimpfte und beleidigte mich auf das Gröblichste und attackierte mich dabei mit Faustschlägen und Fußtritten. Dabei äußerte er wilde Drohungen gegen mich und schrie immer wieder und immer wieder: „Ich steche dich ab, du Sau, dich Bullenschwein mache ich fertig!“ Aber wie wurde ich eindringlich von meinen Vorgesetzten belehrt: *Ein guter Beamter steht über derartigen Dingen.*

Durch das nicht gerade geräuscharme Getümmel wurde mein Kollege bei der versuchten Aufnahme des Sachverhaltes auf die turbulenten Ereignisse vor dem Lokal aufmerksam. Sofort eilte er mir zu Hilfe. Gemeinsam versuchten wir nun den Tobenden zu bändigen und die ausgesprochene Festnahme zu vollziehen.

Aufgrund der äußerst heftigen Gegenwehr und der ständigen Schläge und Tritte gegen meinen Kollegen und mich, sah ich mich gezwungen, zur mindergefährlichen Waffe, also dem Gummiknüppel zu greifen. Erst durch gezielte Schläge war es möglich, den Widerstand des Rasenden zu brechen und die Festnahme durchzusetzen.

Erst jetzt konnte der Arrestantenwagen über Funk angefordert und der Festgenommene zur BPD Linz eskortiert werden. Immer wieder bedrohte uns der vollkommen außer sich geratene und enthemmte Mann mit dem Umbringen, sollte er nach seiner Entlassung unser habhaft werden.

Nun galt es wieder, den Vorfall und Sachverhalt zu Papier zu bringen und eine Anzeige zu verfassen. Diese wurde wie üblich an die kriminalpolizeiliche Abteilung der BPD Linz weitergeleitet, welche die ausstehenden und notwendigen Ermittlungen führte und eine Anzeige an die Staatsanwaltschaft erstattete.

Jede Anzeige hat natürlich mit eigenen Worten den vorgefallenen Sachverhalt und die gesetzten Maßnahmen zu beinhalten. Bei der Schilderung der gesetzlichen Maßnahmen darf der Gesetzestext natürlich nicht fehlen, weshalb sich eine derartige Anzeige folgendermaßen lesen kann:

> *Trotz Anwendung von Körperkraft war es nicht möglich, die rechtmäßige Festnahme, welche ich bereits ausgesprochen hatte, zu vollziehen. Aufgrund der außergewöhnlich heftigen und aggressiven Gegenwehr des Festgenommenen, schien mir der Einsatz der mindergefährlichen Waffe, des Gummiknüppels, als notwendig und gerechtfertigt. Zur Erzwingung der rechtmäßigen Festnahme versetzte ich dem Festgenommenen mit der mindergefährlichen Waffe mehrere gezielte Schläge auf die Schulterpartien und die Oberarme. Erst nach diesem Gebrauch mit der mindergefährlichen Waffe konnten dem Festgenommenen die Handfessel angelegt werden. Ungefährlichere Maßnahmen oder weniger gefährlichere Maßnahmen, wie insbesondere die wiederholte Aufforderung zur Herstellung des gesetzlichen Zustandes und die Androhung des Waffengebrauches und die Anwendung von Körperkraft (Judogriff) haben sich als vollkommen wirkungslos erwiesen. Aufgrund dieses Verhaltens wurde von mir von der mindergefährlichen Waffe, dem Gummiknüppel, Gebrauch gemacht. Der Zweck des Waffengebrauches war darauf gerichtet, eine rechtmäßige Festnahme durchzuführen. Der Gummiknüppel wurde mit möglichster Schonung auf die Schulterpartien und die Muskelpartien der*

Oberarme angewendet. Der Festgenommene hatte zweifellos die Absicht, die Amtshandlung, Festnahme, zu vereiteln und setzte somit den Tatbestand des versuchten Widerstandes gegen die Staatsgewalt.

Schon alleine wegen dieser notwendigen Formulierung hege ich den berechtigten Zweifel, dass der oder die Verfasser dieses Gesetzestextes jemals einen derartigen Vorfall in der Praxis erlebt haben oder eine Festnahme mit Waffengebrauch durchführen mussten. Aber was soll's – Gesetz ist Gesetz und Recht muss Recht bleiben.
Es kam zu einer gerichtlichen Hauptverhandlung und der Angezeigte erhielt damals – vor langer, langer Zeit – eine unbedingte Haftstrafe und eine gerichtliche Verurteilung. Somit erfuhr mein offensichtlich sehr ausgeprägter Gerechtigkeitssinn eine kleine Genugtuung, wenn auch nicht für lange Zeit.

Ich war noch nicht wirklich lange als Polizist unterwegs und musste in dieser relativ kurzen Zeit schon die meisten meiner einstigen Visionen revidieren. Festnahmen hatte ich in der Zwischenzeit schon mehrfach aussprechen müssen. Nicht alle Festnahmen verliefen aggressiv und gewalttätig, die meisten festgenommenen Personen, weiblichen wie männlichen Geschlechts, ließen sich widerstandslos oder doch zumindest nach kurzem verbalem Einwand in Gewahrsam nehmen. Auch das Anlegen der Handfessel war leider öfter als geplant notwendig und bereits zur Routine geworden. Ich musste auch manchmal die mindergefährliche Waffe, den Gummiknüppel, einsetzen, um eine Festnahme durchführen zu können. Obwohl ich mir noch nicht vor allzu langer Zeit beim besten Willen nicht vorstellen konnte, meine Dienstwaffe/Schusswaffe gegen einen Menschen richten zu müssen, war auch dieser massive Schritt erforderlich. Verdammt, ich hatte anfänglich eine vollkommen falsche Vorstellung, welche Belastungen und Erfordernisse ein Polizist zu bewältigen hat. Gerade deshalb fand ich immer mehr Gefallen an diesem einzigartigen und sehr verantwortungsvollen Beruf. Polizist war zu meinem Traumjob geworden.
Vielleicht ist dies auch einer der Gründe für meine Leidenschaft des Western-Genres. Bei Filmen dieser Art ist das Gute meist in der Person des einsamen Sheriffs vom Bösen streng getrennt und meist leicht erkennbar. Das Gute siegt am Ende immer über das Böse. Dem Western werde ich ein treuer Fan bleiben und mich den Illusionen dieser Romantik hingeben – und in stillen Stunden davon träumen …

Beim MEK der Bundespolizeidirektion Linz

MEK – Mobiles Einsatzkommando

Auf der ganzen Welt, und somit auch immer öfter im europäischen Raum, wurden im Rahmen der Weiterentwicklung der Polizei und der sich stets verändernden Kriminalität mehr Spezialeinheiten für die heiklen Fälle und die sogenannten Sonderlagen auf die Beine gestellt. Mit der sehr starken Zunahme der Brutalität und der leider rasant sinkenden Aggressionsschwelle war die Schaffung derartiger Einheiten leider unumgänglich.

In den USA gab es die legendären und gefürchteten S.W.A.T-Teams (Special Weapons and Tactics). In Deutschland machte die Grenzschutztruppe GSG9 von sich reden.

Auch in Österreich, angeblich einer Insel der Seligen, machten sich diese negativen Auswirkungen, wie steigende Kriminalität und wachsende Brutalität, immer mehr bemerkbar. Somit standen auch meinen Kollegen und mir derartige Veränderungen ins Haus. Wie in Österreich üblich, wurde mit der Umsetzung und Bildung derartiger Sondereinheiten der Polizei in der Bundeshauptstadt Wien begonnen und die WEGA (Wiener Einsatzgruppe Alarmabteilung) auf die Beine gestellt. Die WEGA-Leute erhielten eine verbesserte Bewaffnung, eine gesonderte und zusätzliche Ausbildung sowie eine modernisierte Ausrüstung. In weiterer Folge wurde geplant, derartige Sondereinheiten – nach dem Muster der WEGA in Wien – in allen Bundesländern bei den dortigen Bundespolizeidirektionen einzurichten.

Man ging in der Anfangsphase daran, die bereits bestehenden Funkstreifen aufzurüsten und in mobile Einsatzkommanden umzufunktionieren. Dazu wurden uns probeweise auch bessere Schusswaffen, mit 9 mm Kaliber, wie sie die damalige Gendarmerie verwendete, ausgehändigt bzw. zugeteilt.

In Anlehnung an die COBRA-Einheiten der Gendarmerie sollten nun auch bei der Polizei in den Großstädten, in denen Bundespolizeidirektionen eingerichtet waren, die MEK-Einheiten stationiert werden. Der wesentliche Unterschied zwischen den COBRA-Einheiten der Gendarmerie und den MEK-Einheiten der Polizei sollte sich jedoch in einem grundlegenden Punkt manifestieren: Die COBRA der Gendarmerie war als „stehende Einheit“ organisiert und strukturiert. Stehende Einheit bedeutet, dass die Einsatzkräfte der COBRA auf deren Stützpunkt stationiert sind und über Anforderung ausrücken, wenn sie von den Beamten eines Postens der Gendarmerie zu einer Sonderlage angefordert werden. Diese Anforderung erfolgte nach einem genau festgelegten Katalog – etwa bei Geiselnahmen oder ähnlich spektakulären Verbrechen. Die übrige Dienstzeit verbrachten die COBRA-Leute mit Ausbildung und Training.

Die MEK-Einheiten der Polizei sollten einen in vieler Hinsicht wichtigen Unterschied aufweisen. Das MEK sollte als „mobile Einheit", wie schon aus dem Namen ersichtlich, organisiert und eingesetzt werden. Für Linz waren insgesamt drei Funkfahrzeuge als mobile Einheiten vorgesehen, die ebenso normalen Streifendienst verrichteten. Somit waren im Stadtgebiet von Linz, zusätzlich drei Streifenwagen mit je zwei Mann Besatzung unterwegs und jederzeit einsatzbereit. Eine sehr gute Strategie, die meiner bescheidenen Meinung nach dem COBRA-Modell vorzuziehen ist – besonders im Ballungsraum einer österreichischen Großstadt wie Linz.

In einer Großstadt herrschen eben andere Verhältnisse als auf dem Land, und dies nicht nur in der Bekämpfung der Kriminalität. Diese Erkenntnis ist weder gut noch schlecht, sondern eine unumstößliche Tatsache, deren mit der unterschiedlichen Organisation der beiden Einheiten Rechnung getragen wurde.

Von einem jungen und sehr engagierten Offizier wurde ein spezielles Ausbildungsprogramm erarbeitet und wir MEK-Sicherheitswachebeamte diesem unterzogen. Wir erhielten ein spezielles Schießtraining mit den neuen Waffen und eine erweiterte Ausbildung in Selbstverteidigung. Unterrichtet wurde auch im militärischen Häuserkampf und im Stürmen von Wohnungen. Unter anderem wurde uns auch das gewaltsame Öffnen von Fenstern und Türen, natürlich unter ständiger Berücksichtigung der Eigensicherung, gelehrt.

Ein VW Passat und ein Opel Rekord werteten den Fahrzeugpark des MEK-Linz gewaltig auf. Um die neue, umfangreiche Ausrüstung auch verstauen zu können, erhielten wir jeweils die Kombiausführung dieser Fahrzeuge. Nach der offiziellen Einführung der MEK-Einheiten erhielten wir für Linz ein weiteres Fahrzeug und nun waren wir endlich richtige *MEKler*. Unsere Rufnamen lauteten ab sofort MEK 1, MEK 2 und MEK 3. Wir wurden in die neuen Mehrzweckuniformen gesteckt, in denen wir ab sofort unseren Dienst zu verrichten hatten.

Traurig aber wahr – die legendäre Funkstreife der BPD Linz und deren Beamte mit den schwarzen Lederjacken war somit Geschichte.

Die Besatzung mit dem Funk-Rufnamen MEK 1 war für den Bereich der Innenstadt zuständig. MEK 2 patroullierte im südlichen Teil von Linz, für den Stadtteil Urfahr, jenseits der Donau, war MEK 3 zuständig.

Naturgemäß hatte die Besatzung von MEK 1 die meisten Aufträge und Einsätze zu bewältigen. Der große und unbezahlbare Vorteil dieser mobilen MEK-Einheiten war, dass der Funksprecher der Funkleitstelle (Polizeinotruf 133) im Falle eines Falles jederzeit und sofort drei Funkfahrzeuge mit sechs Beamten zur Verfügung hatte.

Die Arbeit beim MEK war sehr anstrengend, fallweise sogar nervtötend und stressig. Trotzdem möchte ich diese Zeit um nichts in der Welt missen. Unter den damaligen Kollegen beim MEK fand ich Freunde fürs Leben, auch außerhalb des Dienstes. Mit meinem langjährigen Partner beim MEK verbrachte ich aufgrund des Dienstsystems eigentlich mehr Zeit als mit meiner Frau. Das Arbeitsklima und die Kameradschaft beim MEK-Linz war über lange Jahre vorbildlich und so verbrachte ich dort sieben sehr schöne Jahre.

Doch auch am MEK-Linz nagte der Zahn der Zeit und ein Generationswechsel kündigte sich an. Die erfahrensten MEK-ler hatten sich ihre Sporen bereits bei der legendären Funkstreife verdient und steuerten bereits auf den magischen 50er zu oder hatten diesen gar schon überschritten. Aus diesem Grund und der immer hektischer werdenden Zeit wechselten diese Urgesteine der Linzer Polizei nach Möglichkeit in den Innendienst oder auch in den Tagdienst, um sich dort auf ihre wohlverdiente Pension vorbereiten zu können. Wer rast schon gerne im fortgeschrittenen Alter in einem Funkwagen durch das nächtliche Linz zu einer Massenschlägerei, wobei der Funksprecher während der Anfahrt noch vor einer möglichen Bewaffnung eines Beteiligten warnt?!

Für mich hingegen war es damals absolut unvorstellbar, nicht gerne mit dem Funkwagen, unter Verwendung von Blaulicht und/oder Folgetonhorn, zu einem Einsatzort zu rasen – trotz aller Gefährlichkeit eines solchen Einsatzes, tagsüber durch den Alltagsverkehr von Linz zu hetzen, weil in einem Bankinstitut die Alarmanlage irrtümlich ausgelöst wurde. Gott sei Dank handelte es sich in den meisten Fällen um so genannte Fehlalarme. Ebenso unvorstellbar erschien es mir zur damaligen Zeit, in den 80ern des vorigen Jahrhunderts, selbst einmal das biblische Alter von 50 erreicht zu haben – einfach unvorstellbar, dieser Gedanke.

Die Ausbildung wurde laufend verbessert und ausgebaut. Wir erlernten auch die alpinen Abseiltechniken, nicht um uns von der Arbeit abzuseilen, sondern um von außen, durch Fenster, in ein Gebäude eindringen zu können. Diese Abseiltechniken waren mir bestens bekannt, da ich noch immer einen Großteil meiner Freizeit in den Bergen der Ost- und Westalpen verbrachte. In dieser Zeit war weder im Winter noch im Sommer ein Berg zwischen Traunstein und Matterhorn vor mir sicher. Die steilen Fels- und Eiswände waren meine sportliche Spielwiese.

So trug es sich zu, dass ich eines schönen Tages zum Rapport befohlen wurde. Der neue Kommandant des MEK hatte mein Erscheinen angeordnet. Eine unangenehme Sache, obwohl ich mir keiner Schuld bewusst war. Vorschriftsmäßig adjustiert meldete ich mich zur befohlenen Zeit beim neuen Kommandanten des MEK-Linz. Der Kommandant war sehr freundlich, bot mir einen Platz und Kaffee an und war offenbar ebenso nervös wie ich. Der Grund seiner Nervosität war rasch geklärt – es handelte sich um den angekündigten Besuch des damaligen Innenministers. Der Minister des Innenresorts wollte die von ihm ins Leben gerufenen MEK-Einheiten inspizieren und erwartete sich dabei eine der damals sehr beliebten Vorführungen. Die BPD Linz sollte die erste zu inspizierende Einheit sein. Der Kommandant hatte erst kürzlich einer Vorführung der WEGA in Wien beigewohnt und war sichtlich beeindruckt. Bei dieser Vorführung wurde eine Geiselnahme simuliert, die natürlich, wie könnte es auch anders sein, unter der Einbindung eines Hubschraubers, unblutig zu einem glücklichen Ende gebracht werden konnte. Eine sehr spektakuläre Vorführung, die auf einem sehr hohen und professionellen Niveau stattgefunden hat, wie er respektvoll hinzufügte.

Da er nun der neue Kommandant des MEK-Linz war, wollte er sich selbstverständlich profilieren und dem Innenminister eine ähnlich spektakuläre Vorführung bieten. Da er von meinen alpinen Kenntnissen wusste und bei der Polizei in Linz außer mir damals niemand derartige Erfahrung im ausreichenden Ausmaß hatte, wandte er sich mit seinem Anliegen an mich. Nach einer kurzen Aussprache mit meinen Kollegen sagte ich dem neuen Kommandanten zu und versprach ihm eine Vorführung der Superlative für den damaligen Standard. Die Ausbildung am Seil und am Hubschrauber steckte zu dieser Zeit bei der Polizei noch in den Kinderschuhen. Deshalb waren wir bei der Ausarbeitung der geplanten Vorführung auf uns alleine gestellt. Bei der Polizei in Linz gab es die dafür notwendige Ausrüstung natürlich noch nicht, weshalb ich auf meine private Alpin-Ausrüstung zurückgreifen musste.

Da sich außer dem Innenminister und seiner Gefolgschaft noch eine Vielzahl von hochrangigen Beamten aus den verschiedensten Bereichen und Behörden angemeldet hatte, sollte auch die Presse vor Ort sein.

Um diesem Personenkreis eine aufregende und spektakuläre Show bieten zu können, entschlossen wir uns bei der Übung zur Annahme eines bewaffneten Raubüberfalles mit anschließender Geiselnahme. Dieses Szenario sollte unter Einbindung eines Hubschraubers, der uns die Demonstration der Abseiltechniken erlaubte, unblutig zu einem glücklichen Ende gebracht werden. Das damals sehr beliebte Abseilen von einem Gebäude und das Eindringen in eine Wohnung von außen, sollte ebenfalls in die Übung eingebaut werden. Gott sei Dank konnten wir dieses von uns auserkorene Szenario mehrfach üben. Der Tag der Wahrheit näherte sich mit riesigen Schritten.

Der Minister in Begleitung seiner Gefolgschaft, die gesamte Behördenleitung der BPD Linz sowie zahlreiche Medienvertreter warteten nun gespannt auf unsere Vorführung.

Im Übungsverlauf wurde angenommen, dass sich ein bewaffneter Geiselnehmer im Turnsaal der Polizeischule verschanzt hielt. Eingreiftrupp 1 stieg über eine Strickleiter von hinten auf das Dach des Schulgebäudes. Eingreiftrupp 2 kam mit dem Hubschrauber angeflogen. Mein langjähriger MEK-Partner und ich hingen am Bergeseil des Hubschraubers und wir wurden am Dach des Schulgebäudes abgesetzt. Die baulichen Gegebenheiten waren nicht optimal und deshalb mussten beide Eingreiftrupps durch die einzige vorhandene Tür eindringen, um des fiktiven Geiselnehmers habhaft zu werden. Wir seilten uns vom Dach des Gebäudes ab und stürmten unter Verwendung von Blend- und Rauchgranaten das Gebäude. Der Täter konnte natürlich festgenommen und die Geiseln unverletzt befreit werden.

Der Innenminister war sichtlich begeistert und sehr zufrieden, als er uns zur geglückten Vorführung gratulierte.

Alle waren glücklich, begeistert, zufrieden und zeigten sich über den Ausbildungsstand des MEK-Linz sehr erfreut.

Bei verschiedenen Anlässen durften wir abermals unser Können zeigen und erst langsam etablierten sich die MEK's bei der Polizei in Österreich. Es war ein langer Weg, bis endlich vom Ministerium die erforderliche Ausrüstung angeschafft wurde. Mehrmals war es notwendig, dass ich bei diversen Vorführungen mit meiner privaten Ausrüstung aushelfen durfte.

Nach einem blutigen Terroranschlag auf den internationalen Flughafen in Wien, mit mehreren Verletzten und Toten, wurde die „Kranich-Einheit" kurzfristig mit Kollegen aus den Bundesländern aufgestockt. Diese Tatsache ermöglichte mir eine freiwillige Dienstzuteilung für drei Monate nach Wien, wo ich meinen Dienst bei der „Kranich-Truppe" am Vienna Airport versah. Eine sehr aufregende und lehrreiche Dienstzuteilung.

Im Laufe meiner siebenjährigen Dienstzeit beim MEK-Linz wäre die Abseiltechnik beinahe einmal zum Einsatz gekommen. Aus einem Hochhaus in der Linzer Innenstadt wurden gellende Hilfeschreie einer Frau von Passanten vernommen und an die Polizei gemeldet. Die besagte Wohnung befand sich im 5. Stock des Wohnhauses. Bei unserem Eintreffen waren die Hilferufe der Frau noch immer zu hören. Da ein Eindringen durch die Tür zu lange gedauert und auch zu aufwändig gewesen wäre – es handelte sich um eine ledergepolsterte Doppeltür mit Stahlrahmen einer vormaligen Arztpraxis – wurde die Feuerwehr zur Wohnungsöffnung angefordert. Da die markerschütternden Hilfeschreie der Frau nicht verstummen wollten, entschlossen wir uns, die Abseiltechnik einzusetzen. Wir holten die in der Zwischenzeit angeschafften Seile und notwendigen Utensilien aus dem Funkwagen und rannten in den 6. Stock des Hauses. Wir läuteten den Wohnungsbesitzer heraus, erklärten ihm kurz und bündig den vorliegenden Sachverhalt und unser Vorhaben und stürmten mit seiner Zustimmung auf den Balkon. Dort wollten wir das Seil am Geländer befestigen und uns so auf den darunter befindlichen Balkon abseilen. Von dort hätten wir über die geöffnete Tür leicht in die betreffende Wohnung gelangen können, aus der die Hilferufe nach wie vor zu uns drangen. Offensichtlich war höchste Eile geboten. Noch während wir mit dem Befestigen der Seile beschäftigt waren, hatte das Dauerklopfen und Sturmläuten an der Tür jedoch einen unerwarteten Erfolg. Eine vollkommen besoffene und spärlich bekleidete Frau mittleren Alters öffnete die Tür und zeigte sich maßlos erstaunt über unser übertriebenes Klopfen und Läuten. Die Aktion im 6. Stock wurde sogleich abgebrochen und wir begaben uns in die Wohnung im 5. Stock. Dort staunten wir alle nicht schlecht: Die vollkommen besoffene und spärlich bekleidete Frau gehörte zu einem nicht minder besoffenen Mann, der mir von mehreren Amtshandlungen als Gewalttäter bekannt war. Heute ging von diesem aber keine Gefahr aus, da er dazu viel zu betrunken war. Die Frau und der Mann gaben lakonisch zu Protokoll, dass sie lediglich eine „Mordsgaudi" hatten. Die gellenden Hilfeschreie der Frau waren somit nicht be-

gründet und dienten lediglich der Belustigung der beiden Schnapsdrosseln. Außer einer Anzeige wegen Lärmerregung blieb nichts übrig.
Das Risiko und der betriebene Aufwand dieses Einsatzes standen sicherlich in keinem Verhältnis zur vorliegenden Überschreitung wegen Lärmerregung, aber wer kann das im Vorhinein schon wissen? Wie wäre wohl von den Vorgesetzten eine Beschwerde der beiden Schnapsdrosseln gegen uns beurteilt worden und welche Folgen hätte diese nach sich gezogen? Eine wahrlich spannende Frage.

Mehrfach konnten meine Kollegen und ich – während der Streifendienste im Zuge von Fahndungen – flüchtige Einbrecher, Räuber und Fahrzeugdiebe stellen und festnehmen. Auch flüchtige, ausgebrochene oder vom Freigang nicht zurückgekehrte Häftlinge konnten von uns aufgegriffen und wieder in die Obhut der Justiz übergeben werden.
Bei einer Vielzahl von Amtshandlungen handelt es sich um Grenzsituationen der beteiligten Personen, die sehr oft der Halb- oder Unterwelt zugerechnet werden müssen. Vielleicht wäre ein wenig mehr Courage bei den Vorgesetzten gefragt, die Beschwerden zu beurteilen und zu bearbeiten haben. Man hat leider oft den Eindruck, dass Vorgesetzte, die selbst aus dem Stande der Exekutive kommen, zu leicht vergessen, was sich in der Praxis wirklich abspielt. Vielfach war es diesen Kollegen möglich, während der Dienstzeit ihrer Ausbildung oder ihrem Studium nachzugehen und sich konzentriert ihrer beruflichen Laufbahn zu widmen. Dabei sollte aber nicht der Bezug zur Realität verloren gehen. Bei Vorgesetzten, die als Quereinsteiger nach einem Jurastudium ihren Weg zur Polizei gefunden haben, liegt der Fall etwas anders, da diese auf keine polizeiliche Praxis verweisen können. Juristen sind eben keine Polizisten, auch wenn sie im Innenresort hohe Ämter bekleiden.

Wieder einmal war ich zur Streife mit MEK 1 eingeteilt. Wir fuhren auf der Landstraße in Richtung des Hauptplatzes, als uns in dieser kalten und verregneten Herbstnacht um 23:15 Uhr der Funkspruch erreichte: *Hier Donau, MEK 1 fahren Sie ...., dort steht ein Taxi. Der Lenker hat offensichtlich Schwierigkeiten mit mehreren Fahrgästen.*
Ein derartiger Funkspruch lässt viel Spielraum für Spekulationen. Vom alkoholisierten Fuhrlohnpreller bis zum bewaffneten Taxiraub ist in so einem Fall einfach alles drin. Am Auftragsort eingetroffen wurden wir schon vom Taxilenker

erwartet, der uns folgende Anzeige erstattete. Soeben wollten sechs Punker zu ihm ins Taxi steigen. Als er ihnen dies verweigerte, da er lediglich vier Fahrgäste aufnehmen darf, begannen die Punker zu randalieren und ihn zu bedrohen. Die Männer traten daraufhin gegen sein Auto und beschädigten dieses, indem sie einen Rückspiegel sowie Radio- und Funkantenne herunterrissen. Anschließend flüchteten sie in Richtung Innenstadt. Die Fahndung wurde sofort über Funk an die anderen Streifen durchgegeben.

Es dauerte nicht lange und die randalierende Truppe der Punks wurde gesichtet und zwar von der Fußstreife „Mitte 33“. Kurz notierten wir uns die notwendigen Daten des Taxilenkers und machten uns auf die Socken in Richtung der Randalierer. Schon von Weitem konnten wir sie deutlich vernehmen. Auf ihrem Marsch in Richtung Stadtzentrum bespuckten und beschimpften sie die ihnen entgegenkommenden Passanten und stießen diese laut grölend zur Seite.

Wieder einmal machte sich der unbezahlbare Vorteil der mobilen MEK-Einheiten bemerkbar. Unsere Kollegen von MEK 2 hatten den Funkspruch natürlich mitbekommen und waren sofort in Richtung der gesichteten Punks gerauscht. Fast gleichzeitig trafen wir dort ein, und mit der Fußstreife „Mitte 33“ stand es nun fünf gegen sechs. Fünf Polizeibeamte gegen sechs Punker: dieses Verhältnis schien mir mehr als ausgeglichen und wir konnten getrost zur Amtshandlung schreiten. Überdies nahte auch schon in Form von MEK 3 weitere Unterstützung aus Richtung Urfahr.

Die Amtshandlung mit den sechs Punks, die nicht unerheblich alkoholisiert waren, gestaltete sich naturgemäß nicht einfach und führte schlussendlich zu sechs Festnahmen. Die Festgenommenen wurden visitiert (= *durchsucht*) und anschließend mit der Handfessel geschlossen.

Ich selbst führte die Visitierung eines Punkers durch, welche – aufgrund der Kleidung und der hygienischen Einstellung dieser Personengruppe – für den Polizisten immer unangenehmer ist als für den Betroffenen, wage ich hier zu behaupten. Bei der von mir visitierten Person stellte ich obendrein fest, dass sich unter dessen vielen, seit langer Zeit zweifellos nicht mehr gewaschenen, Shirts etwas bewegte. Ich konnte diesen offensichtlich beweglichen Gegenstand nicht lokalisieren und sichern, weshalb ich den Punk aufforderte, dies für mich zu erledigen. Grinsend kam er dieser Aufforderung nach und wir staunten nicht schlecht, als er „Speedy“ an den Tag beförderte. Der Punk hatte doch tatsächlich eine große weiße Ratte unter seinen T-Shirts. Plötzlich hatten wir einen Festgenommenen mehr und beförderten alle, mithilfe des in der Zwischenzeit eingetroffenen Arrestantenwagens, zur BPD Linz.

Vor der Abgabe in den Arrest mussten wir uns noch um „Speedy" kümmern und von seinem Besitzer trennen, was zu heftigen Reaktionen der beiden führte. Weder der Biss von einem Punk noch der von einer Ratte ist wahrscheinlich angenehm. Eine Vorschrift der Hausordnung des Polizeigefangenenhauses erlaubt ausdrücklich keine Haustiere und darunter fiel Speedy zweifellos. Der Besitzer von Speedy gebärdete sich derart, dass er vorerst in der Sicherungszelle, landläufig Gummizelle genannt, verwahrt werden musste. Liebend gerne hätte ich Speedy durch eine Dienstkatze entsorgen lassen, dies war aber nicht möglich, weshalb eine andere Lösung gefunden werden musste. Die Mutter des inhaftierten Punks musste noch verständigt werden, da ihr Filius für diese Nacht mit dem Polizeiarrest vorliebnehmen musste. Die Mutter des Betroffenen erklärte sich bereit, Speedy bei uns abzuholen. Sie reiste mit dem Taxi an, nahm das Tier in ihre Obhut und rauschte, die Ratte im Gepäck, mit dem Taxi wieder ab. – Die Sache mit der festgenommenen Ratte namens Speedy war noch einige Zeit Gesprächsthema in unseren Reihen.

Die nächste außergewöhnliche Erfahrung und Herausforderung wartete schon einige Tage später, im Verlaufe einer Tagdiensttour, auf mich. Mit einem meiner altbewährten Kollegen bildete ich an diesem Tag die Besatzung von MEK 1 und wir streiften wie üblich durch die Innenstadt von Linz. Wie aus heiterem Himmel erreichte uns ein Funkspruch: *„Hier Donau – MEK 1 und MEK 3, Einsatz, beim Anschlussturm ist soeben ein Auto mit Insassen in die Donau gestürzt!"* Sofort rasten wir unter Verwendung von Blaulicht und Folgetonhorn durch den normalen Alltagsverkehr in Linz zum Einsatzort. Schon von Weitem konnten wir sehen, dass am Straßenrand einige Fahrzeuge abgestellt waren und die umherstehenden Passanten aufgeregt in unsere Richtungen winkten. Beim Sprung aus dem Funkwagen sahen wir gerade noch, wie ein PKW, mit der Bodenplatte nach oben, in Richtung Nibelungenbrücke abtrieb. Ohne großartig nachzudenken sprangen wir in die Donau und schwammen zu dem sinkenden Auto. Der Beifahrer hatte sich selbst aus dem untergehenden Fahrzeug befreien können und rief uns zu, dass sein Freund noch im Auto sei und sich auf dem Fahrersitz nicht vom Sicherheitsgurt befreien könne. Gemeinsam versuchten wir nun die Fahrertür des Fahrzeuges zu öffnen, was uns jedoch trotz heftigster Bemühungen nicht gelang. Ebenso war es uns unmöglich ein Fenster einzuschlagen und

so mussten wir zusehen, wie das Wrack immer weiter abtrieb. Den Mann am Fahrersitz bekamen wir nicht zu fassen. Erst nachdem die Feuerwehr eingetroffen war, gelang es dieser, das Wrack zu sichern und zu bergen. Der Fahrer befand sich noch immer angegurtet auf seinem Sitz; er war aber bereits ertrunken, wie sich später herausstellte. Klatschnass und halb erfroren kletterten wir aus der Donau und erst jetzt wurde mit bewusst, wie verdammt kalt es eigentlich war an diesem nebeligen Herbsttag im Oktober.
Halb erfroren und nass bis auf die Knochen wurden wir umgehend zum Stützpunkt gebracht, wo uns eine heiße Dusche wieder aufrichtete. Anschließend brachte uns heißer, dampfender und schwarzer Kaffee die Lebensgeister zurück. Wir beendeten den Dienst vorschriftsmäßig um 19:00 Uhr und waren zum nächsten Nachtdienst wieder vollzählig angetreten. Es war für mich längere Zeit nicht sehr einfach, diesen Vorfall zu vergessen. Wir waren so nahe dran und konnten dem jungen Mann dennoch nicht mehr helfen und sein Leben retten. Von den Vorgesetzten gab es in diesem Fall keinerlei Hilfe in Form von Gesprächen oder professioneller Hilfestellung; solches war nur im Falle eines Schusswaffengebrauches vorgesehen.

Bei allen in diesem Buch geschilderten Erlebnissen und Amtshandlungen war ich persönlich vor Ort und beschreibe ausschließlich meine persönlichen und somit subjektiven Empfindungen, Wahrnehmungen und Einschätzungen, ohne Anspruch auf rechtliche Vollkommenheit. Dies ist auch der Grund, warum ich mich entschieden habe, meine Kollegen und Freunde, ohne die diese dienstlichen Erfolge niemals möglich gewesen wären, nicht namentlich zu nennen.

So zogen die Jahre ins Land – und beim MEK-Linz waren meine Kollegen und ich weiterhin damit beschäftigt, Unfallstellen abzusichern, nach flüchtigen Straftätern zu fahnden oder Schlägereien und auch Streitigkeiten in diversen Familien zu schlichten.
Trotz aller Ernsthaftigkeit des Dienstes trugen sich aber auch immer wieder amüsante Anekdoten bei den verschiedenen Einsätzen zu.
Wie schon so oft, war es wieder einmal soweit. Über Funk wurden wir, MEK 1 und MEK 2, von „Donau“ einsatzmäßig zu einem großflächigen Firmenareal geschickt, da sich dort der Einbruchsalarm ausgelöst hatte.
Einsatzmäßig bedeutet, so schnell wie möglich – unter Verwendung des Blau-

lichtes und/oder des Folgentonhornes – zum beschriebenen Einsatzort zu fahren. Während der rasenden Fahrt durch das nächtliche Linz zum Einsatzort wurden weitere Funkfahrzeuge angefordert, welche sich in der weiteren Folge des Einsatzes um die Außensicherung des Objektes kümmern sollten. Das Eindringen war den MEK-Einheiten vorbehalten.

Am Einsatzort warteten wir das Eintreffen aller Einsatzfahrzeuge ab, um eine professionelle Amtshandlung abwickeln zu können. Wie üblich übernahm der Wagenkommandant von MEK 1, welcher den Einsatz erhalten hatte, die Leitung der Amtshandlung vor Ort und koordinierte den Einsatz. Über ihn liefen ab sofort sämtliche Aktionen und er wurde auch ständig am Laufenden gehalten. Unter den Einsatzkräften befand sich in diesem Fall auch ein Hundeführer mit seinem deutschen Schäferhund.

Die Außensicherung wurde aufgezogen und wir bereiteten uns auf das Eindringen vor. Der Hundeführer plädierte, unter Anführung und Rücksichtnahme auf unsere persönliche Sicherheit, zuerst seinen „Tasso“ (Funk-Rufname für Diensthundeführer) in das Objekt zu schicken. Wir stimmten zu und warteten gespannt auf den ersten live erlebten Tasso-Einsatz bei einem Einbruchsalarm. Es war ein sehr junger Hundeführer und sein Tasso war auch nicht wesentlich älter. Der Hundeführer erzählte uns stolz, dass er seinen Tasso noch nicht sehr lange habe und es ihr erster gemeinsamer echter Einsatz wäre.

Eine alte Polizisten-Weisheit lautet: der beste und sicherste Platz bei einem Tasso-Einsatz ist immer *hinter* dem Hund, da dieser keine Uniformen kennt. Erfahrungsgemäß ist die Reihenfolge bei einer Verfolgung: flüchtender Täter – nacheilender Polizist – verfolgender Polizeihund, die schlechteste aller möglichen Varianten.

Um an das eigentliche Objekt zu gelangen, musste vorerst ein Maschendrahtzaun überklettert werden. Dies gefiel unserem Tasso offensichtlich nicht sonderlich und er weigerte sich beständig, über das Hindernis zu springen. Dem Hundeführer war dies sichtlich sehr peinlich, unter unserer aller Augen seinen Tasso über den Zaun heben zu müssen. Dabei brauchte er aber nun Hilfe und Unterstützung, und zu meiner unangenehmen Überraschung bat er mich darum. Ich muss dazu vermerken, sehr großen Respekt vor Hunden zu haben, um nicht Angst sagen zu müssen – und nun sollte ausgerechnet ich einen ausgewachsenen Polizeihund über einen hohen Maschendrahtzaun heben. Eine ausgesprochen prekäre Situation für mich, vor der ich mich aber auch nicht drücken wollte. So kletterte ich also über den Zaun und nahm den Tasso auf der anderen Seite entgegen. Nun war der Weg frei und alle Einsatzkräfte, welche für das Eindringen vorgesehen waren, konnten folgen. Wir schlichen vorsichtig und auf leisen Sohlen ums Objekt und stellten auf der Rückseite ein riesiges Loch in der Glasfüllung eines Fensters fest. Offensichtlich waren der oder die Täter durch dieses Loch im Fenster eingestiegen. Abermals machte uns der Hundeführer auf die von ihm gewünschte Reihenfolge aufmerksam und nervte uns zum wiederholten Male mit der nicht unbegründeten Warnung: der sicherste Platz bei einem Tasso-Einsatz ist hinter dem Hund, da dieser keine Uniform kennt und jenen beißen würde, den er als Ersten erreicht. Ein guter, wenn auch bekannter Ratschlag – danke.

Als es ums Einsteigen in das Objekt ging, stellte der Hundeführer fest, dass überall Glassplitter und Scherben herumliegen würden und fürchtete eine erhebliche Verletzungsgefahr für seinen Tasso. Neuerlich bat er uns, seinen Tasso in das Objekt zu heben. Aber was zu viel ist, ist zu viel und so entschlossen wir uns, das Objekt ohne die Hilfe von Tasso zu durchsuchen. Durch die aufgezogene Außensicherung, welche in diesem Fall leicht möglich war, schien das Objekt gesichert und wir stiegen durch das Loch im Fenster ein. Mit gezogenen Dienstwaffen machten wir uns nun an die Durchsuchung dieses riesigen Gebäudekomplexes. Das nicht gerade üppige Licht unserer Taschenlampen wies uns den Weg durch das unbekannte Gebäude auf der Suche nach einem möglichen Einbrecher – oder waren es gar mehrere Täter. Eine derartige Durchsuchung stellt immer eine enorme nervliche Belastung für die beteiligten Beamten dar. Handelte es sich um einen oder gar mehrere Täter, waren diese bewaffnet und auch bereit ihre Waffen zu benützen? Der oder die Täter hatten uns sicherlich schon längst bemerkt und sich versteckt. Ein weiterer Vorteil auf der falschen Seite, wie ich zu bemerken erlaube. Gott sei Dank hatten wir beim MEK die Möglichkeit, derartige Szenarien mehrfach zu trainieren. Außerdem kannten wir uns gegenseitig und jeder wusste, dass er sich auf seine Kollegen bedingungslos verlassen konnte. Eine nicht unwesentliche Tatsache bei gezogenen Dienstwaffen.

Nach einer langwierigen Suche entdeckten wir den Einbrecher, welcher sich in einem großen Kasten versteckt hielt. Er wurde nach allen Regeln der Kunst festgenommen und das bereits zum Abtransport bereitgelegte Diebesgut vorläufig sichergestellt. Bei der Visitierung stellten wir fest, dass dieser Täter nicht bewaffnet war. Trotzdem war dieser Einsatz noch lange nicht beendet. Wir glaubten seinen Beteuerungen nicht, dass er alleine war und durchsuchten das Objekt nach weiteren Tätern. Er dürfte aber die Wahrheit gesagt haben, da wir trotz intensiver Suche in dieser Nacht keine anderen Täter mehr finden konnten.

Der Einsatz konnte somit erfolgreich abgeschlossen werden und wir rückten alle, auch der Tasso, zum Stützpunkt ein.

Die Amtshandlung samt Festnahme musste nun natürlich auch vom Leiter der Aktion zu Papier gebracht, sprich eine Anzeige verfasst werden. Nach der Durchsuchung, der Festnahme, der Vorführung zum Journalbeamten, der Abgabe in das Polizeigefangenenhaus, der amtsärztlichen Untersuchung des Festgenommenen, war die Dienstzeit schon fast zu Ende. Nun galt es aber noch die Anzeige zu verfassen, keine einfache Sache nach 12 Stunden Dienst ohne Schlaf. Diese sollte selbstverständlich Hand und Fuß haben, beinhaltet sie doch einen massiven Eingriff in die persönliche Freiheit eines Menschen, nämlich die Festnahme, und sollte somit auch vor Gericht standhalten. Das Betreten eines Täters auf frischer Tat und dessen Festnahme ist eine Sache; eine ganz andere Sache ist, die Anzeige auch „gerichtsfertig" machen zu können. Dient doch ein derartiges amtliches Schriftstück, welches die Unterschrift des Verfassers ziert, Staatsanwälten, Richtern, Verteidigern und Sachverständigen als Arbeitsgrundlage.

Niemand wäre damals auf die Idee gekommen, diese Amtshandlung einem anderen Kollegen oder einer anderen Einheit oder Abteilung für die Finalisierung, sprich Erstattung der Anzeige, aufs Auge zu drücken. Dies war unser Erfolg und den wollten wir uns auch nicht nehmen lassen, weshalb die Anzeige selbstverständlich von uns verfasst wurde, bevor sie, wie damals üblich, der kriminalpolizeilichen Abteilung - Referat 3 zur weiteren Bearbeitung übermittelt wurde.

Nach Tagen und Wochen, stundenlangem, stressfreiem Studium der Aktenberge entscheiden dann Juristen, Strafverteidiger, Staatsanwälte und Richter, ob die Polizisten richtig entschieden und im Sinne der bestehenden Gesetze eingeschritten waren. Wir aber hatten weder Stunden noch Tage oder gar Wochen und Monate Zeit. Die Anzeige musste sofort, ohne unnötige Verzögerung verfasst werden. Immerhin begann die gesetzlich festgelegte 48-Stunden-Frist für die Festnahme zu laufen. Innerhalb dieser 48 Stunden hatte der Staatsanwalt zu entscheiden, ob eine Anzeige auf freiem Fuß oder die Überstellung in das Gefangenenhaus des zuständigen Gerichts zu erfolgen habe, wo über die Verhängung der Untersuchungshaft entschieden wurde. In dieser Zeit warteten schon die damals zuständigen Kriminalbeamten auf die Anzeige, um ihre Arbeit aufnehmen zu können. Diese mussten Prioren (Überprüfungen) durchführen und ermitteln, ob der Festgenommene eventuell auch noch für andere Tatbestände in Frage käme oder damit in Verbindung stünde.

Damals liefen alle derartigen Informationen – die aktuellen, aber auch die zurückliegenden – bei der kriminalpolizeilichen Abteilung der jeweiligen Bundespolizeidirektion zusammen. Die zuständigen Kriminalbeamten hatten somit das notwendige Hintergrundwissen, um die notwendigen Schritte einleiten zu können. Also auf, ihr faulen Säcke, keine Müdigkeit vortäuschen und ran an die Schreibmaschinen! Mit vereinten Kräften gelang es uns immer wieder, den manchmal nicht leichten Anforderungen gerecht zu werden.

Wieder einmal, während eines nächtlichen Streifendienstes mit MEK 2, wurden wir von einem sehr aufgeregten Passanten angehalten. Dieser teilte uns mit, dass er soeben beobachtet habe, wie zwei vermummte Gestalten über den Zaun eines Freizeitzentrums mit Freibad geklettert seien. Beide Vermummten hatten Umhängetaschen bei sich und er vermutete, es könnte sich dabei um Einbrecher handeln. Aufgrund seiner Schilderung teilten wir die Einschätzung des Passanten und nächtlichen Spaziergängers. Wir forderten sofort per Funk Unterstützung an, um das Objekt unverzüglich mit einer entsprechenden Außensicherung absichern zu können. Nachdem dies geschehen war, organisierten wir einen 4-köpfigen Eingreiftrupp, der in das Objekt einsteigen sollte. Vier *MEKler* gegen zwei vermeintliche Einbrecher, dieses Verhältnis schien mir gerecht und angemessen zu sein. Unverhofft bekamen wir Hilfe und zwar in Form des uns bereits bekannten Hundeführers. Dieser wollte natürlich abermals die Vorhut übernehmen und seinen Tasso vor uns in das Objekt schicken. Wir stimmten zu und richtig, der sicherste Platz bei einem Tasso-Einsatz ist hinter dem Hund – noch besser, hinter dem Hundeführer.

Uns waren noch immer die wieder und wieder aufgewärmten Schauergeschichten von diversen Tasso-Einsätzen in bester Erinnerung: Ein SWB verfolgt einen flüchtenden Straftäter, welcher wiederum von einem Hundeführer mit seinem Tasso verfolgt wird. So weit so gut. Der Hundeführer lässt seinen Tasso von der Leine, dieser sprintet los und greift sich den Ersten, den er zu fassen bekommt. Tassos können angeblich keine Uniform erkennen oder unterscheiden, wie uns immer wieder von den Hundeführern beteuert wurde.

Diese Erinnerungen und die neuerliche Ermahnung des Diensthundeführers bestimmten somit die Reihenfolge des Eindringtrupps. Tasso gefolgt von seinem

Hundeführer und anschließend die vier *MEKler*. Wir marschierten also angespannt hinter Tasso und seinem Boss her. Ein derartiger Einsatz, eine Durchsuchung eines vermeintlichen Einbruchsobjektes, stellt immer eine heikle Angelegenheit dar. Jeder von uns hatte seine Dienstwaffe gezogen, in der anderen Hand hielt er eine Taschenlampe. Man weiß nie, was oder wer hinter der nächsten unbeleuchteten Ecke lauert und was im nächsten Moment passieren wird. In diesem Fall, und dies war beim damaligen MEK ein ungeschriebenes Gesetz, kannten wir uns alle und jeder wusste, dass er sich bedingungslos auf den anderen verlassen konnte. Alle waren wir ausgewachsene Männer und in der Zwischenzeit zu vollwertigen Polizisten geworden, keiner brauchte auf den anderen aufzupassen und jeder konnte sich zu hundert Prozent auf den anderen verlassen. Eine verschworene Gemeinschaft, das MEK.

Wir marschierten gespannt und auf alles gefasst hinter dem Diensthundeführer und seinem Tasso her. Auf Kommando durchsuchte dieser das gesamte Objekt, welches auch eine Saunalandschaft umfasste. Der Tasso ging mit gesenktem Kopf und schnüffelnd durch die leeren Saunakabinen. Er ging an der langen Leine, trug jedoch keinen Beißkorb mehr. Richtig, der einzig sichere Platz bei einem Tasso-Einsatz ist hinter dem Hund. Wir *MEKler* folgten dem Tasso und als dieser die vorletzte Saunakabine ohne jegliche Reaktion wieder verlassen hatte, folgten wir routinegemäß seinem Weg und übernahmen die Nachsicherung. Zu unserer großen Überraschung fanden wir in der vorletzten Saunakabine, die der Tasso ohne Reaktion wieder verlassen hatte, die beiden vermummten Gestalten, nach denen wir gesucht hatten. Eng aneinandergepresst standen sie regungslos auf der obersten Liege in der vorletzten Saunakabine und waren beim Anblick des Tassos kreidebleich geworden, der das Objekt nach ihnen abschnüffelte.

Eine Geschichte, die wieder einmal eindrucksvoll beweist: Vertrauen ist gut, Kontrolle ist besser.

In meiner nun doch schon mehr als 30-jährigen Berufserfahrung durfte ich bei unzähligen Einsätzen und Amtshandlungen, besonders bei Massenschlägereien, die Vorteile eines Diensthundeeinsatzes miterleben. Auch bei der Suche nach vermissten oder abgängigen Personen kann man trotz der heute hoch technologisierten Zeit nicht auf die wertvolle und unbezahlbare Hilfe und Unterstützung der Diensthundeführer und ihrer Tassos verzichten.

Es war in einer lauen Sommernacht und ich war wieder einmal mit einem meiner bewährten Kollegen als „MEK 1“ in der Innenstadt von Linz unterwegs. Um 02:15 Uhr erreichte uns ein Funkspruch: *„Hier Donau, MEK 1 bitte kommen.“* Vorschriftsmäßig meldete ich mich als Beifahrer mit dem derzeitigen Standort unseres Funkfahrzeuges. Von „Donau“ wurden wir zu einem Wohnhaus in der Innenstadt von Linz, ins Neustadtviertel, beordert, da sich dort im 3. Stockwerk ein Randalierer aufhalten solle. Anruferin in der Funkleitstelle (Polizeinotruf 133) war eine Bewohnerin des Hauses.

Da es sich um einen Auftrag und keinen Einsatz handelte, erwarteten wir keine besonders spektakuläre Amtshandlung. Die Tageszeit ließ eher auf einen betrunkenen Hausbewohner schließen, der seine Wohnung nicht finden konnte und deshalb die Nachtruhe störte. Im Stiegenhaus, auf Höhe des 1. Stockwerkes, kam uns ein Mann entgegen, der einen komischen und verdächtigen Eindruck machte. Er wurde daher von uns angesprochen und zur Ausweisleistung aufgefordert.

Seinem beruflichen Ehrenkodex zufolge, es handelte sich um einen Nachwuchsganoven aus der Zuhälterszene, den ich zu diesem Zeitpunkt noch nicht persönlich kannte, gab er sich betont cool. Dieses Verhalten trug nicht gerade dazu bei, sich weniger verdächtig zu machen. Mein Partner begab sich in der Zwischenzeit in die Wohnung der Anruferin im 3. Stock des Hauses, um dort den Grund ihres nächtlichen Anrufs beim Polizeinotruf in Erfahrung zu bringen. Über die Eigensicherung machten wir uns in diesem Fall keine allzu großen Sorgen, denn der perlustrierte Nachwuchsganove aus der Zuhälterszene machte keinen besonders gefährlichen Eindruck auf uns. Wegen seines betont coolen Verhaltens uns gegenüber, kam er uns eher lächerlich, keineswegs aber gefährlich vor. Außerdem wog dieser Typ, unserer Schätzung nach, maximal 60 Kilogramm in nassem Zustand. Bei der Befragung der Anruferin stellte sich heraus, dass dieser ungemein coole Typ versucht hatte, die beiden Damen aus dem horizontalen Gewerbe, die sich in der Wohnung aufhielten und für deren rechtmäßigen Beschützer er sich hielt, mit Drohungen zu mehr Fleiß bei der Arbeit aufzufordern. Da sich dieser ungemein coole Typ nun mit dem Vorwurf des Verdachtes der zweifachen gefährlichen Drohung konfrontiert sah, veränderte er blitzartig sein Verhalten uns gegenüber. Offensichtlich hatte er, bei der Ausübung seines „Berufes“, bereits mit der Polizei seine Erfahrungen gemacht. Es war ihm deshalb bekannt, dass bei einem derartigen Verdacht, in seinem Fall sogar gegen zwei verschiedene Personen, eine eventuelle Festnahme nicht ausgeschlossen war. Da er der drohenden

Festnahme offensichtlich entgehen wollte, gab er sich plötzlich kleinlaut und willig. Er beantwortete alle unsere Fragen nach seinem Namen und sonst für uns wichtigen Angaben, die wir für eine eventuelle Anzeige benötigen würden.

Unvermittelt zog mich eine der leicht bekleideten und aufreizend geschminkten Damen zur Seite und machte mich aufmerksam, dass der in der Zwischenzeit wieder ruhig gewordene Mann falsche Angaben zu seiner Person machen würde. Dies dürfte dieser mitbekommen haben und startete einen Fluchtversuch in Richtung des offenen Fensters im Stiegenhaus, auf Höhe des Hochparterres, und sprang in die vermeintliche Freiheit. Ich setzte zur Verfolgung an und stellte fest, dass ich den Flüchtenden auf dem Umweg durch das Stiegenhaus wohl nicht mehr einholen würde. Deshalb entschloss ich mich, den gleichen Weg zu nehmen wie der coole Typ. Nach einem 3-Meter-Sprung und einer Landung auf dem harten Asphalt der Fahrbahn vor dem Wohnhaus, schaute ich mich nach dem auf der Flucht befindlichen Mann um. Dieser steuerte schnellen Schrittes auf ein typisch für seinen Berufszweig aufgemotztes Auto zu, und noch ehe er seinen fahrbaren Untersatz erreichte, hatte ich ihn eingeholt und die Festnahme ausgesprochen. Nur unter Anwendung eines Polizeigriffes konnte die Festnahme durchgesetzt werden. In der von mir anschließend verfassten Haftanzeige wurde die Festnahme, wie damals selbstverständlich und auch vorgesehen, mit folgendem Wortlaut gesetzeskonform begründet: *Da die vom Tatverdächtigen getätigten Drohungen gegen Leib und Leben gerichtet waren und dadurch die Anzeigerinnen und Geschädigten in Furcht und Unruhe versetzt wurden, sowie der Vollzug des angedrohten Übels zu befürchten war, wurde der Tatverdächtige und Angezeigte im Namen des Gesetzes (§§ 175, 177 StPO) für festgenommen erklärt.*

Der Grund für die relativ gewagte Flucht und der Sprung aus dem Fenster im Hochparterre, sowie die heftige Gegenwehr bei der Festnahme waren schnell geklärt. Der Mann hatte nicht nur die aktuellen Tatbestände gesetzt, sondern wurde überdies gerichtlich gesucht. Er wurde aber nicht nur einfach gesucht, sondern er schien in der Fahndung, von zwei verschiedenen Gerichten, mittels Haftbefehl, als zur Festnahme ausgeschrieben auf.

Da dieser coole Typ vorerst seinem Beruf treu blieb und auch ich meine Dienststelle vorläufig nicht wechselte, sollten sich noch mehrere Kontakt ergeben. Da wir aber beide immer wussten, was wir voneinander zu halten hatten, waren die nachfolgenden Amtshandlungen weniger spektakulär und aufregend.

Selbstverständlich gingen nicht immer alle Amtshandlungen mit einem positiven Ergebnis zu Ende. Es war uns nicht immer vergönnt, bei sämtlichen Fahndungen den Täter stellen zu können. Einige der gefahndeten Straftäter, wie Räuber, Einbrecher, Diebe oder geflüchtete und nicht zurückgekehrte Strafgefangene gingen uns in den Jahren durch die Lappen. Auch damit muss man zu leben lernen und das Beste daraus machen.

Schon einige Tage nach dieser nicht gerade unspektakulären Festnahme war ich wieder mit einem meiner Kollegen im Funkfahrzeug MEK 1 im Stadtgebiet von Linz unterwegs. Ein aufregender Tag und eine gefährliche Amtshandlung sollten uns bevorstehen. Wie so oft begann diese Amtshandlung mit einem Funkspruch von „Donau". Dieses Mal handelte es sich um ein Fahndungsersuchen des Gendarmeriepostens in Ottensheim – nach einem bewaffneten Raubüberfall.

Der bisher unbekannte Täter soll unter Vorhalt einer Faustfeuerwaffe in einem kleinen Ort im Mühlviertel eine Trafik überfallen haben. Der Funkspruch beinhaltete lediglich eine vage Personsbeschreibung des vermeintlichen Räubers, welcher im Besitze einer Faustfeuerwaffe sein sollte. Nur kurze Zeit später erfolgte über Funk eine ergänzende Fahndung in Bezug auf das vermeintliche Fluchtfahrzeug. Bei diesem Fahrzeug handelte es sich um einen französischen Kleinwagen mit einer sehr auffälligen Lackierung. Sofort beteiligten wir uns an der Fahndung und hielten Ausschau nach dem auffällig lackierten Gefährt. Ein weiterer Funkspruch ließ uns besonders aufhorchen: *„MEK 1 – fahren Sie Einsatz! Der gefahndete Fluchtwagen fährt aus Ottensheim kommend in Richtung Linz und hat soeben bei der Straßensperre der Gendarmerie nicht angehalten."*

Wir aktivierten umgehend Blaulicht und Folgetonhorn und rasten, die Nibelungenbrücke überquerend, dem Fluchtwagen des bewaffneten Räubers entgegen. Als wir das betreffende Fahrzeug – mit der wirklich auffälligen Lackierung – im Gegenverkehr auf uns zukommen sahen, stellten wir den Funkwagen quer und zwangen so den vermeintlichen Räuber mit der Faustfeuerwaffe zum Anhalten des Fluchtfahrzeuges. Mit gezogenen Dienstwaffen sprangen wir aus dem Funkfahrzeug und rannten auf den französischen Kleinwagen zu, indem sich der bewaffnete Räuber befinden sollte. Mit den Dienstwaffen im Anschlag, jederzeit schussbereit, brüllten wir den Mann an: „Würgen Sie den Motor ab und Hände auf den Kopf, los, los, los!" Der sichtlich verwirrte und ängstliche junge Mann, auf den die vage Personsbeschreibung passte, kam dieser lautstarken Aufforderung nur sehr zögerlich nach. Nachdem er den Motor abgewürgt hatte, wurde er von uns nochmals angebrüllt: „Hände auf den Kopf und keine Bewegung!" Immer die Dienstwaffen im Anschlag, näherten wir uns schussbereit dem Fluchtfahrzeug.

Dem damaligen MEK-Ausbildungsplan entsprechend, wurde der Mann von uns aus dem PKW gezerrt; dann drängten wie ihn in einen Hausdurchgang, wo er vorschriftsmäßig visitiert und arretiert wurde. Obwohl wir weder eine Waffe noch eine Raubbeute bei dem Mann und auch nicht im Fahrzeug finden konnten, wurde er bei bestehendem Tatverdacht festgenommen. Es wäre schließlich leicht möglich gewesen, dass er einen Komplizen hatte bzw. die Waffe und die Beute bereits versteckt oder einfach aus Angst aus dem Fenster geworfen hatte. Die Personsbeschreibung passte, der auffällig lackierte Wagen, von dem es wahrscheinlich kein zweites Exemplar auf der Welt gibt, passte, die Fahrt- bzw. Fluchtrichtung passte, die Zeit passte und außerdem hatte er bei der Straßensperre nicht angehalten. Wir eskortierten den Festgenommenen zur BPD Linz, wo wir schnell eine Haftanzeige verfassten. In der Zwischenzeit eingetroffene Kollegen sicherten das Fluchtfahrzeug. Da sich der Tatort außerhalb von Linz befand, fiel die Zuständigkeit den Beamten der Kriminalabteilung der Gendarmerie zu. Aus diesem Grund wurde der Festgenommene samt Anzeige in die Gruberstraße zum damaligen Landes-Gendarmerie-Kommando überstellt. Dort wurde er von zivilen Gendarmen der Kriminalabteilung für OÖ. in Empfang genommen, die den gegenständlichen Raub zu bearbeiten hatten.

Bei dieser Einvernahme stellte sich heraus, dass der von uns festgenommene vermeintliche Räuber absolut in keinem Zusammenhang mit dem gegenständlichen bewaffneten Überfall auf die Trafik stand. Der Mann konnte glaubhaft machen, dass er unweit des Tatortes wohnhaft sei, rein zufällig die gleiche auffällige Lackierung für seinen französischen Kleinwagen bevorzugte wie der flüchtige Räuber und erst vor Kurzem von zu Hause weggefahren war. Der Mann war vollkommen unschuldig und in keiner Weise an diesem Raubüberfall beteiligt. Er gab bei seiner Einvernahme an, dass er bei der Anhaltung, unter Vorhalt der Dienstwaffen, ausgesprochen verängstigt war und deshalb immer daran dachte, in das Handschuhfach seines französischen Kleinwagens mit der auffallenden Lackierung zu greifen, um uns seinen Führerschein und seinen Zulassungsschein vorweisen zu können. Nachdem mein Partner und ich von diesem Umstand und der Aussage in Kenntnis gesetzt worden waren, machte sich umgehend ein flaues Gefühl in der Magengegend breit. Nicht auszudenken, hätte dieser junge Mann in das Handschuhfach gegriffen, um seine Unschuld beweisen zu wollen – waren wir doch der festen Überzeugung, einem bewaffneten und auf der Flucht befindlichen Räuber gegenüberzustehen.

Jeder Außenstehende, der der Meinung ist, einen Polizisten aufgrund einer Medienberichterstattung beurteilen oder gar verurteilen zu müssen, ohne die wahren Hintergründe und den Ablauf der Amtshandlung zu kennen, sollte sich nach Möglichkeit diese Geschichte in Erinnerung rufen, die das wahre Leben schrieb. Ganz normale und einfache Polizisten – nicht die politisch motivierten und gesteuerten Vorgesetzten auf den gut dotierten Planstellen – können jederzeit mit derartigen Situationen konfrontiert werden und müssen in Bruchteilen von Sekunden entscheiden, wie sie vorgehen müssen, sollen und dürfen.

Die Kritiker solcher Amtshandlungen, die über die Vorgangsweise der Polizisten zu entscheiden haben, machen dies in einem Büro, ohne den Stressfaktor und ohne Angst, ohne Zeitdruck, sowie Tage, Wochen oder Monate nach dem eigentlichen Vorfall. Die meisten dieser Herrschaften dürften auch noch niemals selbst vor einer derartigen Entscheidung gestanden sein. Dies bitte ich zu überdenken, bevor man sich ein Urteil erlaubt oder anmaßt.

Diesen Vorfall, den wir alle mit viel Glück und ohne böse und nicht wieder gutzumachende Folgen überstanden hatten, werde ich niemals in meinem Leben vergessen. Auf ein hilfreiches Gespräch mit einem Vorgesetzten warteten wir vergebens. Es wurde uns auch keine professionelle Hilfe angeboten, da diese nur bei erfolgtem Schusswaffengebrauch vorgesehen ist. Wir waren schon froh über die Tatsache, dass wir keine Rüge oder Ermahnung abbekamen; und meine schriftliche Ermahnung hatte ich auch noch im Hinterkopf. So ist es eben mit manchen Vorgesetzten bei der Polizei, die sich immer wundern, mit nicht genügend Respekt bedacht zu werden und einem Insubordination vorwerfen, wenn man versucht, seinen eigenen Standpunkt zu vertreten und auf den markanten Unterschied zwischen Theorie und Praxis zu verweisen wagt.

Aber bei einem Gespräch mit Kollegen, bei einem oder mehreren Bierchen, nach Dienstschluss, können diese Ereignisse gut aufgearbeitet werden und dies ist auch gut so.

Die Kameradschaft beim MEK der BPD Linz war zu dieser Zeit vorbildlich, und so halfen wir uns gegenseitig bei derartigen Männer- und Polizisten-Gesprächen, die wir untereinander auch außerhalb der Dienstzeit praktizierten. Bei gemeinsamen Bergtouren und Radausflügen wurde diese Zusammengehörigkeit noch verstärkt, was sich auch im Dienstbetrieb immer wieder positiv bemerkbar machte. Schließlich sollte man sich auf seine Kollegen bedingungslos verlassen können.

Es blieb uns nicht viel Zeit zum Verdauen dieser psychischen Belastung. Schon bei einer der nächsten Ausfahrten mit MEK 1 wartete die nächste unangenehme Überraschung auf uns. In den frühen Morgenstunden, kurz vor Ende des Streifendienstes, erhielten wir als „MEK 1" von „Donau" den Auftrag, in die Innenstadt zu einem dort etablierten Sexshop zu fahren, da sich dort angeblich eine größere Gruppe von lärmenden Personen aufhielt.

Beim Sexshop eingetroffen, stellten wir fest, dass sich dort tatsächlich eine Gruppe von Jugendlichen aufhielt, die sich zwar angeregt unterhielten, aber keinerlei Grund für ein polizeiliches Einschreiten boten. Da wir hinbeordert waren, gingen wir auf die Gruppe zu und wollten uns lediglich erkundigen, ob sich eventuelle Radaubrüder bereits vor unserem Eintreffen abgesetzt hätten. Wie gesagt, die Burschen dieser Gruppe boten zu dieser Zeit keinerlei Gründe für ein polizeiliches Einschreiten. Gerade als wir sie ansprechen wollten, drehte sich einer der Burschen um und versetzte mir ohne jegliche Vorwarnung einen heftigen Faustschlag – voll auf die Nase. Sofort schoss mir ein Schwall Blut aus der Nase und ich sah für einige Sekunden nur Sterne, nichts als funkelnde Sterne, wohin ich auch blickte. Unmittelbar nach dieser Attacke setzte der Schläger zur Flucht an. Mein Partner blieb bei den anderen Jugendlichen und nahm deren Personalien auf, nachdem er Unterstützung angefordert und die Fahndung eingeleitet hatte.

Wie immer hatten MEK 2 und MEK 3, die als mobile Einheiten unterwegs waren und ihren Streifendienst absolvierten, den ersten Funkspruch betreffend Sexshop mitgehört und hatten sich selbstverständlich in die Nähe des Auftragsortes begeben. Aus diesem Grund befanden sie sich schon in der Nähe und kamen von beiden Seiten auf den flüchtenden Schläger zu. Ich selbst rannte wie ein Wilder hinter dem Flüchtenden her, das Blut schoss währenddessen immer noch aus meiner geschwollenen Nase. Schmerzen verspürte ich zu diesem Zeitpunkt keine, ich wollte lediglich den Flüchtenden einholen und festnehmen. Meinem guten körperlichen Zustand war es schlussendlich zu verdanken, dass der Mann nicht sehr weit kam. Nachdem der Flüchtige eingeholt war, konnte ich die Festnahme aussprechen und auch vollziehen. Die Anwendung von körperlicher Gewalt oder gar der Einsatz eines Polizeigriffes waren nicht notwendig, da es sich beim Täter um einen gerade den Kinderschuhen entwachsenen und pubertierenden Lausbuben handelte. Von meinen Kollegen, welche in der Zwischenzeit eingetroffen waren, wurde der Festgenommene zur BPD Linz eskortiert.

Ich sah aus wie ein Fleischhauer nach getaner Arbeit. Überall auf meiner Uniform war Blut, welches wegen der doch anstrengenden Verfolgungsjagd nicht zu spritzen aufhören wollte.

Bei der Vorführung zum Journalbeamten, welche der Einlieferung in das Polizeigefangenenhaus immer voranging, bat der vollkommen verängstigte Teenager unaufhörlich um Entschuldigung. Er gab immer wieder an, sich diesen Ausraster selbst nicht erklären zu können. Die einzige Erklärung die wir gemeinsam finden konnten, war wieder einmal: *„Alkohol macht schlau und pfiffig!"*

Da der jugendliche Übeltäter bisher polizeilich nicht negativ in Erscheinung getreten war, sich glaubwürdig reuig zeigte und ihn seine Mutter vom Stützpunkt abholen wollte, wurde die Festnahme aufgehoben und er in die Obhut seiner Mutter übergeben.

Eine Anzeige wegen Verdachts des tätlichen Angriffes auf einen Beamten und den Verdacht der schweren Körperverletzung konnte und wollte ich ihm aber nicht ersparen. Die Körperverletzung wurde lediglich als schwer definiert, da diese einem Beamten in Ausübung des Dienstes zugefügt wurde. Da meine Nase nicht aufhören wollte zu bluten und ich außerdem von fürchterlichen Kopfschmerzen geplagt wurde, begab ich mich in ein nahegelegenes Krankenhaus. Natürlich erst, nachdem wir gemeinsam die Anzeige verfasst und dem Kommandanten zur Unterschrift vorgelegt hatten. Im Krankenhaus konnte Gott sei Dank Entwarnung gegeben werden, es lagen keine ernstlichen Verletzungen vor. Lediglich eine Prellung der Nase und des Jochbeines wurden diagnostiziert. Also kein wirklicher Grund, die Arbeit zu schwänzen und in den Krankenstand zu gehen. Den Kummer mit der verdreckten und zerrissenen Uniform war meine Gattin bereits gewohnt; also stand ich am nächsten Tag wieder – anständig und nach Vorschrift adjustiert – Gewehr bei Fuß.

Ob es zu einer gerichtlichen Verhandlung gekommen ist und ob der Jugendliche verurteilt wurde, entzieht sich bis zum heutigen Tag meiner Kenntnis. Weder meine Vorgesetzten noch das Gericht zeigten sich sonderlich interessiert an der Tatsache, dass ich in Ausübung meines Dienstes verletzt wurde. Ich wurde niemals über die Schwere meiner Verletzung befragt. Da ich bis dato keiner Personalvertretung oder Gewerkschaft beigetreten war, stand mir auch keine rechtliche Vertretung zu. Einen Rechtsbeistand für Polizeibeamte in dienstlichen Angelegenheiten, z.B. durch das Innenministerium oder die Bundespolizei, gibt es nicht. Vom Dienstgeber und in weiterer Folge von den Vorgesetzten wird man hier alleine gelassen. Eine Tatsache, die meiner Meinung nach von den zuständigen Politikern einmal überdacht werden könnte – sollten sie Zeit dazu finden.

Diese Nasen- und Jochbeinprellung sollte nicht die einzige Verletzung bleiben, die ich mir in den Jahren als Polizist bei den verschiedensten Amtshandlungen einhandelte. Bei verschiedenen Festnahmen wurden mir noch zwei Mal ein Finger und eine Zehe gebrochen. Die unzähligen Abschürfungen und Prellungen habe ich im Verlaufe der Dienstjahre aufgehört zu zählen.

Meiner Gattin würde allerdings eine lobende Erwähnung und Anerkennung durch die Behörde zustehen. Fast täglich hatte sie kleinere und auch größere Reparaturen an meinen Uniformsorten durchzuführen. Ausgerissene Knöpfe, abgerissene Schulterspangen und Hosentaschen standen damals fast an der Tagesordnung. Ein Hoch allen Müttern, Freundinnen und Ehefrauen von Polizisten, die das gleiche Schicksal teilen.

Eigentlich war ich glücklich beim MEK der BPD Linz und hatte dort auch meine berufliche Erfüllung gefunden. Einige meiner damaligen Kollegen, mit denen ich zwangsläufig mehr Zeit verbrachte als mit meiner Gattin, wurden im Privatleben, also außerhalb des Dienstes, meine Freunde. Trotzdem, ich hatte das dreißigste Lebensjahr bereits überschritten und wollte nicht bis ans Ende meiner Tage im Streifenwagen sitzen.

Gerade zu dieser Zeit fand bei der Polizei ein allgemeiner Generationswechsel statt. Die älteren Kollegen wurden zu alten Kollegen und verabschiedeten sich in den wohlverdienten Ruhestand – die meisten wenigstens. Der Wechsel vollzog sich still und heimlich, aber in sehr rasantem Tempo. Eines Tages sollte auch ich einer der „erfahrenen" Kollegen sein. Wie schnell doch die Zeit vergeht, dachte ich bei mir.

Ein ruhiger Tagdienst neigte sich dem Ende zu. Lediglich eine Führerscheinabnahme wegen Lenken eines Kraftfahrzeuges in alkoholisiertem Zustand hatte ich zu bearbeiten. Der Lenker des blauen PKW war uns aufgefallen, da er in Schlangenlinien fuhr, weshalb er von uns auch angehalten worden war. Bei der Lenkerkontrolle stellte sich heraus, dass der Mann im Sinne des § 5 StVO alkoholisiert und deshalb nicht mehr fahrtüchtig war. Dem Mann wurde also der Führerschein abgenommen und das Fahrzeug abgestellt. Soweit eine ziemlich alltägliche Amtshandlung, die sich immer wieder auf die gleiche Weise abspielt. Diese alltägliche Amtshandlung sollte jedoch noch ungeahnte und tragische Folgen nach sich ziehen.

Dem ruhigen Tagdienst folgte wie immer ein Nachtdienst, dessen Ereignisse bei Dienstantritt noch nicht absehbar waren und mich noch sehr lange Zeit beschäftigen sollten. Mit meinem Kollegen vom Tagdienst wurde ich an diesem Tag für „MEK 2" eingeteilt. Während des Streifendienstes bemerkten wir einen blauen PKW, der uns irgendwie bekannt vorkam. Tatsächlich, es handelte sich um jenen blauen PKW, der in der letzten Diensttour von einem alkoholisierten Lenker gesteuert und von uns deshalb abgestellt wurde. Wir entschlossen uns, der Sache auf den Grund zu gehen und das Fahrzeug anzuhalten. Ich schaltete das Blaulicht und das Folgetonhorn ein und setzte zum Überholvorgang an. Mein Kollege und Beifahrer schwenkte den Anhaltestab aus dem Fenster, um den Fahrer des blauen PKW zu signalisieren, er möge zum Zwecke einer Fahrzeug- und Lenkerkontrolle sein Fahrzeug anhalten. Beim Überholen konnten wir feststellen, dass nicht der alkoholisiert gewesene Lenker vom Vortag am Steuer saß, sondern ein wesentlich jüngerer Mann, der sich alleine im PKW befand. Mitfahrer oder Passagiere konnten von uns nicht ausgemacht werden. Unvermittelt aber gab der Lenker des blauen PKW Gas, überholte unseren Funkwagen und raste mit mehr als 100 km/h auf der breiten Straße im Stadtgebiet von Linz in Richtung Norden. Offensichtlich war ihm jedes Risiko recht, uns zu entkommen und sich der Anhaltung zu entziehen. Auf seiner rasenden Fahrt durch das Stadtgebiet schaltete er das Licht am PKW aus, um uns die Verfolgung zu erschweren. Wieder einmal hieß es für uns, eine schnelle und womöglich folgenschwere Entscheidung zu treffen. Verfolgung aufnehmen, ja oder nein?

Welches Delikt lag vor? Ging es bei dieser halsbrecherischen Fahrt mit mehr als 100 km/h durch das Stadtgebiet um eine Verwaltungsübertretung oder gar eine gerichtlich strafbare Handlung. Alles war möglich – aber auch nichts. Immer wenn Polizisten zur Schusswaffe greifen müssen, entbrennen öffentliche Diskussionen um Notwendigkeit und Verhältnismäßigkeit einer derartigen Handlungsweise. Normalere Entscheidungen, wie etwa Verfolgung aufnehmen oder nicht, geraten viel seltener in das öffentliche Interesse, sind aber mitunter für die beteiligten Personen nicht minder gefährlich. Mit mehr als 100 km/h im Stadtgebiet ein Fahrzeug zu verfolgen, bei dem auch noch bei einfallender Dunkelheit die Beleuchtung ausgeschaltet wurde, ist immer eine heikle und gefährliche Angelegenheit. Der Lenker des Fahrzeuges, der sich zur Flucht entschlossen hatte, trägt das Risiko selbst. Mein Kollege und ich, beide verheiratete Familienväter, mussten nun in wenigen Sekunden entscheiden: Verfolgung oder keine Verfolgung. Nahm der flüchtende Fahrzeuglenker das Risiko der Verfolgungsjagd auf sich, weil er seinen Führerschein vergessen hatte, oder verbarg er gar eine Leiche im Kofferraum? Der Spielraum für derartige Spekulationen ist unerschöpflich und niemand kann im Vorhinein wissen, wo der Grund für derartiges Handeln zu suchen ist. Mit einem „Affenzahn" im Funkwagen über Bahnübergänge zu springen und dabei den Bodenkontakt zu verlieren, schaut im Fernsehen lustiger aus, als es in Wahrheit tatsächlich ist. Eine derartige Verfolgung birgt ein nicht unbeträchtliches Risiko auch für die unbeteiligten Verkehrsteilnehmer und Passanten. Wir entschlossen uns trotzdem, die Verfolgung des flüchtenden PKW-Lenkers aufzunehmen und den Grund seines verantwortungslosen Verhaltens zu eruieren. Mit rasender Geschwindigkeit ging es vorbei an blinkenden Ampeln und mehreren ungeregelten Kreuzungen. Beim Überspringen der Bahnübergänge verloren wir fallweise den Kontakt zum Boden und landeten funkensprühend und krachend wieder auf der Fahrbahn. Eine heikle, unangenehme und nicht ungefährliche Situation. Während der rasenden Fahrt wurde ständig über Funk Unterstützung angefordert und der jeweilige Standort durchgegeben. Auf dem Weg in Richtung Innenstadt wurde blitzschnell eine Straßensperre errichtet. Die MEK-Fahrzeuge waren damals mit den nötigen Utensilien wie Sperrgurte ausgestattet.

Bis zur Straßensperre sollte die Horrorfahrt aber nicht mehr dauern, sondern schon vorher tragisch enden. Der flüchtende Lenker übersah bei seiner rasenden Flucht eine Straßenverengung und krachte in voller Fahrt gegen einen Begrenzungspflock. Durch den Aufprall wurde das Fahrzeug regelrecht zerrissen und die Wrackteile flogen durch die Luft. Ich hatte alle Hände voll zu tun, um den Funkwagen unbeschadet zum Stillstand zu bringen.

Die Rettung wurde sofort verständigt und transportierte den verunfallten Lenker in ein Krankenhaus, wo er leider seinen schweren Verletzungen erlag. Wie sich später herausstellte, war der Mann nicht im Besitze eines Führerscheines, alkoholisiert und hatte das Fahrzeug unbefugt in Betrieb genommen.

Aus formalen Gründen mussten wir gegen den bereits verstorbenen Lenker eine Anzeige vorlegen. Diese diente auch als Grundlage für Erhebungen gegen meinen Kollegen und mich, da erhoben werden musste, ob uns ein Verschulden am tragischen Ausgang der Verfolgungsfahrt trifft.
Das Gericht und die Vorgesetzten kamen zum Entschluss, dass meinem Kollegen und mir kein Fehlverhalten zum Vorwurf gemacht werden konnte. Die Familienmitglieder des Verstorbenen sahen die Sache naturgemäß anders und beschimpften uns als Mörder.

Ein hilfreiches Gespräch mit einem Vorgesetzten oder gar professionelle Hilfe durch einen Psychologen gab es nicht. Derartiges war nur nach dem Gebrauch von Schusswaffen vorgesehen. Obwohl es in diesem Fall zu keinem Schusswaffengebrauch gekommen ist, fand diese Amtshandlung für eine Person dennoch ein tödliches Ende. Eine Tatsache, die mich einige Zeit sehr stark belastete.
Von Vorgesetzten mit dem lapidaren Satz: *Ein richtiger Polizist steht über derartigen Dingen*, abgespeist zu werden, ist in einem derartigen Fall nicht sehr hilfreich.
Für Polizeibeamte ist auch keine rechtliche Vertretung durch den Dienstgeber gewährleistet. Bei Gerichtsverhandlungen gibt es keinen rechtlichen Beistand von Seiten des Dienstgebers, dafür hat jeder Polizist selbst zu sorgen, auf eigene Kosten versteht sich. Eine Einstellung des Dienstgebers, die man vielleicht einmal überdenken könnte und sollte. Nicht nur der Gebrauch von Schusswaffen, auch andere, alltäglichere Entscheidungen, können sehr belastende Folgeerscheinungen nach sich ziehen.

Aufgrund des schnellen Personalwechsels vieler erfahrener Kollegen vom aktiven Dienst in den wohlverdienten Ruhestand, wurden in dieser Zeit außergewöhnlich viele Chargenkurse für dienstführende Beamte ausgeschrieben. Eine Vielzahl von Planstellen, auch jene von Kommandanten, mussten nachbesetzt werden.

Chargenkurs oder Kripo-Kurs – das ist hier die Frage

Damals gab es bei der Polizei noch zwei voneinander getrennte Wachkörper: die uniformierte Sicherheitswache und die zivile kriminalpolizeiliche Abteilung. Jeder der beiden Wachkörper hatte seine ureigensten Aufgaben zu erfüllen.

Bei der Sicherheitswache gab es eingeteilte Beamte und Chargen, die dienstführende Aufgaben zu bewältigen hatten. Beim Chargenkurs wurden die zugelassenen Bewerber und angehenden Kommandanten deshalb auch dazu ausgebildet. Im Gegensatz zur Gendarmerie (die es damals noch gab) konnte man bei der Polizei auch zum Chargenkurs für Kriminalbeamte (Kripo-Kurs) zugelassen werden. Diese spezielle Ausbildung, in Form des einjährigen Kripo-Kurses bei der Polizei, gab es bei der Gendarmerie nicht. Dort gab es lediglich einen einheitlichen Chargenkurs für dienstführende Beamte. Wollte man bei der Gendarmerie zur Kriminalabteilung des jeweiligen Bundeslandes zugeteilt werden, musste man sich dort auf eine freie Planstelle bewerben und warten. Eine gesonderte Auswahlprüfung oder gar Ausbildung war dafür aber nicht vonnöten. War man dann der Glückliche und wurde der Kriminalabteilung zugeteilt, entledigte man sich seiner Uniform und war von nun an Kriminalist. Es bestand auch die Möglichkeit, wieder in den uniformierten Stand zurückzukehren.

Bei der Polizei war dies aber vollkommen und von Grund auf anders gelagert. Der Schritt, sich für die Kriminalpolizei zu entscheiden, war ein endgültiger. Wurde man nach der bestandenen Auswahlprüfung zum Kripo-Kurs zugelassen, gab man nach erfolgreicher Abschlussprüfung seine Uniform für immer ab und wechselte in den selbstständigen und zivilen Wachkörper der kriminalpolizeilichen Abteilung der jeweiligen Bundespolizeidirektion.

Mich für den Chargenkurs bei der Sicherheitswache zu bewerben, war eine klare Sache, wollte ich doch Kommandant beim MEK werden. Da am darauffolgenden Tag auch eine Auswahlprüfung für den Kripo-Kurs ausgeschrieben war, gab ich auch dort meine Anmeldung ab. Meine berufliche Priorität stand aber fest: Ich wollte Kommandant beim MEK in Linz werden.

Mit der Kripo hatte ich mich bis zu diesem Zeitpunkt nicht wirklich auseinandergesetzt. Bisher hatte ich mit den Kiberern nur Kontakt, wenn ich einen Festgenommenen zum Journalbeamten vorführen musste oder diese Unterstützung durch das MEK bei einer Festnahme benötigten.

Über die Aufgaben der Kiberer, das Ermitteln und das Führen von kriminalpolizeilichen Erhebungen, das Abverfügen der Strafanzeigen an die Staatsanwaltschaften, hatte ich mir bisher keine besonderen Gedanken gemacht. Beim MEK wurden die Kiberer zur damaligen Zeit scherzhaft und mit wenig Respekt, in Unkenntnis deren wirklicher Tätigkeit, als Aktenträger und Aktenerlediger belächelt.

Die Auswahlprüfungen dauerten jeweils einen ganzen Tag und umfassten Fragen aus dem Allgemeinwissen und Fachfragen, welche in verschiedensten Tests und Aufgaben zu bewältigen waren. Die Ergebnisse der Chargenauswahlprüfung und der Auswahlprüfung für den Kripo-Kurs waren angeblich vollkommen anonym, womit eine politisch motivierte Vergabe der Planstellen verhindert werden sollte. Die Prüfungsarbeiten wurden mit Nummern versehen und ab diesem Zeitpunkt schien der Name des Bewerbers bis zum Testergebnis nicht mehr auf. Damit sollte eine absolute Chancengleichheit aller Bewerber gewährleistet werden. Die Prüfungsarbeiten wurden zur Beurteilung in andere Bundesländer verschickt und nach der anonymen Auswertung dem Bundesministerium für Inneres übermittelt. Dort wurden die überprüften Tests nach einem Punktesystem gewertet und eine Reihenfolge nach der erreichten Punktezahl erstellt. Diese noch immer angeblich anonyme Liste wurde nun den entsprechenden Namen zugeordnet. Somit standen das Prüfungsergebnis und die Reihenfolge fest, vollkommen anonym und gerecht, wie uns versichert wurde. Eine politische Einflussnahme sollte somit ausgeschlossen werden. Trotz dieses angeblich anonymen Auswahlverfahrens fuhren jeweils ein „schwarzer" Offizier und ein „roter" Offizier nach Wien zum Bundesministerium für Inneres, um das Ergebnis der Auswahlprüfungen abzuholen. Eine Tatsache, die einem zum Nachdenken anregen könnte. Nach deren Rückkehr wurde dann um die Anzahl der zu vergebenden Planstellen auf *„Teufel komm raus"* gefeilscht. Die Anzahl der zu vergebenden Planstellen wechselte fast täglich. Es schien mir doch sonderbar, wenn vor der Auswahlprüfung die Anzahl der freien und zu besetzenden Planstellen veröffentlicht wurde und diese im Nachhinein sich ständig veränderte. Ein für mich sonderbarer und nicht nachvollziehbarer Umstand.

Politische Einflussnahme hin oder her, ich gehörte keiner politischen Partei an und wollte auch nicht Inhaber eines Parteibuches werden, egal welcher Farbe. Bei den beiden Prüfungen hatte ich mein Bestes gegeben und harrte nun der Dinge die da kommen sollten.

In meiner Freizeit war ich noch immer in den Bergen unterwegs und so hatte ich damals, wie ich dachte, eine phantastische Idee. Das Schi-Steilwandfahren war in Mode gekommen und es wurde in den Medien sehr oft über Erstbefahrungen im Himalaja und in den Anden berichtet. Diesem Trend wollte ich mich als eingefleischter Alpinist natürlich nicht verschließen. Nach intensivem Studium der entsprechenden Literatur fiel meine Wahl auf die Nordwand des Fuscherkarkopfes im Glocknermassiv. Diese Wand schien mir der richtige Einstieg zum Schi-Steilwandfahren zu sein. Laut Beschreibung wird diese Wand aus Firn und Eis in Bergsteigerkreisen als Salon-Tour bezeichnet. Kein Mensch nimmt sie so recht ernst, was sich auch in der Abkürzung „FKK-Nordwand" widerspiegelt. Immerhin scheint die Wand aber im Führer für Eistouren in den West- und Ostalpen auf. Der Gipfel des Fuscherkarkopfes liegt immerhin auf 3336 m, die Höhe der Wand beträgt 450 m und weist eine Durchschnittsneigung von 45° auf. Nicht schlecht für eine Schiabfahrt, dachte ich damals bei mir, schließlich galt mein Bestreben nicht der Besteigung der Wand, sondern der anschließenden Abfahrt. Dass sich die „FKK-Nordwand" laut Literatur bereits 1935 ihre erste Schibefahrung gefallen lassen musste, bestärkte meinen Entschluss. Mit einem meiner Kollegen vom MEK, einem ausgezeichneten Schifahrer, setzte ich nun an einem wunderschönen Sommertag diesen spontanen Einfall in die Tat um. Ein fataler Fehler, wie sich noch herausstellen sollte. Da der Firn und das Eis in der Wand sehr griffig waren und wir ausgezeichnete Verhältnisse vorfanden, verlief der Aufstieg durch die Nordwand des Fuscherkarkopfes ohne jegliche Probleme und machte uns beiden sehr großen Spaß.

Die Abfahrt jedoch verlief nicht wie geplant – ich kam dabei zu Sturz. Mehr als 200 Meter stürzte ich in die Tiefe, wurde über die Randkluft geschleudert und blieb schwer verletzt am Fuscherkar-Kees liegen. Mein Freund und Kollege vom MEK fuhr sofort zu mir ab und organisierte über den Hüttenwirt der Oberwalder Hütte meinen Abtransport. Mit der professionellen Hilfe der Kollegen vom Gendarmerieposten Bruck an der Glocknerstraße wurde ich aus meiner misslichen Lage geborgen und mittels Hubschrauber in das LKH Salzburg geflogen.

Dort wurden leider mehrere schwere Verletzungen diagnostiziert und somit musste ich mich einigen Operationen unterziehen.

Als ich aus dem Krankenhaus in Salzburg entlassen wurde, begann eine lange und schmerzhafte Therapie für mich. Voll und ganz widmete ich mich der Wiederherstellung meines gesundheitlichen Zustandes. Unverhofft erreichte mich in dieser Zeit eine dienstliche Nachricht, welche ich im ersten Augenblick als alles andere als positiv empfand. Bei der Chargenauswahlprüfung war ich der sogenannte Anschlussmann. Der Anschlussmann zu sein bedeutet nichts wirklich Gutes. Es bedeutet so viel, als würde man als Sportler bei Olympischen Spielen oder einer Europa- oder Weltmeisterschaft den vierten Platz erringen, nämlich nichts. Ich würde also nicht auf den Chargenkurs fahren dürfen und mein Wunsch, Kommandant beim MEK werden zu können, löste sich in Luft auf. Ich widmete mich weiter intensiv meiner Rehabilitation. Wenige Tage später bekam ich wieder eine dienstliche Nachricht, eine positive und erfreuliche, wie der Überbringer zu wissen meinte. Bei der Auswahlprüfung zum Kripo-Kurs war ich dabei und stand ganz weit vorne auf der Liste.

Nun war guter Rat teuer. Ich stand vor einer entscheidenden Frage: Soll ich auf die nächste Chargenkursauswahlprüfung warten und nochmals mein Glück versuchen oder soll ich zu den Aktenträgern und Aktenermittlern wechseln …?

Soll ich tatsächlich zur Kriminalpolizei gehen und Kiberer werden?

Da ich mich zu dieser Zeit noch immer im Krankenstand befand und vor allem mit der Herstellung meiner Gesundheit beschäftigt war, nahm ich mir einige Tage Bedenkzeit, bevor ich die endgültige Entscheidung treffen wollte. Schlussendlich entschied ich mich für den Kripo-Kurs und wollte Kiberer werden, ohne zu wissen, auf was ich mich da einlassen würde.

Mein damaliger Gesundheitszustand bedingte jedoch, dass sich mein Krankenstand um einiges verlängerte. Mehrere schwere Knochenbrüche waren operativ mit Schrauben, Platten und Drahtschlingen versorgt worden und hielten nun meinen ganzen Körper zusammen. In einem derartigen Zustand wäre eine Dienstverrichtung beim MEK zu gefährlich und unverantwortlich gewesen.

Trotz zusammenhaltenden Schrauben, Platten und Drahtschlingen war es aber durchaus möglich, nach Wien zu fahren und dort beim Kripo-Kurs die Schulbank zu drücken. So endete der Krankenstand mit Beginn des Kripo-Kurses.

In wenigen Wochen sollte ich nun meinem geliebten MEK den Rücken kehren und für ein langes Jahr nach Wien gehen, um dort zum Kiberer ausgebildet zu werden, ohne dies wirklich gewollt zu haben. Meine Freunde und Kollegen vom MEK wünschten mir alles erdenklich Gute auf dem Weg zum *„Aktenträger ohne Action"*, wie sie sich auszudrücken pflegten.

Meine Gattin war nicht gerade unglücklich über den Wechsel vom MEK zur angeblich *„actionlosen"* Kripo. Die mühevolle Arbeit mit der verdreckten und zerrissenen Uniform sollte nun bald der Vergangenheit angehören, freute sie sich. Fehlende, weil ausgerissene Knöpfe und abgerissene Schulterspangen sollten nun Geschichte sein, da man als Kriminalbeamter schließlich in Zivilkleidung seinen Dienst zu versehen hat.

So trug es sich zu, dass ich Ende der achtziger Jahre des vorigen Jahrhunderts auszog, um ein Kriminalbeamter zu werden. Für ein langes Jahr der Ausbildung, nur unterbrochen durch eine dreimonatige Praxis in Linz, verschlug es mich nun zwangsläufig nach Wien. Auf der Westautobahn steht an den Toren von Wien auf Schildern zu lesen, dass *„Wien anders"* sei. Ein wahrer Spruch, wie sich noch bewahrheiten sollte.

Die Ausbildung zum Kriminalbeamten

Wir wurden im 9. Bezirk in der Rossauer-Kaserne einquartiert, wo wir den Großteil unserer Ausbildung absolvierten. Diese Unterkunft konnte nicht gerade als luxuriös bezeichnet werden. Ich teilte mir mein Zimmer mit drei weiteren Kollegen aus Linz, die ebenfalls Kiberer werden wollten. Das Zimmer war spartanisch eingerichtet, vier Stockbetten aus Stahlrohrrahmen, wie ich sie schon vom Bundesheer kannte. Vier Holzstühle und ein Tisch ergänzten die Einrichtung. In einer Ecke stand ein großer Kohlenofen aus Gusseisen, die einzige Möglichkeit die Zimmertemperatur im Winter auf ein erträgliches Maß bringen zu können. Die Kohlen mussten wir selbst herbeischaffen, um für das Heizen sorgen zu können. Eigentlich eine beschämende Situation für das Innenresort der österreichischen Regierung. Aber so war es nun einmal und da musste ich durch, ob ich wollte oder nicht.

Im Gegensatz zu den Chargenkursen der Sicherheitswache entfielen bei uns die Unterrichtseinheiten in Straßenverkehrsordnung oder dem Kraftfahrzeuggesetz. Auf unserem Stundenplan standen vollkommen neue Gegenstände, die jedoch sofort meine Neugierde weckten. Schließlich sollten wir in der einjährigen Ausbildungszeit zum Kriminalbeamten auf unsere zukünftigen, dienstlichen Aufgaben vorbereitet werden. Als Kriminalbeamter hatte man schließlich eine sehr verantwortungsvolle Tätigkeit zu absolvieren und diese sollte man nicht unvorbereitet in Angriff nehmen.

Da sollten wir unterrichtet werden in Kriminalistik, einer strafrechtlichen Hilfswissenschaft, der Lehre vom Verbrechen, seinen Ursachen, seiner Aufklärung und Bekämpfung. Aber auch im Gegenstand Kriminologie sollten wir mit den Geheimnissen der Vernehmungslehre und Vernehmungstechnik vertraut gemacht werden. Unterrichtseinheiten in Erscheinungslehre und Gerichtsmedizin rundeten unsere sehr interessante Ausbildung ab. Bereits aus der Grundausbildung bekannter Unterrichtsstoff in Strafrecht und Strafprozessordnung wurde wieder aufgefrischt und wenn notwendig erneuert. Schon in der Grundausbildung zum Sicherheitswachebeamten dachte ich bei mir, dass ich viele unnötige Sachen lernen müsste, die in der Praxis in Linz kaum vorkommen würden. Das 11. Gebot, *„Du sollst dich nicht täuschen“*, belehrte mich aber sehr rasch eines

Besseren. Warum sollte es bei der Ausbildung zum Kiberer anders laufen. Zu diesem Zeitpunkt hatte ich von den damals vorhandenen Aufgaben eines Kriminalbeamten eigentlich nicht die geringste Ahnung. Sicherlich war mir bekannt, dass die Amtshandlungen meiner Kollegen und mir in weiterer Folge von den Kiberern bearbeitet und an die Staatsanwaltschaft angezeigt wurden. Wie sich diese Bearbeitung wirklich abspielte, war mir jedoch vollkommen unbekannt.

Nun war ich für ein langes Jahr in Wien am Kripo-Kurs, um dies alles zu lernen und ein echter Kiberer zu werden.

Eigentlich erging es mir bei der Ausbildung zum Kiberer ähnlich wie bei der Grundausbildung zum Sicherheitswachebeamten. Ich hörte und lernte sehr viele Dinge, die mir bisher unbekannt waren und die ich auch für *nicht möglich* gehalten hätte. Im Laufe der Dienstjahre habe ich aber fast alle für unmöglich gehaltenen Tatsachen früher oder später selbst gesehen und erlebt.

Wir lernten den Aufbau eines Türschlosses so intensiv, dass ich schon dachte, ich hätte den falschen Kurs erwischt und sollte hier zum Schlosser ausgebildet werden. Wie mir die Praxis noch lehren sollte, waren diese Kenntnisse für einen Einbruchskiberer von unschätzbarem Wert. Es wurden uns alle bekannten Variationen gelehrt, wie ein derartiges Schloss zu umgehen ist, um unbefugt in das dadurch gesicherte Objekt eindringen zu können. Im Sinne der Amtsverschwiegenheit werde ich diese Möglichkeiten hier nicht erläutern. Schließlich soll kein Nachschlagewerk für Nachwuchsgauner aufgelegt werden.

Als ich während meiner Ausbildung zum Kiberer zum ersten Mal von einem *„Wachter"* hörte, glaubte ich meinen Ohren nicht trauen zu können, bis ich in der Praxis tatsächlich damit konfrontiert wurde. Die Bedeutung der Gaunerzinken wurde uns ebenfalls gelehrt und wir auch in deren Bedeutung geprüft. Unter den Begriff der Gaunerzinken fällt in gewisser Weise auch ein „Wachter".

Unter den Einbrechern einer gewissen Personen- und Volksgruppe sollte es angeblich üblich sein, am Tatort eines Einbruches einen „Wachter" zurückzulassen. Der Aberglaube dieser ethnischen Minderheit lehrt angeblich, dass man nicht erwischt wird, wenn man etwas Persönliches am Tatort zurücklassen würde. Aus diesem Grund verrichten Einbrecher, welche dieser Volksgruppe angehören, fallweise ihre große Notdurft am Tatort. Ich hielt dies vorerst für einen schlechten Scherz – aber nur bis zu jenem Zeitpunkt, an dem ich in der Praxis mit meinem ersten „Wachter" konfrontiert war. Während meiner praktischen Ausbildungszeit im damaligen Referat 3 (Einbruch und Diebstahl), bei der damaligen BPD Linz, musste ich tatsächlich bei der Aufnahme eines Einbruches in ein Gasthaus einen „Wachter" sichern. Vorerst glaubte ich an einen schlechten Traum, aber es war die bittere Wahrheit. Der Höhepunkt dieser Amtshandlung war sicherlich die Ausforschung dieses vorerst unbekannten Täters. Tatsächlich, er gehörte dieser Personengruppe an und bestätigte mir bei der Einvernahme die Mär mit dem „Wachter". Den Gaunerzinken habe ich seither mehr Bedeutung zugemessen.

Die Ausbildung zum Kiberer begeisterte mich immer mehr und ich war gespannt, was mich in der Praxis bei der Kripo in Linz alles erwarten würde.

Vorerst galt es noch viel zu lernen: Wie verhält man sich auf einem Tatort richtig? Wie werden Tatortspuren gesichert und Fingerabdrücke abgenommen? Das Auslegen einer Diebsfalle wurde ebenfalls gelehrt und in der Praxis geübt. Sehr interessant fand ich die Vernehmungslehre und die Vernehmungstaktik: Wie sichere ich ein Geständnis gegen Widerruf ab? – und vieles mehr. Um eine Vernehmung richtig führen zu können, war es sicherlich von Vorteil, die Gaunersprache zu beherrschen. Die Bedeutung eines *„Kassibers"* zu kennen, kann für einen Kiberer sehr nützlich sein. Von Vorteil ist auch die Bedeutung von *„sich gerade machen"* oder jemanden *„verwamsen"* zu kennen. Was ist ein *„Fisch"*, wofür steht die Bezeichnung *„Kilo"* oder *„Hadern"*? Die Kenntnis aller dieser Ausdrücke und deren Bedeutung sollten mir in der Praxis als Kiberer noch gute Dienste leisten.

Es ist vorteilhaft, bei der Einvernahme eines Festgenommenen zu wissen, wovon dieser spricht, wenn er erzählt, er hätte den *„Bären kalt aufgemacht"*. Nicht uninteressant kann auch die Tatsache sein, wo von einem Einbrecher der *„Murrer gebunkert"* wurde. Amüsante Ausdrücke wie *„Schnallendrücker"* und *„Klingelfahrer"* hatten leider immer einen ernsteren, weil kriminellen Hintergrund.

Nicht zuletzt wegen einer zügellosen und unkontrollierten Zuwanderung und einer von den Politikern vollkommen missverstandenen Migration, verlor die Gaunersprache im Laufe der Zeit immer mehr an Bedeutung. Von einer großen Zahl der unser Land überschwemmenden Ausländer wird die Gastfreundschaft missbraucht und diese frönen ungestört ihrem kriminellen Trieb. Diebe, Einbrecher und Räuber aus dem ehemaligen Ostblock importieren eine ganz andere uns unbekannte Form der Kriminalität. Eine professionelle und brutale Kriminalität, der die österreichische Exekutive in der Zukunft nicht gewachsen sein kann, sollten die zuständigen Politiker nicht endlich den Mut zur Wahrheit finden und die richtigen, nicht die politisch motivierten, Entscheidungen zum Wohle der österreichischen Bevölkerung treffen.

Sehr interessant, wenn auch fallweise ausgesprochen gruselig, waren die Besuche in der Gerichtsmedizin in Wien. Hier wurde uns anschaulich der Unterschied zwischen einem Einschuss und einem Ausschuss vor Augen geführt. Es ist schwieriger als man glauben mag, einen Einstich richtig deuten zu können. Die Anzahl und Form von Blutspritzern und Blutspuren richtig zu beschreiben, zu sichern und zu dokumentieren, erfordert Geschicklichkeit und Erfahrung. Die Überprüfung und Begutachtung einer Strangulierungsfurche zählt nicht gerade zu den angenehmen Aufgaben eines Kiberers. Zum damaligen Zeitpunkt konnte ich nicht ahnen, dass alle diese Informationen in meinem späteren Berufsleben als Gewaltkiberer beim Referat 1 (Sexual- und Gewaltdelikte) zum täglichen Gebrauch gehören würden. Damals, in den achtziger Jahren des vorigen Jahrhunderts, war dies eine nicht zu ahnende Zukunftsvision und ich lauschte gespannt den Ausführungen der erfahrenen Gerichtsmediziner. Die Tage, Wochen und Monate vergingen sehr rasch und so trug es sich zu, dass plötzlich der Prüfungstermin für die Abschlussprüfung des Kripo-Chargenkurses feststand.
Wie schon bei der Grundausbildung, konnte ich in keinem der Prüfungsgegenstände ein „Ausgezeichnet“ erreichen. Im Prüfungszeugnis steht jedoch deutlich zu lesen „Bestanden“ – und damit war ich vollkommen zufrieden.

Unter keinen Umständen möchte ich verabsäumen, das Zeugnis der Prüfungskommission für Kriminalbeamte beim Bundesministerium für Inneres als sichtbaren Beweis vorzulegen, da derartige Zeugnisse nicht mehr ausgestellt werden und die Ausbildung zum Kriminalbeamten abgeschafft wurde!

Seit Inkrafttreten der Polizeireform am 1. 7. 2005 gibt es keine Kriminalbeamten mehr, wurde uns eindringlich zur Kenntnis gebracht.
Im September 2003 wurden die letzten Polizisten (damals gab es noch Gendarmen) nach dem Muster des Kripo-Chargenkurses ausgebildet. Dieser Kurs fand aber bereits in verkürzter Form und einer „light-Version“ statt, da die Polizeireform ihre Schatten vorauswarf.

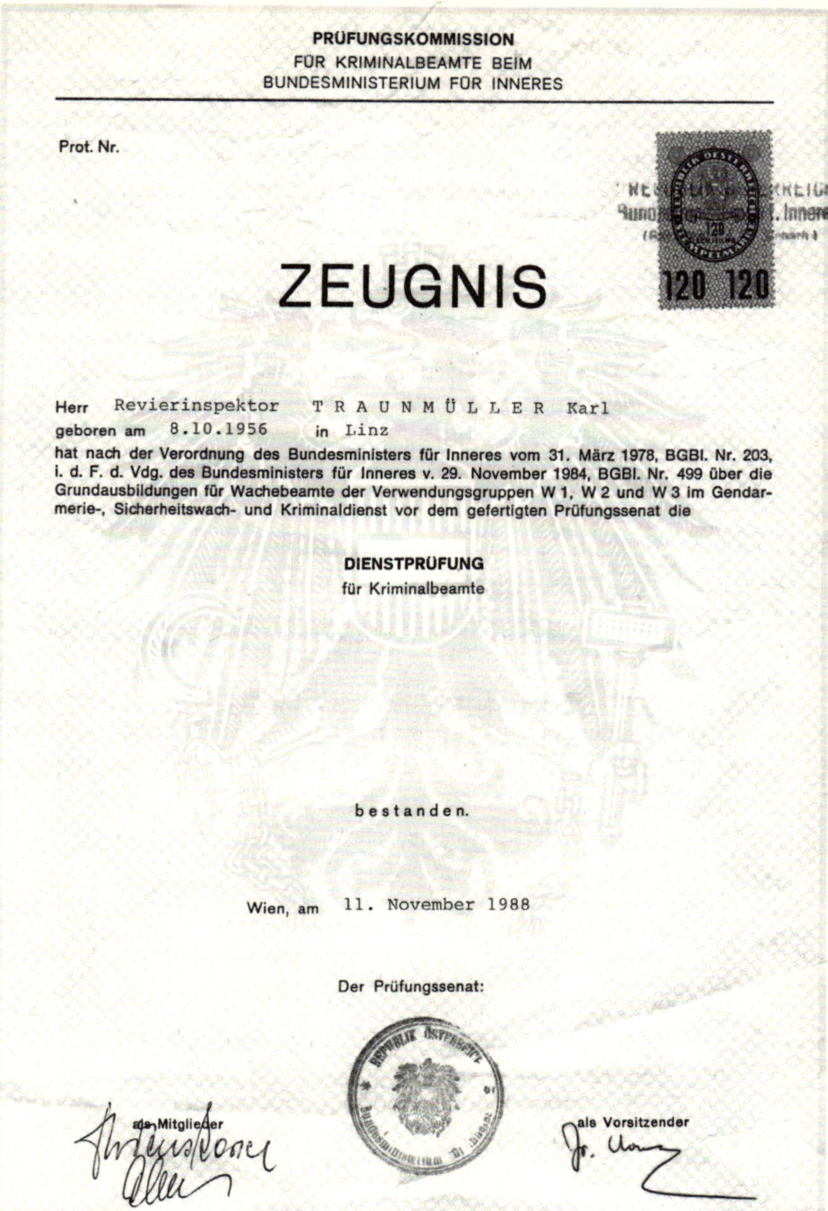

PRÜFUNGSKOMMISSION
FÜR KRIMINALBEAMTE BEIM
BUNDESMINISTERIUM FÜR INNERES

Prot. Nr.

ZEUGNIS

Herr Revierinspektor T R A U N M Ü L L E R Karl
geboren am 8.10.1956 in Linz
hat nach der Verordnung des Bundesministers für Inneres vom 31. März 1978, BGBl. Nr. 203, i. d. F. d. Vdg. des Bundesministers für Inneres v. 29. November 1984, BGBl. Nr. 499 über die Grundausbildungen für Wachebeamte der Verwendungsgruppen W 1, W 2 und W 3 im Gendarmerie-, Sicherheitswach- und Kriminaldienst vor dem gefertigten Prüfungssenat die

DIENSTPRÜFUNG
für Kriminalbeamte

b e s t a n d e n.

Wien, am 11. November 1988

Der Prüfungssenat:

als Mitglieder

als Vorsitzender

Ein Relikt aus grauer Polizeivorzeit: das Prüfungszeugnis für Kriminalbeamte.

Gemäß der Polizeireform gibt es nach Aussage der Vorgesetzten und Reformer seit Inkrafttreten ausschließlich Exekutivbeamte. Diese stammen aus dem Stande der aufgelösten Zollwache, der ehemaligen Gendarmerie und der ehemaligen Polizei. Darunter gibt es selbstverständlich Exekutivbeamte, die in kriminalpolizeilicher Verwendung stehen und in Zivil ihren Dienst ausüben. Jeder Exekutivbeamte wurde mit der Polizeireform zum „Generalisten", mit Ausnahme der selbst ernannten Spezialisten, den *„high level crime detectives"*, welche beim Landeskriminalamt (LPK) ihren Dienst versehen.

Mit der Polizeireform 2005 wurde die spezielle Ausbildung zum Kriminalbeamten abgeschafft und ist somit Geschichte! Bei der „neuen Polizei" steht man in kriminalpolizeilicher Verwendung und es genügt, sich seiner Uniform zu entledigen und eine entsprechende Planstelle zu besetzen. Nach der ehemaligen, bei der aufgelösten Gendarmerie, üblichen Vorgangsweise genügen diese Voraussetzungen, um als Kriminalbeamter agieren zu können. Ein gesamter Berufsstand wird somit ad absurdum geführt und der Lächerlichkeit preisgegeben.
Dies sollte aber bei Weitem nicht die einzige Kuriosität bleiben, die uns die damals noch in weiter Ferne liegende Polizeireform bescheren sollte.

Nach drei Tagen wohlverdientem Sonderurlaub wurden wir zu unseren Bundespolizeidirektionen entlassen, wo wir den dortigen selbstständigen Wachkörpern, den kriminalpolizeilichen Abteilungen, zur Dienstversehung zugeteilt wurden.

Bei der kriminalpolizeilichen Abteilung der BPD Linz

Bevor wir zu unseren fixen Dienststellen zugeteilt werden sollten, war ein Durchlauf durch alle Referate vorgesehen und ich versah meinen Dienst vorerst beim Referat 2 (Betrug/Brand). Dort teilte ich meine Büroräumlichkeiten mit einem der erfahrensten Kiberer auf diesem Sektor bei der kriminalpolizeilichen Abteilung der BPD Linz. Dieser nahm mir die Scheu vor den unzähligen Formularen, die ich im Verlaufe der Zeit dort auszufüllen und zu versenden hatte. Ausschreibungen im Fahndungscomputer und Widerrufe der veranlassten Personen- und Sachfahndungen standen auf der Tagesordnung. Ich danke ihm noch heute dafür.

Ein schrecklicher Gedanken befiel mich, sollten diese bürokratischen Tätigkeiten in Zukunft mein Betätigungsfeld darstellen. Ich konnte mich nicht recht mit der Bearbeitung der *„white collar crime“* anfreunden, weshalb meine Anfangserfolge auf sich warten ließen und eher bescheiden ausgefallen sind. Sicherlich durfte ich anfangs nur die kleinen Fische bearbeiten, ein großer Betrugsfall hätte mich auch vor unlösbare Probleme gestellt. Ich machte die Bekanntschaft von sehr aufschlussreichen Persönlichkeiten, wie Zechbetrüger, Taxibetrüger und Bestellbetrüger. Kleine Fische, wie gesagt, aber dennoch zählten sie zur Kategorie der „white collar crime“. Wie hieß es doch so treffend im Kripo-Kurs: die Waffe des Betrügers ist die Lüge. Je größer der Gauner, desto größer und komplizierter auch die Lüge und umso schwerer und aufwändiger zu beweisen und zu überführen.

In der Anfangsphase meiner Tätigkeit als Betrugskiberer trug es sich zu, dass ich eines Tages einen Haftbefehl gegen einen lang gesuchten Betrüger zu vollziehen hatte. Zu diesem Zeitpunkt war mir weder der gesuchte Betrüger bekannt noch kannte ich dessen *Modus Operandi*. Mir wurde lediglich aufgetragen, den Haftbefehl zu vollziehen – leichter gesagt als getan. Dieser Haftbefehl gegen einen Betrüger mit dem Spitznamen Torten-Edi sollte mich noch für sehr lange Zeit beschäftigen und war erst der Anfang einer sicherlich erzählenswerten Geschichte. Der Torten-Edi war immer ein Berufsverbrecher mit wenig lobenswerten Eigenschaften. Trotzdem dokumentiert er für mich die Notwendigkeit einer „richtigen Kriminalpolizei“ mit entsprechenden Aufgaben. Dazu gehören eine entsprechende Lokal- und Personenkenntnis und viel berufliche Erfahrung. Schon in der Grundausbildung wurde uns gelehrt, alles zu sehen, viel zu beanstanden und wenig zu strafen. Diese Aussage bezog sich hauptsächlich auf die dienstlichen Belange eines uniformierten Sicherheitswachebeamten und nur bedingt auf die kriminalpolizeilichen Tätigkeiten eines Kiberers. Deshalb waren auch die Aufgaben von Sicherheitswache und kriminalpolizeilicher Abteilung strikt getrennt. In entsprechender Form ergänzt, führten sie so zum gewünschten Erfolg.

Der Kiberer versieht seinen Dienst ausschließlich in ziviler Kleidung und ist vorwiegend mit so genannten Offizialdelikten konfrontiert, die von Gesetz wegen verfolgt werden müssen. Bei der Ausbildung zum Kiberer wurde uns immer wieder eingeschärft, man solle „offenen Kontakt“ zu allen Personen halten, die des Nachts aktiv sind. So gehört zu einem richtigen Kiberer auch die sensible Tätigkeit, das Führen eines Informanten oder Konfidenten. Dieser Personenkreis bewegt sich naturgemäß am Rande der Gesetze und kann getrost zum Kreise der Halb- und Unterwelt gezählt werden. Die Erledigung einer solchen Aufgabe ist für einen Sicherheitswachebeamten, aufgrund der Uniformierung sowie seiner sonstigen Aufgaben, nur bedingt möglich. Prostituierte, aber auch Taxilenker, Wirte, Zeitungsausträger und Würstelfrauen sind zu nächtlicher Stunde anzutreffen und so kann es aus kriminalpolizeilicher Sicht nicht abträglich sein, zu diesen Personengruppen einen entsprechenden Kontakt zu pflegen.

Die Geschichte um den Torten-Edi bestätigt eindringlich, dass die Ratschläge der Ausbilder auf sehr hohem Erfahrungswert beruhen und diese zu befolgen ein überaus guter Ratschlag war.

Der Torten-Edi war ein Mann von erstaunlichem Auftreten. Er war über 190 cm groß, machte einen etwas ärmlichen, aber dennoch gepflegten Eindruck und sprach mit hochdeutschem Akzent. Von Statur und Auftreten ein echter *„Womanizer“*. Als ich den Torten-Edi kennen lernte, konnte er bereits auf eine anschauliche Latte von gerichtlichen Vorstrafen verweisen. Mehr als ich jemals bei einem anderen meiner Kunden zu sehen bekommen würde. Der Torten-Edi sollte also mein erster großer Fall bei der Kripo werden, für den ich die alleinige Verantwortung zu tragen hatte. Gegen den Torten-Edi bestand zu dieser Zeit ein aufrechter Haftbefehl, wie könnte es auch anders sein, wegen Verdachts des gewerbsmäßigen Betruges. Der zur Festnahme ausgeschriebene Edi, hatte keinen ordentlichen Wohnsitz und war im Bundesgebiet auch polizeilich mit keiner aufrechten Wohnadresse verzeichnet. So zog ich mit einem Kollegen los, mit dem ich gemeinsam die Ausbildung zum Kiberer absolviert hatte, um den Torten-Edi *„einzuziehen“*, wie es in der Fachsprache so schön formuliert wird.

Nun kamen uns die guten Lokal- und Personenkenntnisse gerade recht, die wir während unserer langjährigen Dienstzeit in Linz gesammelt hatten. Wir zogen durch die Stadt und machten unsere kriminalpolizeilichen Hausaufgaben. Dabei konnten wir ermitteln, dass der Torten-Edi unangemeldet bei einer seiner vielen weiblichen Verehrerinnen in einem nördlichen Stadtteil von Linz wohnen soll. Der Torten-Edi war somit unsteten Aufenthaltes, wie diese Tatsache fachgerecht umschrieben wird. Gemeinsam gelang es uns, die Anschrift der Frau zu ermitteln, wo der Torten-Edi seinen Unterschlupf gefunden hatte. Die Wohnung befand sich im Parterre des Wohnhauses und die Fenster waren gekippt. Aus der Wohnung vernahmen wir die Stimmen einer Frau und eines Mannes mit deutlich hochdeutschem Akzent. Wegen der noch mangelhaften Praxis in derartigen Dingen waren wir verunsichert – wie sollten wir vorgehen und einschreiten? Sollten wir läuten und uns zu erkennen geben? Eine nicht besonders gute Idee in Anbetracht der Sachlage. Zu zweit konnten wir zwar das Gebäude von außen sichern, aber nicht gleichzeitig in die Wohnung gelangen. Sollte der gesuchte Torten-Edi in der Wohnung aufhältig sein, wären die Vorteile für eine Flucht auf seiner Seite – und dieser Umstand gefiel uns gar nicht.

Eine etwas unübliche List sollte uns zum Erfolg verhelfen. Ein Kiberer lebt vom persönlichen Engagement und Einsatz. Wir klopften an der Wohnungstür und riefen den Namen der Wohnungsinhaberin. Diese meldete sich wie befürchtet durch die verschlossene Tür und wollte nun wissen, wer Einlass begehren würde und aus welchem Grund. Eine durchaus übliche Reaktion bei Personen eines gewissen Schlages. Einer von uns beiden brüllte: „Hey, mach auf, ich bin's, der Karli!“ Wir hatten Glück, offensichtlich kannte sie einen Karli und öffnete die Tür. Da sich ein Bekannter vor der Tür befand, wie beide annahmen, versteckte sich der Torten-Edi nicht und verharrte seelenruhig bei Tisch, Kaffee und Kuchen genießend. So gelang es uns, ohne Gewaltanwendung in die Wohnung zu gelangen und den Haftbefehl zu vollziehen.

Der Torten-Edi war über diese List verständlicherweise nicht sonderlich erfreut und äußerte lautstark seinen Unmut über unser unkonventionelles Vorgehen. Bei der Einvernahme gestand er uns alle von ihm in den letzten Monaten verübten Betrügereien. So kamen wir auch dahinter, was es mit dem Namen Torten-Edi auf sich hatte.

Unser *„Womanizer"* hatte fast immer die richtige Nase, bei der Auswahl seiner meist weiblichen Opfer. Er betrat eine Bäckerei oder Konditorei und gab sich dort in seiner „lady like-Manier" sehr gesprächig. Er erzählte dem meist weiblichen Publikum, dass er heute Geburtstag habe und diesen ausgiebig feiern wolle. Für die in seiner Firma geplante Feier bestellte er mehrere Torten und Kuchen, die er in wenigen Stunden abholen und natürlich bezahlen wollte. Nach der ausgiebigen Bestellung verabschiedete er sich höflich und schritt von dannen. Kurze Zeit später, viel früher als vereinbart, die bestellten Torten und Kuchen waren natürlich noch nicht fertig, kam er vollkommen aufgelöst und mit den Nerven am Ende, in das Geschäft zurück. Außer sich vor Entrüstung erzählte er den Verkäuferinnen von seinem Missgeschick. Er habe doch am heutigen Tag Geburtstag, wie er bei der umfangreichen Kuchen- und Tortenbestellung ausführlich erzählte. Da er kein Kind von Traurigkeit sei, habe er etwas feucht-fröhlich vorgefeiert und dabei leicht über den Durst getrunken. Vom Pech verfolgt, hatte er nun, so ein Zufall, genau vor dem besagten Geschäft einen unerheblichen Verkehrsunfall. Einen harmlosen Auffahrunfall ohne Personenschaden, lediglich mit leichtem Sachschaden, nichts Aufregendes eben. Sein Unfallgegner sei aber unerbittlich und fordere von ihm einen bestimmten Geldbetrag, sonst würde er die Polizei verständigen. Dieser Umstand kam dem offenbar sehr guten Kunden aber ausgesprochen ungelegen, hatte er doch feucht-fröhlich vorgefeiert und über den Durst getrunken. Da er aber derzeit nicht über diesen Betrag in bar verfüge, saß er in der Falle – aus und vorbei. Nun kam ihm der rettende Gedanke. Die Verkäuferin könne ihm doch den notwendigen Differenzbetrag vorschießen und ihm so aus der Notlage helfen. Er wollte ohnehin in wenigen Stunden seine umfangreiche Bestellung von verschiedenen Kuchen und Torten abholen. Dabei könnte er dann auch den geborgten Betrag zurückzahlen und sich erkenntlich zeigen.

Aufgrund der glaubwürdigen Beteuerungen von Torten-Edi klappte diese unglaubliche Mitleidsmasche bei zehn Versuchen meist sieben bis acht Mal. Eine schier unglaubliche Quote. Es ist wohl überflüssig zu erwähnen, dass der Torten-Edi seine bestellten Kuchen und Torten niemals abgeholt und somit auch seine Geldschuld niemals bezahlt hat, was auch keineswegs in seiner Absicht lag. Da sich diese Masche auch mit Wurstwaren, Leberkäse und Gebäck immer bestens bewährt hatte, bestritt der Edi, übrigens sein richtiger Vorname, seinen Lebensunterhalt zum größten Teil mit derartigen Betrügereien. Die gutgläubigen Verkäuferinnen blieben auf ihrem Schaden sitzen und mussten das geborgte Geld aus ihrem persönlichen Budget bezahlen.

Torten-Edi spielte seine Rolle derart gut, überzeugend und fast perfekt, dass viele der Geschädigten vorerst meine Person als ermittelnden Kriminalbeamten in Frage stellten, wenn ich in den Geschäften auftauchte, mich auswies und den genauen Sachverhalt ermitteln und die Schadenshöhe erheben wollte. Oftmals brauchte es viel Überzeugungsarbeit und ich musste mich nicht selten doppelt ausweisen, bevor man mir Glauben schenkte. Nein, der Edi macht doch so etwas nicht, so ein netter Mensch, kaum zu glauben, hörte ich oft in jenen Tagen – zumeist von weiblichen Geschädigten. Da der Torten-Edi mit dieser Masche den Großteil seines Lebensunterhaltes bestritt, also gewerbsmäßig tätig war, erfüllte er meine Vorstellung eines Berufsverbrechers. Ein Berufsverbrecher, wie aus dem Fernsehen bekannt, muss nicht immer brutale Gewaltverbrechen oder hochkomplizierte Betrugshandlungen setzen, es genügt schon, mit einer derart banalen Vorgangsweise wie der Torten-Edi sie praktiziert, seinen Lebensunterhalt zu bestreiten.

Wie hatte ich in der Ausbildung zum Kiberer immer wieder gehört: *„Die Waffe des Betrügers ist die Lüge!“* Wie sich diese Schulweisheit doch hier bewahrheitete.

Immer wieder konnte ich verwundert feststellen, dass die meisten meiner Kunden aus dem Kreise der Gauner, Ganoven und Banditen wussten, dass sie sich außerhalb der gesellschaftlichen Normen bewegen oder bewegt haben. Sie nehmen meist auch die Tatsache zur Kenntnis, dass sie die Gesetzesbrecher sind und wir, die Polizisten, lediglich unsere Arbeit machen. Bei den Einvernahmen und Ermittlungen legten meine Kunden immer Wert auf eine *„gerade“* Behandlung und wollten nicht *„gelinkt“* werden. Diese im Kripo-Kurs gelehrte Vorgangsweise wurde von mir nach Möglichkeit immer in der Praxis umgesetzt. Auf dieser Basis konnte ich mehrfach kriminalpolizeiliche Erfolge für mich verbuchen. Die Vernehmungslehre und Vernehmungstaktik während des Kurses war scheinbar auf fruchtbaren Boden gefallen. Dies bestätigte mir auch die Tatsache, dass meine Kontakte mit dem Torten-Edi über Jahre hinweg aufrecht erhalten wurden. Meistens fasste der Edi nach seiner Beichte einige Monate *„scharf“* aus. Nach der Verbüßung der Haftstrafe wurde er wieder auf freien Fuß gesetzt und das Spiel begann von vorne. Aufgrund seines Lebensalters und seiner bereits sehr ansehnlichen Latte von Vorstrafen, wurde ihm angeblich kein Bewährungshelfer mehr zur Seite gestellt, wie er mir berichtete. Nach der Entlassung aus den diversen Haftanstalten stand der Edi wieder auf sich alleine gestellt, bis auf ein wenig Taschengeld, vor der Frage: Was mache ich nun mit meiner wiedererlangten Freiheit? Wegen seines bereits fortgeschrittenen Alters von über 60 und seinen umfangreichen Vorstrafen war eine Arbeitssuche von Vorneherein zum Scheitern verurteilt. Da er mehr als die Hälfte seines Lebens in verschiedenen Strafanstalten zugebracht hatte, stand ihm auch keine Pension zu. Also was sollte er nun machen. Es dauerte nicht lange und die Anzeigen gegen einen unbekannten Täter, Mann, ca. 60 Jahre alt, 190 cm groß, spricht mit hochdeutschem Akzent, wegen Verdacht des Betruges, häuften sich wieder. Der *Modus Operandi* war hinlänglich bekannt und bei den Tatorten handelte es sich wieder um Bäckereien, Konditoreien und Fleischhauereien. Der Torten-Edi war wieder aktiv.

In der Zwischenzeit hatte ich zum Referat 3 (Einbruch und Diebstahl) gewechselt und war somit nicht mehr auf dem Laufenden, die *„white collar crime"* betreffend. Eines Tages, ich saß in meinem Büro und war mit telefonisch durchführbaren Erhebungen beschäftigt, als es klopfte. Vor der Tür stand, ich traute meinen Augen kaum, der Torten-Edi. Er grüßte mich freundlich grinsend und begann das Gespräch mit den Worten: „Karl, es ist wieder soweit." Er nahm Platz und begann mit seiner Beichte. Er gestand mir alle Betrugsdelikte und Schandtaten, mit denen er sich in den letzten Monaten über Wasser gehalten hatte. Er gestand alle von ihm begangenen Delikte. Teilweise hatten die Geschädigten noch gar keine Anzeige erstattet und warteten noch immer auf die Abholung der bestellten Waren und Begleichung der Geldschuld.

Gemeinsam erstellten wir einen Faktenbericht und nach Abschluss der Bestandaufnahme kontaktierte ich den zuständigen Staatsanwalt. Da der Edi wie üblich keinen festen Wohnsitz hatte und auch eine nicht unerhebliche Wiederholungs- und Tatbegehungsgefahr bestand, war die Erwirkung eines Haftbefehles zumeist keine sehr große Hürde. Die obligatorische Haftstrafe von einigen Monaten „scharf", nahm er gelassen zur Kenntnis. Immer wenn seine Haftstrafe über die Weihnachtsfeiertage dauerte, erhielt ich eine Grußkarte aus dem Knast. Dieser Vorgang wiederholte sich in den folgenden Jahren immer wieder. Sobald der Edi der Meinung war, er hätte genug auf dem Kerbholz oder aber keinen anderen Ausweg mehr wusste, stand er bei mir vor der Tür und legte ein umfassendes Geständnis ab. Wenn er bei mir im Büro auftauchte, zu allen möglichen und unmöglichen Zeiten, am Tag und auch fallweise in der Nacht, begann er das Gespräch wie üblich mit den Worten: „Karl, es ist wieder soweit."

Bei unserem bislang letzten Treffen wurde ich aus verschiedenen Gründen als Zeuge zur Hauptverhandlung geladen. Dort kam das Gespräch auf das Verhältnis zwischen Edi und mir. Diese Tatsache erregte sogar Aufsehen in den Medien und es kam zu einigen Medienberichten. Sogar ein Live-Auftritt im ORF gereichte dem Edi zur Ehre. Von meinen damaligen Vorgesetzten wurde ich gebeten, dem ORF-Auftritt, dem ich vorerst nicht wohlwollend gegenüberstand, doch zuzustimmen, da er dem Image der Polizei nicht abträglich sein würde. In der Hoffnung, dem Edi vielleicht ein wenig helfen zu können, stimmte ich zu und trat im ORF auf. Der Edi bekam aber trotz seiner kurzfristigen Berühmtheit die obligatorischen achtzehn Monate aufgebrummt und ich eine Weihnachtskarte aus Suben.

Die ganze Geschichte um den Torten-Edi hat mir eindrücklich bewiesen, dass ich mich auf dem richtigen Weg befand. Mit wenigen Ausnahmen konnte ich mein Verhalten meinen „Kunden" gegenüber immer in einer ähnlichen Weise, mit dem gehörigen Abstand und Respekt, beibehalten und machte größtenteils gute Erfahrungen damit. Ausnahmen bestätigen leider auch diese Regel. Diese Tatsache beweist mir, dass man im Kripo-Kurs, den es damals noch gab, nicht nur Unwichtiges lernt, wie die Vergangenheit und auch die Gegenwart beweisen.

Mit der Bekämpfung der *„white collar crime"* konnte ich mich nicht so recht anfreunden; da war mir die Arbeit als Einbruchskiberer schon eher auf den Leib geschnitten. Die Ermittlungstätigkeit war eine vollkommen andere und die Einbrecher unterschieden sich wesentlich von den Betrügern.

In meinem Berufsleben als Kriminalbeamter konnte ich noch sehr oft auf die Erkenntnisse der Kriminalistik zurückgreifen. Die Bedeutung der Gaunerzinken und das Wissen über die Gaunersprache leisteten mir damals wertvolle Hilfe. Leider setzte auch hier ein bedauerlicher Wandel ein. Durch die Zuwanderung von Kriminellen aus aller Welt veränderten sich auch die Vorgangsweisen der Einbrecher und deren Methoden drastisch. Darauf mussten wir uns erst einstellen, um effektiv reagieren und agieren zu können. Konnte man trotzdem einem Täter habhaft werden, so war die Verständigung mit dem Übeltäter meist ohne Dolmetscher nicht möglich. Eine sinnvolle und zweckmäßige Einvernahme war damit großteils ausgeschlossen und sorgte für steigende Kosten.

Der Dienstgeber unterbreitete uns damals ein aus seiner Sicht verlockendes Angebot. Es wurden kostenlose Fremdsprachenkurse in den verschiedensten Sprachen angeboten: Serbokroatisch, Türkisch oder Russisch. Wollte man einen dieser Kurse belegen, so hatte man in der Dienstzeit bei Bedarf in der jeweiligen Sprache als Dolmetscher zu fungieren. Sollten Überstunden anfallen, würden diese ebenfalls bezahlt, wie man uns versicherte. Die Stundensätze eines Dolmetschers zu verrechnen war uns jedoch nicht möglich. Das Interesse der Kollegenschaft hielt sich in überschaubaren Grenzen …

Trotzdem versuchten wir weiter unser Glück in der Bekämpfung der Einbruchskriminalität. Zu jener Zeit waren sehr viele junge und motivierte Nachwuchskiberer beim Einbruchsreferat. Unter der Aufsicht einiger alter Hasen konnten wir gemeinsam einige großartige Erfolge verbuchen.

Der gute Kontakt zu einem Konfidenten bescherte einem der alten Hasen eine sehr gute Information: Mehrere Männer sollen im Stadtgebiet von Linz massenhaft Elektrogeräte zu einem verdächtig günstigen Preis anbieten. Das Geschäft lief derart gut, wen wundert es bei solchen Schleuderpreisen, weshalb diese Männer ein eigenes Geschäftslokal anmieteten. In diesem Geschäft wurden diese Schnäppchen feilgeboten und an den Mann gebracht. Die gegenständliche Information wurde entsprechend festgehalten und ein Akt angelegt. Aktenführer war der alte Hase, auf dessen Mist diese Information gewachsen war. Wir Nachwuchskiberer wurden ihm zur Unterstützung zugeteilt. Dem Aktenführer oblag es nun, uns zu führen und entsprechende Anweisungen und Aufträge zu erteilen. Zum ersten Mal, außerhalb der Ausbildung, wurde eine Observation durchgeführt. Schlussendlich konnte der Aktenführer, aufgrund der Erkenntnisse aus den kriminalpolizeilichen Erhebungen und der Observation, gegen die tatverdächtigen Personen Haftbefehle und Hausdurchsuchungsbefehle erwirken.

Die Haftbefehle vollzogen wir höchstpersönlich und auch die Hausdurchsuchungen wurden von uns, den Sachbearbeitern, vorgenommen. Bei den verschiedensten Hausdurchsuchungen konnten wir noch einen Großteil des Diebsgutes vorfinden und sicherstellen, welches aus insgesamt drei Diebstählen durch Einbruch bei großen Linzer Firmen und Speditionen stammte. Der Gesamtschaden dieser Diebstähle durch Einbruch wurde damals mit mehr als öS 7,000.000,– beziffert, eine wahrlich berauschende Summe.

Diese Amtshandlung war dem damaligen Behördenleiter eine schriftliche, belobende Anerkennung wert. Eine finanzielle Belohnung war in diesem Fall für mich nicht vorgesehen. In meinem ersten Belobigungsdekret bei der Kripo steht geschrieben:

Gemeinsam mit anderen Kriminalbeamten ist es Ihnen im Zuge der weiteren Bearbeitung dieses Falles nach umfangreichen Ermittlungen, geschickt geführten Observationen und durchgeführten Hausdurchsuchen gelungen, wesentlich zur Klärung von drei Einbruchsdiebstählen mit einer Gesamtschadenssumme von über 7 Mill. Schilling beizutragen. Für diese außergewöhnliche Dienstleistung spreche ich Ihnen die belobende Anerkennung aus.

Schon wenige Wochen nach diesem schönen Erfolg und meinem ersten Belobigungsdekret bekam ich eine Einbruchsserie in Kellerabteile, im südlichen Teil von Linz, zur Bearbeitung zugeteilt. Da mir diese Anzeigen gegen einen bisher unbekannten Täter zur Bearbeitung zugewiesen worden waren, stand ich nun erstmals vor dem Problem, diesen Akt in Eigenverantwortung führen zu müssen. Diese Tatsache bedeutete, dass ich für die Bearbeitung dieser Einbruchsserie verantwortlich war und auch als Aktenführer zu fungieren hatte. Das damalige Dienstsystem bei der kriminalpolizeilichen Abteilung der BPD Linz erlaubte es mir, sehr rasch – aus der eigenen Journaldienstgruppe – einen geeigneten Partner für die Bearbeitung der Keller-ED-Serie zu finden. Gemeinsam machten wir uns nun an die Arbeit. In kriminalistischer Kleinarbeit gelang es uns nun, tatsächlich einen Tatverdächtigen auszuforschen und gegen diesen einen Haftbefehl zu erwirken. Nach einer intensiven Fahndung, bei der sich die ausgezeichnete Lokal- und Personenkenntnis bezahlt gemacht hat, konnten wir den Täter aufstöbern und festnehmen. Im Verlaufe der Einvernahmen konnten wir dem Tatverdächtigen insgesamt 43 Diebstähle durch Einbruch nachweisen, zu denen er sich auch geständig zeigte. Einen Teil des Diebsgutes konnten wir noch sicherstellen und an die Geschädigten ausfolgen.

Abermals schritt der damalige Behördenleiter zur Tat und verfasste für meinen Kollegen und mich eine belobende Anerkennung:

In Zusammenarbeit mit Ihrem Kollegen ist es Ihnen gelungen, den Täter auszuforschen und festzunehmen und ihm nach einer mit viel Geschick und Einfühlungsvermögen geführten Vernehmung insgesamt 43 Straftaten mit einer Schadenssumme von ca. öS 150.000,-- nachzuweisen. Diebesgut im Wert von ca. öS 30.000,-- konnte sichergestellt und teil-

weise an die Geschädigten ausgefolgt werden. Für diese außergewöhnliche Dienstleistung spreche ich Ihnen die belobende Anerkennung aus. Das Bundesministerium für Inneres hat Ihnen dafür mit Erlass eine Geldbelohnung in der Höhe von öS 700,-- zuerkannt.

So steht es geschrieben im Belobigungsdekret, welches mir vom Behördenleiter übergeben wurde.

Schon wenige Tage nach der Dekretverleihung durch den Polizeidirektor wurde ich abermals zur Bearbeitung eines „Einbruchsaktes mit Haft" als Aktenführer eingeteilt. In der Nacht waren zwei Einbrecher bei einem Einbruch in ein Kaufhaus, im Süden von Linz, von alarmierten Sicherheitswachebeamten auf frischer Tat betreten und festgenommen worden. Obwohl die beiden Männer aus dem ehemaligen Jugoslawien stammten, waren sie der deutschen Sprache soweit mächtig, dass die Beiziehung eines Dolmetschers nicht vonnöten war.

Bis vor noch nicht allzu langer Zeit hatte ich als SWB diese Einbrecher festzunehmen und der Kripo zur weiteren Bearbeitung zu übergeben. Nun war ich die Kripo, der Ball lag jetzt also bei mir. Da ich an diesem Tag Journaldienst hatte, wurde ich mit zwei weiteren, ebenfalls jungen Nachwuchskiberern zur Bearbeitung dieses Haftaktes, wegen Verdacht des Diebstahles durch Einbruch, eingeteilt. Die Aktenführung sollte mir obliegen. Im Zuge der von uns durchgeführten Ermittlungen und Einvernahmen konnten wir den beiden ausländischen „Gästen" insgesamt 30 Eigentumsdelikte mit einer Gesamtschadenshöhe von öS 75.000,-- nachweisen. Bei den Einvernahmen zeigten sich die beiden Tatverdächtigen auch geständig. Diese erfolgreiche Amtshandlung hatte die bereits dritte Belobigung zur Folge, in der geschrieben stand:

Gemeinsam mit Ihren beiden Kollegen ist es Ihnen gelungen, bei der weiteren Bearbeitung dieser Haftsache im Zuge der mit viel Ausdauer, Geschick und Einfühlungsvermögen geführten Vernehmung der Festgenommenen, ihnen insgesamt 30 Straftaten mit einem Gesamtschaden von ca. öS 75.000,-- nachzuweisen und sie zu einem Geständnis zu bewegen. Für diese außergewöhnliche Dienstleistung spreche ich Ihnen die belobende Anerkennung aus.

Vom damaligen Innenminister wurde uns eine Geldbelohnung in der Höhe von öS 800,-- zuerkannt.

Am 28. April 1990 passierte etwas sehr Schreckliches. Ein junges Mädchen war in ihrer Wohnung, in der Innenstadt von Linz, durch mehrere schwere Stichverletzungen ermordet, aufgefunden worden. Davon hatte ich aber vorerst keine Ahnung, denn ich verbrachte den ganzen Tag schlafend, da ich nach dem Nachtdienst frei hatte.

Am Abend war ich zu einer Streife am Urfahraner Jahrmarkt eingeteilt. Kurz vor Beginn der Streife herrschte plötzlich reges Treiben in der BPD Linz und gleichzeitig akuter Mangel an verfügbaren Kiberern. Einige der Kiberer der diensthabenden Journalgruppe befanden sich noch am Tatort des vermeintlichen Mordes. Die Kiberer des damals zuständigen Referates 1 (Sexual- und Gewaltdelikte) und der Erkennungsdienst waren noch am Tatort gebunden oder mit notwendigen Erhebungen beschäftigt. Grund der Aufregung war, dass ein Tatverdächtiger ausgeforscht und festgenommen werden konnte, welcher sich bereits im Polizeigefangenenhaus befinden sollte. Einer der erfahrensten Kiberer der damaligen Ära wurde mit dessen niederschriftlicher Einvernahme betraut. Diesem fehlte aber nun ein Schreiber für diese Einvernahme.

Als ich davon erfuhr, bot ich sofort meine Dienste als Schreiber bei der Einvernahme des vermeintlichen Mörders an. Zu meiner Überraschung wurde ich umgehend in das Vernehmungszimmer im Polizeigefangenenhaus beordert, wo schon alle auf mich warteten. Nun wurde der festgenommene Tatverdächtige in das Vernehmungszimmer gebracht und für mich begann eine unbezahlbare Lehrstunde in Vernehmungstechnik und Vernehmungstaktik.

In der schriftlichen, belobenden Anerkennung des damaligen Polizeidirektors steht Wort für Wort geschrieben:

> *Gemeinsam mit anderen Kriminalbeamten ist es Ihnen aufgrund äußerst sorgfältig und genau geführter Tatorterhebungen gelungen, den Tatverdächtigen auszuforschen und festzunehmen und ihn nach stundenlanger Vernehmung zu einem Geständnis zu bewegen. Für diese erfolgreiche Amtshandlung, die Sie taktisch und mit viel Einfühlungsvermögen geführt haben, spreche ich Ihnen die belobende Anerkennung aus.*

Dass der Großteil dieser Anerkennung meinem Kollegen gebührt, der die Vernehmung geleitet hat, versteht sich von selbst.

In diesem, „meinem ersten Mordakt", habe ich nur einen sehr bescheidenen Beitrag leisten können.

Dem Innenminister war die Klärung dieses spektakulären und sehr medienwirksamen Mordes immerhin eine Geldbelohnung von öS 800,-- wert. Danke, Herr Minister.

Ich hatte aber nicht lange Zeit, um den Ausflug in das Referat für Sexual- und Gewaltdelikte zu genießen, da holte mich der Alltag des Einbruchskiberers auch schon wieder ein. Abermals waren zwei Einbrecher, diesmal ein weiblicher und ein männlicher Tatverdächtiger, von Sicherheitswachebeamten (SWB) auf frischer Tat betreten und festgenommen worden.

Diesen Haftakt bekam ein bereits erfahrener Kiberer des Referates zur Bearbeitung als Aktenführer zugeteilt. Zwei Nachwuchskiberer und ich wurden dem alten Hasen als Verstärkung und Unterstützung zugeteilt. Unter der Aktenführung des alten Hasen konnten wir eine Unmenge von Straftaten klären und weitere Täter ausforschen und zur Anzeige bringen. Auch diese erfolgreiche Amtshandlung führte zur Verleihung eines Belobigungsdekretes, in dem Folgendes zu lesen steht:

> *In Zusammenarbeit mit Ihren Kollegen ist es Ihnen bei der weiteren Bearbeitung dieser Haftsache im Zuge der mit besonderem Fleiß und Ausdauer geführten Vernehmung gelungen, den beiden Festgenommenen und 35 weiteren Tätern insgesamt 51 Straftaten mit einer Gesamtschadenssumme von ca. öS 250.000,-- nachzuweisen. Für diese erfolgreiche Amtshandlung, die Sie mit kriminalistischem Geschick und beispielhaftem Arbeitseinsatz geführt haben, spreche ich Ihnen die belobende Anerkennung aus.*

Dem Innenminister war dieser Erfolg abermals eine Geldbelohnung in der Höhe von öS 800,-- wert.

Im Laufe der Zeit fand beim Referat 3 (Diebstahl und Einbruch) der kriminalpolizeilichen Abteilung der BPD Linz eine Spezialisierung statt, um der Eigentumskriminalität besser Paroli bieten zu können. Es gab Kiberer, die sich auf Einbrüche in Kellerabteile spezialisiert hatten, andere Kollegen waren mit Einbrüchen in Wohnungen oder Wohnhäuser, andere wieder mit Einbrüchen in Geschäftslokale betraut. Es gab auch eine eigene Gruppe, die sich auf Einbrüche in Fahrzeuge und auf Diebstähle von Fahrzeugen spezialisiert hatte. Eine durchaus vernünftige Einstellung, da sich auch unsere Kunden eine eigene Spezialisierung zu Nutze machten. Selten konnte man einem typischen PKW-Einbrecher einen

Wohnungseinbruch nachweisen. In Gauner- und Ganovenkreisen kannte man den durchaus sinnvollen Spruch: „Schuster bleib bei deinem Leisten."

In jenen Tagen beunruhigte die Linzer Kriminalpolizei eine markante Häufung von Einbruchsdiebstählen in Wohnungen. Eine Krisensitzung wurde einberufen und eine entsprechende Vorgangsweise festgelegt. Die Bildung einer der in Mode gekommenen Arbeitsgruppen – innerhalb des Referates – wurde beschlossen. Nun machten wir uns daran, diesem Übel ein Ende zu bereiten.

Die sich immer mehr häufenden Wohnungseinbrüche im Stadtgebiet von Linz wurden immer nach dem selben *Modus Operandi* verübt. Tagsüber drangen die bisher unbekannten Täter durch *„Abdrehen"* der Zylinderschlösser in die Wohnungen ein und stahlen ausschließlich Bargeld und Schmuck. Nach umfangreichen kriminalpolizeilichen Ermittlungen und unzähligen Observationen konnten wir dieser reisenden, ausländischen Tätergruppe aus dem ehemaligen Jugoslawien auf die Schliche kommen.

Die geführten Ermittlungen erforderten sehr viel Einsatz, Phantasie und auch unkonventionelle Methoden. So trug es sich zu, dass sich eine Gruppe der observierten Einbrecher in einem Hotel im Zentrum von Linz einquartierte. Das Hotel wurde sofort überwacht und observiert. Um die Tatverdächtigen besser unter Kontrolle halten zu können, wurde ich, nach Rücksprache mit der Hotelbesitzerin, für eine Nacht als Nachtportier im Hotel beschäftigt. So konnten wir vor Ort jeden Schritt der Tatverdächtigen überwachen und bei Bedarf sofort Meldung an die Kollegen erstatten. Diese Taktik führte auch zum Erfolg und so war es uns möglich, die berühmt-berüchtigte Sarajevo-Bande dingfest machen zu können. Eine spektakuläre und ständig in den Medien präsente Einbruchsserie mit einem Gesamtschaden von über öS 2,000.000,-- (zwei Millionen ... hört sich nicht schlecht an, oder?) konnte damit von uns aufgeklärt werden.

Der gesamten Arbeitsgruppe wurde die Ehre zuteil, vom Polizeidirektor der BPD Linz ein Dekret und eine Geldbelohnung in der Höhe von öS 1.000,-- bekommen zu haben.

Im Dekret steht deutlich geschrieben und zu lesen:

> *In Zusammenarbeit mit mehreren Kriminalbeamten ist es Ihnen nach umfangreichen Erhebungen und Observationen gelungen, die Mitglieder der sogenannten „Sarajevobande" auszuforschen und festzunehmen und somit insgesamt 36 Einbruchsdiebstähle einer Klärung zuzuführen. Ein*

Großteil der Gesamtbeute von ca. 2.000.000,-- konnte sichergestellt und an die Geschädigten ausgefolgt werden. Für diese außergewöhnliche Dienstleistung spreche ich Ihnen die belobende Anerkennung aus.

Natürlich verliefen nicht immer alle Amtshandlungen derart aufsehenerregend und positiv. Selbstverständlich musste ich auch mit Rückschlägen fertig werden, wenn es mir nicht gelang, den zur Anzeige gebrachten, unbekannten Täter auszuforschen. Man kann sich redlich bemühen und sein Bestes geben und all sein Wissen und seine Erfahrung in die Waagschale werfen und trotzdem nicht zum Ziel kommen. *C'est la vie – So ist das Leben!*

Belobigungsdekrete und Geldbelohnungen werden nicht wahllos verteilt. Derartige Anerkennungen erhält man lediglich nach einer außergewöhnlichen Amtshandlung, die mit Erfolg bedacht ist und hohes Fachwissen und Engagement erfordert. – Das Glück des Tüchtigen hat eben nur der Tüchtige.

In einer kalten Jännernacht des noch jungen Jahres wurde von einem Passanten beobachtet, wie ein junger Mann über einen Zaun stieg, um offensichtlich in verbotener Weise auf das Areal einer dort etablierten Autofirma zu gelangen. Da er den jungen Mann, wie sich später herausstellte, für einen Einbrecher hielt, verständigte er lobenswerter Weise die Polizei über den Notruf 133. Die alarmierten Sicherheitswachebeamten (SWB) durchsuchten das Firmenareal und konnten tatsächlich einen jungen Mann vorfinden, der sich in einem dort abgestellten Schrottauto versteckte. Wegen Verdacht des versuchten Diebstahls durch Einbruch oder mit Waffe, wie es im § 129 Strafgesetzbuch (StGB) so schön formuliert ist, wurde der junge Mann festgenommen und in das Polizeigefangenenhaus der BPD Linz eingeliefert.

Am folgenden Morgen wurde ich als Bearbeiter und Aktenführer dieses vorerst unscheinbaren Haftaktes eingeteilt. Für meinen Kollegen aus der gleichen Journalgruppe im Referat 3 war es eine Selbstverständlichkeit, mich dabei zu unterstützen. Die Bearbeitung dieses Haftaktes sollte zu einem der umfangreichsten Akte, mit Tatorten in halb Europa, ausufern. Der Festgenommene war Mitglied einer international agierenden Bande, die sich vorwiegend aus ehemaligen Legionären der französischen Fremdenlegion zusammensetzte. Diese war darauf spezialisiert, Autos auf Bestellung zu stehlen und nach Nordafrika zu verschiffen. Im Verlaufe der Ermittlungen, die sich bereits weit über die Grenzen Österreichs, nach Deutschland, Frankreich, Italien und die Schweiz erstreckten, kam es zu weiteren Festnahmen. Bei einer nicht unspektakulären Festnahme von zwei ehemaligen Fremdenlegionären in Linz, musste ich mit gezogener Dienstwaffe den Schusswaffengebrauch androhen.

Bei der gerichtlichen Hauptverhandlung in Linz gab es überraschende Urteile, mit denen die Tatverdächtigen sicherlich mehr Freude hatten als die ermittelnden Beamten. In Ermangelung einer juristischen oder akademischen Ausbildung kann ich diese Vorgangsweise des Gerichtes bei der Bemessung des Strafausmaßes wahrscheinlich nicht richtig einschätzen und nachvollziehen.

Dieser Akt war in vielerlei Hinsicht revolutionär für die Kiberer in Linz zu dieser Zeit, Anfang der neunziger Jahre des vorigen Jahrhunderts. Aktenteile mussten mehrfach übersetzt und via Interpol ins Ausland verschickt werden, was damals nicht alltäglich war. Eine Telefonüberwachung in diesem Ausmaß war zu dieser Zeit noch keine Selbstverständlichkeit, sondern eher eine Rarität. Der technische Aufwand, mit zwei Tonbändern pro Telefon, ist heute nicht mehr vorstellbar. Die Observationen wurden von den Sachbearbeitern selbst durchgeführt.

Der zuständige leitende Kriminalbeamte, ein Hauptmann, beantragte in Hinblick auf die sehr medienwirksame Aufklärung dieses spektakulären Falles, eine ministerielle Belohnung per Dekret. Er wies dabei auf die überdurchschnittlichen fachlichen Fähigkeiten und das enorme Engagement der vier Hauptsachbearbeiter hin und wollte dadurch den einzigartigen Erfolg dieser Amtshandlung unterstreichen, wie er sich schriftlich ausdrückte.

Vom Innenministerium wurde seinem Wunsch jedoch nicht entsprochen und es kam abermals zu einer Dekretverleihung durch den Behördenleiter. In der belobenden Anerkennung der BPD Linz steht geschrieben:

> *In Zusammenarbeit mit anderen Kriminalbeamten ist es Ihnen bei der weiteren Bearbeitung dieser Haftsache nach intensiven Ermittlungen und eines sehr gut aufgebauten Telefonüberwachungssystemes gelungen, eine international agierende Verbrecherbande, die sich überwiegend mit PKW-Verschiebungen befasste und sich hauptsächlich aus ehemaligen Fremdenlegionären rekrutierte, auszuforschen. Für diese außergewöhnliche Amtshandlung, die Sie mit kriminalistischem Geschick, Umsicht und großer Ausdauer geführt haben, spreche ich Ihnen die belobende Anerkennung aus.*

Der Dekretverleihung folgte eine Geldbelohnung in der Höhe von öS 1.300,--.

Kurz nach dieser erfolgreichen Amtshandlung bot sich mir die Möglichkeit, in das Referat 1 (Sexual- und Gewaltdelikte) zu wechseln. Aus persönlichen sowie dienstlichen Gründen nahm ich diese Chance war und vollzog diesen Wechsel.

Zum Eingewöhnen blieb mir nicht besonders viel Zeit, da ich schon in einer der ersten Journaldienste zu einer Leichenkommissionierung ausrücken musste. Als Mitglied der polizeilichen Leichenkommission begab ich mich in Begleitung eines Polizeijuristen und eines Polizeiarztes zu einem Leichenfundort im Süden von Linz.

Die polizeiliche Leichenkommissionierung ist eines der Dinge, an die man sich im Laufe der Zeit erst gewöhnen muss. Unter besonderen Umständen hat beim Fund einer Leiche auf öffentlichem Grund, bei Selbstmord oder bei Verdacht auf Fremdverschulden, die polizeiliche Kommission auszurücken. Diese Kommission steht unter der Leitung des Polizeijuristen und hat die Aufgabe, unter Mitwirkung des Polizeiarztes und des Kriminalbeamten, die Todesursache und/oder die Umstände zu klären, welche zum Tod der aufgefundenen Person geführt haben. Da die eventuell vorliegenden Umstände ausnahmslos in das Ressort des Referates 1 fallen, sind diese Kriminalbeamten auch meistens bei den Kommissionierungen vor Ort. Sollte sich nun der Verdacht auf Fremdverschulden bestätigen, sind die am Tatort befindlichen Kiberer gefordert. Der Erkennungsdienst wird angefordert, sofern er sich nicht schon am Tatort befindet, und die Arbeit nimmt ohne unnötige Verzögerung ihren Lauf. Bei Bedarf werden weitere Kräfte zugezogen und vom Aktenführer die notwendigen Schritte eingeleitet und die anfallenden Arbeiten aufgeteilt.

An diesem Spätsommertag war in den frühen Morgenstunden von Passanten eine Leiche mit massiven Kopfverletzungen aufgefunden worden.

Beim Toten handelte es sich um einen unterstandslosen Sandler, der mir von unzähligen Amtshandlungen bekannt war. Abermals bewahrheitete sich eine alte Kibererweisheit. Zu allen Personengruppen, die sich zu nächtlicher Stunde in einer Großstadt herumtreiben, sollte entsprechender Kontakt gehalten werden. Eine gute Lokal- und Personenkenntnis ist eine notwendige Grundlage für jeden Kiberer.

Eine gerichtlich angeordnete Obduktion, bei der auch ich als einer der Sachbearbeiter anwesend war, bestätigte den Verdacht auf Fremdverschulden. Der Sandler war durch mehrere wuchtige Hiebe mit einem schweren Gegenstand auf den Kopf getötet worden. Der zertrümmerte Schädelknochen wurde für alle deutlich sichtbar, nachdem der Obduzent mit einem gekonnten Schnitt mit dem Skalpell die Hautschwarte vom Schädel getrennt hatte. Schwierige und nervtötende Erhebungen im Sandlermilieu standen uns bevor.

Ausgerüstet mit Vernehmungszigaretten und Konfidentengeld wollte ich mich auf die Suche nach dem vermeintlichen Mörder machen, als mich ein Funkspruch ins Mutterhaus beorderte. Die ganze Sache hatte eine unerwartete Wende genommen. Der vermeintliche Mörder hatte sich angeblich auf einem Wachzimmer in Linz gestellt und wurde soeben in die BPD Linz eskortiert.

Nachdem notwendigen Prozedere – bei jeder Einlieferung in ein Gefangenenhaus, inklusive Visitierung und ärztlicher Kontrolle – holten wir den geständigen Mörder zur ersten Einvernahme.

Der Mann stammte ebenfalls aus dem Sandlermillieu, war über 60 Jahre alt und konnte ein Vorstrafenregister sein Eigen nennen, welches mehreren schweren Jungs zur Ehre gereicht hätte. Er war sehr redselig und erzählte frei von der Leber weg, wie er den Mann erschlagen hatte, um nachher in seinen gewohnten Tagesablauf überzugehen. Aufmerksam lauschten wir seinem Geständnis. Vieles daran konnte wahr sein, vieles passte aber einfach nicht zusammen. Der Mann hatte ein typisches Sandler-Strafregister. Diverse Diebstähle, kleinere Einbrüche, unbedeutende Betrügereien, aber keine großartigen Gewaltdelikte.

Ich erinnerte mich an den allseits beliebten Spruch: *Bei der Polizei gibt es nichts, was es nicht gibt!*

Er konnte seine Behauptungen auch nicht beweisen, blieb aber dabei, den Mann erschlagen zu haben. Auch unsere Erhebungen führten nicht zum erhofften Erfolg und wir konnten dem Sandler den Mord nicht nachweisen. Es gab keine Beweise für die aufgestellten Behauptungen. So standen wir nun vor einer sehr schwierigen Entscheidung. Nach einer ausführlichen Besprechung und Abwägung aller nur denkbaren Möglichkeiten und mit dem Segen des zuständigen Staatsanwaltes setzten wir den Mann auf freien Fuß. Eine kluge und richtige Entscheidung, wie sich sehr rasch herausstellen sollte. Obwohl der Mann den Mord mehrfach gestanden hatte, passten einfach zu viele Steinchen des Puzzles nicht zusammen. Eine kuriose Situation, ein geständiger Mörder, keine Beweise, aber Kiberer mit Hausverstand und Menschenkenntnis.

Also begannen wir mit unseren Erhebungen wieder bei null und ganz von vorne. Letztendlich führten unsere umfangreichen Ermittlungen, dank einer ausgezeichneten Lokal- und Personenkenntnis, zu den drei tatsächlichen Tätern. Die

Klärung dieses brutalen Mordes fand großes Medienecho und das Image der Polizei in Linz wurde durch uns ein wenig aufpoliert.
Im belobenden Dekret des damaligen Behördenleiters steht schwarz auf weiß geschrieben:

Obwohl die ersten Ermittlungen hinsichtlich des Täters im Sandlermillieu nicht zielführend waren, ist es Ihnen mit anderen Kriminalbeamten durch neuerliche Befragung gelungen, einen lapidaren Hinweis auf einen der Täter zu bekommen. Im Zuge kriminalistisch besonders geschickt geführten Vernehmungen des Tatverdächtigen, konnten sie dessen Mittäter und ihn, zu einem umfassenden Geständnis bewegen.

So fand auch „mein zweiter Mordakt" ein glückliches Ende; die Täter konnten ausgeforscht, festgenommen und zur Anzeige gebracht werden, Gott sei Dank.
Nun hatte mich der Alltag im Referat 1 wieder und ich beschäftigte mich mit dem üblichen Kleinkram, wie Körperverletzungen, Raufhändel und anderen Gewaltdelikten. Darunter fielen auch die von mir nicht sonderlich geliebten Leichenkommissionierungen. Leichen zu kommissionieren bedeutet nichts anderes, als das man diese zu entkleiden und zu begutachten, also zu kommissionieren hatte. Bei „normalen" Leichen oder „frischen" Leichen grundsätzlich nach einiger Übung und Überwindung keine große Angelegenheit – reine Nervensache also.
Man sollte die persönlichen Umstände, die zum Tod der jeweiligen Person geführt haben, nicht zu sehr an sich herankommen lassen, sonst funktioniert die Sache auf Dauer nicht. Natürlich gibt es die sprichwörtliche Ausnahme von der Regel. Mitunter müssen Wasserleichen, Leichen in Verwesung oder in mumifiziertem Zustand kommissioniert werden. Leichen bei denen bereits die Verwesung und Verfaulung eingesetzt hat, oder skelettierte Leichen, sind nicht von einer Kommissionierung ausgenommen. Fallweise werden auch nur Leichenteile aufgefunden, die dem gleichen Prozedere unterzogen werden.

Häufig werden in der Öffentlichkeit die Privilegien der Beamten und deren Zulagen kritisiert. Polizisten beziehen ebenfalls Zulagen, wie etwa die pauschalierte Gefahrenzulage oder eine Nachtdienstzulage. Im Gegensatz zu mancher anderen Zulage werden diese bei einem Großteil der Bevölkerung akzeptiert, da sie auch für Außenstehende leicht nachvollziehbar sind. In diesem Zusammenhang möchte ich nicht säumig werden und auf die weniger bekannte Leichenentkleidungsgebühr hinweisen. Tatsächlich hat man bei einer Leichenkommissionierung Anspruch auf diese Zulage in der Höhe von brutto 15,-- Euro. Nach Abzug der Steuern verringert sich dieser nicht gerade fürstliche Betrag um mehr als die Hälfte. Bei Leichen, die aus zwei oder mehreren Teilen bestehen, wie etwa bei Zugleichen und Leichen in Verwesung, Verfaulung oder einem anderen extremen Umstand, kann die doppelte Gebühr in Rechnung gestellt werden. Ob diese Leichenentkleidungsgebühr einfach oder doppelt, notwendig und/oder angemessen ist, darüber haben sich wahrscheinlich gescheitere Köpfe als ich ihre Gedanken gemacht. Damit wollte ich lediglich einen kleinen Denkanstoß zum ewigen Diskussionsthema der Beamtenprivilegien beisteuern.

Unter den üblichen Kleinkram eines Gewaltkiberers, der ich nun geworden war, gehörten Raufereien zwischen besoffenen Discogästen und Türstehern ebenso wie Streitigkeiten in der Familie. Streitigkeiten in der Familie enden oft mit einer Anzeige wegen Körperverletzung, Nötigung oder gefährlicher Drohung, die am Schreibtisch eines Kiberers landen. Als Kleinkram bezeichnete Anzeigen werden selbstverständlich mit der gleichen nötigen Ernsthaftigkeit bearbeitet, handelt es sich dabei doch um so genannte Offizialdelikte, bei denen in den meisten Fällen Personen zu Schaden gekommen sind. Jeder Staatsbürger, der durch eine Straftat einen Schaden erleidet, hat meiner bescheidenen Meinung nach das Recht auf eine ordentliche und objektive Beurteilung seines Problems durch die Exekutive und die Justiz. Keinesfalls darf die Gewalt in der Familie verharmlost werden, auch wenn es sich dabei zumeist um ein soziales Problem handelt, welches durch polizeiliches Einschreiten kaum wirklich in den Griff zu bekommen sein wird. Als Kriminalbeamter sollte man versuchen, die persönlichen Schicksale hinter dem Aktendeckel nicht zu nahe an sich herankommen zu lassen, selbst wenn es mitunter sehr schwierig ist und oft unmöglich erscheinen mag.

Wie hinlänglich bekannt ist, hat jede Sache zwei Seiten – und so hat auch dieser Kleinkram seine positiven Auswirkungen. Der unbestrittene Vorteil dieses Kleinkrams liegt in der Durchführung der notwendigen kriminalpolizeilichen Ermittlungen, sowohl während des Tages als auch in den Nachtstunden. Die ständige Erneuerung der aktuellen Lokal- und Personenkenntnis, die für einen Kiberer unbezahlbar ist.

An einem nebeligen Novembertag, Mitte der neunziger Jahre des vorigen Jahrhunderts, versah ich wieder einmal Journaldienst und wartete auf Aufträge. Es war anfänglich ein ruhiger Tag und es fielen vorerst keine aktuellen oder akuten Aufgaben an. So hatte ich an diesem Tag genügend Zeit, meine Akten aufzuarbeiten, zur Anzeige zu bringen und der zuständigen Staatsanwaltschaft zu übermitteln.

Gegen 18:00 Uhr, kurz vor Ende meines Journaldienstes, wie könnte es auch anders sein, erhielt ich den Auftrag, zu einem Geschäft in der Innenstadt zu fahren, da dort angeblich die Verkäuferin überfallen worden sei. Ich holte mein Werkzeug, Pistole, Handfessel und Schreibgerät aus der versperrten Lade meines Schreibtisches und machte mich auf dem Weg zum Tatort. Gleichzeitig mit dem Erkennungsdienst traf ich dort ein. Von den ebenfalls über Notruf alarmierten Sicherheitswachebeamten (SWB), welche wie üblich als Erste am Tatort waren, wurden die notwendigen und wichtigen Erstmaßnahmen gesetzt und eine Funkfahndung veranlasst. Die Verkäuferin des Geschäftes war von einem maskierten und bewaffneten Mann beraubt und anschließend im Lagerraum geknebelt und gefesselt zurückgelassen worden. Während der Erkennungsdienst die Tatortarbeit in Angriff nahm, forderte ich zwei Kollegen aus der Journalgruppe als Unterstützung an und die kriminalpolizeilichen Ermittlungen wurden in Gang gebracht. Sehr hilfreich dabei war ein von einem der beiden Kollegen angefertigtes Phantombild, mit dem wir uns auf die Suche machten.

Ein altes Kripo-Sprichwort lautet: *„Der Täter kommt nicht zu dir, den musst du schon suchen!“* Ausgerüstet mit dieser Weisheit, dem Phantombild und einer guten Lokal- und Personenkenntnis, gelang es uns, nicht nur den Täter, sondern auch seine Komplizin zu identifizieren. Dem *Bonnie und Clyde-Pärchen* konnten wir noch weitere bewaffnete Überfälle im ganzen Bundesgebiet nachweisen. Aufgrund unserer Ermittlungstätigkeit konnten wir gegen die beiden flüchtigen Täter einen internationalen Haftbefehl – polizeilich korrekt ausgedrückt: einen Steckbrief – erwirken. Das bereits ins benachbarte Deutschland geflüchtete Pärchen konnte dort festgenommen werden. Unter Zuerkennung einer Geldbelohnung von öS 500,-- bekamen meine Kollegen und ich das obligatorische Dekret vom Polizeidirektor überreicht.

In diesem Dekret stand Folgendes zu lesen:

Mit Hilfe Ihrer beiden Kollegen ist es Ihnen nach intensiven Ermittlungen gelungen, die beiden Täter auszuforschen, welche schließlich in Hannover festgenommen werden konnten. Sie konnten den beiden noch einen Raubüberfall in Wien und vier weitere Straftaten in Bruck an der Leitha,

Hollabrunn und Salzburg nachweisen. Für diese erfolgreiche Amtshandlung, die Sie mit kriminalistischem Geschick, besonderem Fleiß und Ausdauer geführt haben, spreche ich Ihnen die belobende Anerkennung aus.

Schon kurz nach der Ausforschung des Bonnie und Clyde-Pärchens war ich mit meinem Kollegen zu nächtlicher Stunde in Linz unterwegs. Während dieser Ermittlungen und Streifzüge durch die Lokale der oberösterreichischen Landeshauptstadt, rief ich mir die Verbotsliste der verruchten Bars, aus der Zeit in der Polizeischule, ins Gedächtnis. Viele dieser Lokale von der Verbotsliste gab es nicht mehr und neue waren hinzu gekommen. Trotzdem musste ich amüsiert daran denken, dass uns damals von einem Besuch dieser Lokalitäten, als angehende Polizisten, dringend abgeraten wurde. Heute erwarteten wir uns gerade dort, in diesen verruchten Lokalen, die notwendigen Hinweise.

Diesmal hatten wir aber kein Glück bei unserem Streifzug durch das nächtliche Linz. Keiner wollte oder konnte uns bei den Raubermittlungen behilflich sein. Kurz bevor wir die Streife beenden wollten, besuchten wir einige Lokale im Stadtteil *„Klein-Istanbul“* (= Linz-Neustadt). In einem der Lokale erhielten wir einen Hinweis auf eine professionell organisierte und agierende Diebsbande. Diese sollten in kürzester Zeit Waren aller Art, durch Diebstähle, zu einem Schnäppchenpreis besorgen. Als Stützpunkt diente ein Lokal in „Klein-Istanbul“. Die Hinweise waren derart konkret, dass ich gemeinsam mit meinem Kollegen beschloss, einen Abstecher zur Bekämpfung der Eigentumskriminalität zu machen. Selbstverständlich holten wir uns Verstärkung aus dem zuständigen Referat und begannen mit den umfangreichen Ermittlungen. Nach wochenlangen Erhebungen und Observationen konnten wir diese organisierte Diebesbande tatsächlich ausheben und die drei Haupttäter festnehmen. Die Vorgangsweise der Bandenmitglieder, die alle aus dem ehemaligen Jugoslawien stammten, war denkbar einfach und funktionierte trotzdem – oder gar deshalb.

Im Lokal, welches als Hauptquartier und Umschlagplatz diente, konnte man beim Kellner nicht nur Getränke bestellen. Auf ein bestimmtes Zeichen hin, nahm dieser auch andere Bestellungen und Wünsche entgegen. Bekleidung, Elektrogeräte, Sportartikel und CDs waren besonders gefragt. Während man dort seine bestellten Getränke oder Speisen konsumierte, florierte das zweite Standbein des Unternehmens. Die Bandenmitglieder besorgten die beim Kellner bestellten Waren und lieferten diese direkt ins Lokal, wo sie bei Übergabe zu bezahlen waren. Diese Machenschaften konnten meine Kollegen und ich abstellen. Der kurze Abstecher in die Welt der Eigentumskriminalität hatte sich ausgezahlt und wir konnten einen neuerlichen Erfolg verbuchen.

Nun hatte mich das Referat 1 (Sexual- und Gewaltdelikte) wieder und neue Aufgaben sollten schon bald auf mich zukommen.

An einem eigentlich ganz normalen Arbeitstag, vorerst wenigstens, ging in der Funkleitstelle über Polizeinotruf 133 ein mysteriöser Anruf ein. Der anonyme Anrufer teilte mit, dass im Garten eines Abbruchhauses in der Linzer Innenstadt eine weibliche Leiche vergraben sein soll. Seinen Namen wollte der Anrufer aber keinesfalls nennen. Sofort wurden aufgrund dieses Anrufes einige Kriminalbeamte zur Adresse beordert, die der anonyme Anrufer genannt hatte. Tatsächlich fanden diese Beamten in einem Erdgrab hinter dem Haus eine durch einen Genickschuss hingerichtete weibliche Leiche. Diese wurde nun von den Beamten unter der Aufsicht eines Gerichtsmediziners ausgegraben. Nun machten sich diese Kriminalbeamten unter Zuhilfenahme des Erkennungsdienstes der kriminalpolizeilichen Abteilung der BPD Linz an die Feststellung der Identität der aufgefundenen weiblichen Leiche. Eine gerichtliche Obduktion wurde beantragt, vom Gericht genehmigt/angeordnet und durchgeführt, welche den anfänglichen Verdacht erhärtete: Die junge Frau war durch einen angesetzten Genickschuss regelrecht hingerichtet worden. Als einer meiner Kollegen aus dem Referat 1 und ich von diesem Vorfall hörten, begaben wir uns sofort zur Obduktionshalle und stellten fest, dass wir die Ermordete kannten. Von zurückliegenden Amtshandlungen war uns die tote junge Frau bestens bekannt. Es handelte sich um eine Geheimprostituierte, die mit ihrem Zuhälter und selbsternannten Beschützer in Streit geraten war, weil sie vorhatte, aus dem Geschäft auszusteigen – wofür der Zuhälter natürlich kein Verständnis aufbringen wollte, war doch die Arbeit seiner Nutte einträglich und bequem für ihn.

Von vorangegangenen Amtshandlungen war uns beiden bekannt, dass der Streit zwischen der getöteten Geheimprostituierten und ihrem Zuhälter oft ausartete und in Gewaltorgien endete, die für die junge Frau fast immer sehr schmerzhaft verliefen. Eine Arbeitsgruppe wurde gebildet, der auch mein Kollege und ich angehörten, da wir dafür das nötige Hintergrundwissen mitbrachten.

Nun begannen ziemlich aufreibende kriminalpolizeiliche Ermittlungen in der untersten Zuhälterebene. Wir konnten ermitteln, dass es zurückliegend wieder einmal zu einem heftigen Streit zwischen den beiden gekommen war, der wie üblicherweise mit einer Gewaltorgie des Zuhälters geendet hatte. Aus Rache für diese Prügel hatte sie dessen Rottweiler vergiftet und somit ihr Todesurteil heraufbeschworen. Der Zuhälter ordnete ihre Hinrichtung an. Er wies seine beiden Beschützer an, dass jener, der sie als Erster zu fassen bekäme, sie in ihren Unterschlupf im besagten Abbruchhaus bringen und sie dort erschießen sollte. Bei einem Einbruch in ein Bürogebäude hatte die Bande kurz zuvor eine scharfe Faustfeuerwaffe erbeutet. Aber nur Schritt für Schritt konnten wir diese Puzzleteile zusammensetzen. Der Auftraggeber des Mordes hatte für die Tatzeit das beste Alibi der Welt: er saß nämlich wegen eines anderen Gewaltdeliktes im landesgerichtlichen Gefangenenhaus in Linz. Trotzdem gelang es uns, aufgrund zurückliegender Aktenvorgänge und unserer Lokal- und Personenkenntnis, die beiden Beschützer des inhaftierten Zuhälters namhaft zu machen.

Die guten Kontakte zu Informanten und Konfidenten sicherten uns eine wertvolle Information, die schlussendlich zur Sicherstellung der Tatwaffe führte. Ein wertvoller Schritt in die richtige Richtung. Mit den ermittelten Beweisen wurden gegen die beiden Tatverdächtigen entsprechende Haftbefehle erwirkt, die wir nach umfangreichen Fahndungsmaßnahmen auch vollziehen konnten. Nun hatten wir alle drei Verdächtigen in Haft und das Katz- und Mausspiel bei den Einvernahmen konnte beginnen. Die Einvernahmen gestalteten sich erwartungsgemäß sehr schwierig, hatten doch alle Tatverdächtigen während der Ausübung ihres „Berufes" einschlägige Erfahrungen mit Polizei und Justiz gesammelt. Selbstverständlich waren sie sich auch der Schwere des Verbrechens bewusst, welches ihnen zur Last gelegt wurde. Bei einer gerichtlichen Verurteilung und einem Schuldspruch konnte man von der Verhängung einer sehr langen Freiheitsstrafe ausgehen.

Nach zähen Einvernahmen und Ermittlungen gelang es uns, den Tatablauf zu rekonstruieren und den Haupttäter zu einem Geständnis zu bewegen.

Als die beiden Beschützer des inhaftierten Zuhälters und Bosses der Bande die junge Frau trafen, schleppten sie diese in das Abbruchhaus und ermordeten sie mit einem angesetzten Genickschuss. Entsprechend den erhaltenen Anweisungen, vergruben sie die Leiche im Hinterhof des Abbruchhauses.

Eine belobende Anerkennung wurde meinen Kollegen und mir zuteil, in der geschrieben stand:

Gemeinsam mit anderen Kriminalbeamten ist es durch Ihre hervorragende Mitarbeit gelungen, die aufsehenerregende Straftat einer Klärung zuzuführen. Es konnten die Täter der Tat – gemeinschaftlicher Mord -- überführt werden. Für diese erfolgreiche Amtshandlung, die Sie mit kriminalistischem Geschick, besonderem Fleiß und Ausdauer geführt haben, spreche ich Ihnen die belobende Anerkennung aus und teile Ihnen mit, dass Ihnen dafür eine Geldbelohnung in der Höhe von öS 900,-- zuerkannt worden ist.

Eine durchaus angenehme und erfreuliche Sache, wenn einem vom Behördenleiter eine belobende Anerkennung und eine Geldbelohnung ausgehändigt und zuerkannt wird.
Wenige Tage nach dieser Ehrung, wurde ich zum Rapport beordert. Da ich mir keines Vergehens bewusst war, sah ich diesem unangenehmen Termin doch relativ gelassen entgegen. Ich staunte nicht schlecht, als mir der Leiter des Kriminalbeamteninspektorates der BPD Linz zwei schriftliche Aktenvermerke mit warnendem Inhalt überreichte und mir diese nur gegen Bestätigung aushändigen wollte. In den Aktenvermerken stand deutlich zu lesen:

Nichteinhalten der Parkordnung im Hof der BPD Linz. Sie werden aufmerksam gemacht, dass bei nochmaligem Zuwiderhandeln gegen die Parkordnung via der Behörde mit Konsequenzen zu rechnen ist.

Mir wurde zum Vorwurf gemacht, dass ich innerhalb einer Woche meinen PKW nicht wie vorgesehen am Parkplatz Nord, sondern am Parkplatz Süd bzw. West abgestellt hatte. Mit welchen gewaltigen Problemen sich ein Vorgesetzter doch auseinanderzusetzen hat, dachte ich bei mir, und behielt meine Meinung über diese schriftliche Verwarnung für mich.

Aus einem der als Kleinkram bezeichneten Aufgaben/Anzeigen eines Gewaltkiberers, entwickelte sich die Erwirkung eines Haftbefehles gegen einen Tatverdächtigen. Nun gehörte dieser „schwere Bursche" lediglich noch gefunden und festgenommen, zum Sachverhalt vernommen und dem Gericht überstellt. Leichter gesagt als getan, trotzdem machte ich mich sofort auf die Suche. Dem ständigen Personalmangel zum Trotz bestieg ich unüblicher Weise – nämlich alleine – eines der nagelneuen Dienstfahrzeuge und begab mich zu nächtlicher Stunde auf Verbrecherjagd. Ich klapperte auf der Suche nach der gefahndeten Person alle ermittelten Anlaufstellen ab. So zog ich – alleine in einem neuen Zivilfahrzeug der BPD Linz – auch meine Runden um den Pfarrplatz. Zu dieser Zeit, in den neunziger Jahren des vorigen Jahrhunderts, gab es dort noch den berühmt-berüchtigten, jedoch illegalen, Straßenstrich von Linz. Dort erhoffte ich mir aufgrund meiner guten Personenkenntnis neue Hinweise auf den Aufenthalt der von mir gefahndeten Person.

Dabei trug sich eine sehr amüsante Begebenheit zu, die ich bis heute nicht vergessen habe: Am Straßenrand, zwischen den dort geparkten Autos, standen die Bordsteinschwalben und warteten auf Kundschaft, die aus vorbeifahrenden PKW den Kontakt herstellten. Ich erblickte eine mir bisher nicht bekannte Prostituierte, verringerte meine Geschwindigkeit und hielt vor dieser mein nagelneues Zivilfahrzeug an. Um meine Personenkenntnis auf den letzten Stand zu bringen, wollte ich eine Perlustrierung durchführen. Die aufreizend gekleidete und auffallend geschminkte Dame dürfte dieses Verhalten meinerseits jedoch falsch gedeutet haben. Da sie mich offenbar für einen zahlungswilligen Freier hielt, öffnete sie Tür des Zivilfahrzeuges und stieg zu mir ein. Ohne Umschweife machte sie mich mit ihrem Leistungsangebot vertraut und nannte dazu auch sofort die dafür notwendige finanzielle Gegenleistung. Ihren Gesichtsausdruck habe ich bis heute nicht vergessen, als ich ihr mitteilte, dass ich Kriminalbeamter sei und sie sich in einem Zivilfahrzeug befände. Erschrocken wollte sie umgehend das Weite suchen und sagte immer wieder ganz erstaunt: „Es ist aber nicht normal, dass Kiberer alleine ihre Streifen versehen und außerdem kenne ich dieses Auto nicht!" Da es sich um einen nagelneuen Zivilwagen handelte, war mir klar, dass sich dieser Umstand in der Szene noch nicht herumgesprochen hatte und ich konnte ihre Verwunderung gut nachvollziehen. Mit der Feststellung, dass Polizisten nicht alleine auf Streife gehen sollten, hatte sie zwar grundsätzlich Recht, aber was ist schon normal bei der Polizei. Die Amtshandlung, inklusive der eigentlich beabsichtigten Perlustrierung, wurde durchgeführt und mit einer eindringlichen Ermahnung beendet und die Bordsteinschwalbe aus dem Zivilwagen komplimentiert. Dieser Vorfall sollte sich in der Zukunft noch als sehr positiv auswirken und zur Klärung einer schweren Straftat beitragen.

Meinen gefahndeten Falotten habe ich jedoch im weiteren Verlauf dieser Streife nicht mehr aufgestellt. Trotzdem war die Dienstzeit, so wage ich zu behaupten, nicht vergeudet.

In jenen Tagen der neunziger Jahre des vorigen Jahrhunderts war eine gewisse Unruhe in der Rotlichtszene von Linz zu verspüren. Wie in diesem Milieu üblich, drangen nur sehr spärliche und vage Informationen zur Polizei durch. In der Szene regelt man Probleme unter sich, ohne Bullen, diese sind dabei unerwünscht und überflüssig. Ein Kiberer, der über einen Informanten aus der Szene verfügt, bekommt schon konkretere Hinweise zugesteckt. Beim damaligen Aufruhr drehte sich alles um die Vorherrschaft im Milieu und um Schutzgeld und Erpressung.

Gemeinsam mit einem meiner Kollegen, der an mich herangetreten war, machte ich mich nun an die sensiblen Ermittlungen im Rotlichtmilieu. Abermals musste ich an die in der Grundausbildung vorliegende Verbotsliste denken. Gerade diese Lokale sollten nun in den nächsten Tagen und Wochen noch vermehrt von uns aufgesucht werden. In der weiteren Folge gelang es uns, in der Szene für mächtigen Wirbel zu sorgen und es war uns auch vergönnt, einige schwere, gerichtlich strafbare Delikte klären und zur Anzeige bringen zu können.

Eine Geldbelohnung in der Höhe von öS 500,-- und eine weitere schriftliche belobende Anerkennung wurden mir überreicht. Im Dekret steht zu lesen:

> *Gemeinsam mit einem anderen Kriminalbeamten ist es Ihnen gelungen, Anfang des Jahres durch gezielte Erhebungen eine Zentralfigur des Linzer Rotlicht- und Suchtgift-Milieus, mehrerer schwerer Straftaten zu überführen und ihn schließlich dem LG Linz einzuliefern. Für diese Amtshandlung, die Sie in vorbildlicher Kleinarbeit und der dazu notwendigen Ausdauer geführt haben, spreche ich Ihnen die belobende Anerkennung aus.*

Wie ich es mir in den Jahren als Beamter angewohnt hatte, legte ich dieses Dekret in meinem privaten Archiv ab. Unmittelbar zu den Ermahnungen wegen Nichteinhalten der Parkordnung im Hof der BPD Linz.

Im Zuge einer Streife durch das nächtliche Linz konnten einer meiner Kollegen und ich zu einer ausgesprochen interessanten Information gelangen. Durch unsere guten Kontakte zu unseren Klienten wurde uns dieser hoch brisante Zund zugetragen. Nun war Fingerspitzengefühl und kriminalpolizeiliches Handeln auf hohem Niveau gefragt. Bei diesem Zund sollte es um einen gefährlichen Mann gehen, der sich mit bewaffneten Banküberfällen seinen Lebensunterhalt verdienen sollte. Üblicherweise ist es ein langer und harter Weg von einem Zund bis zu einem Beweis, der auch zu einer gerichtlichen Verurteilung führt.

Da sich zwei der drei in Frage kommenden bewaffneten Banküberfälle außerhalb des Stadtgebietes zugetragen hatten, mussten mein Kollege und ich der Kriminalabteilung des Landesgendarmeriekommandos OÖ. zugeteilt werden. Zur damaligen Zeit keine Selbstverständlichkeit.

Wir hatten großes Glück und konnten tatsächlich insgesamt drei bewaffnete Raubüberfälle auf Bankinstitute in Oberösterreich mit einer Raubbeute von öS 2,500.000,-- der Klärung zuführen, den Tatverdächtigen ausforschen, festnehmen und der Staatsanwaltschaft Linz zur Anzeige bringen.

Dem damaligen Polizeidirektor von Linz war diese Amtshandlung abermals eine schriftliche Anerkennung wert, in der zu lesen stand:

> *Durch Ihre herausragende kriminalistische Leistung ist es Ihnen gemeinsam mit anderen Kriminalbeamten gelungen, einen gefährlichen Berufs- und Gewohnheitsverbrecher aus dem Verkehr zu ziehen. Für diese erfolgreiche Amtshandlung, die Sie mit kriminalistischem Geschick, besonderem Fleiß und Ausdauer geführt haben, spreche ich Ihnen die belobende Anerkennung aus und teile Ihnen mit, dass für Sie beim Bundesministerium für Inneres die Zuerkennung einer Geldbelohnung beantragt wird.*

Vom Bundesministerium für Inneres wurde mir diese beantragte Geldbelohnung aber nicht zuerkannt und so blieb es für diese Amtshandlung beim überreichten Dekret.

Die Arbeit bei der Kriminalpolizei der BPD Linz war aufregend, faszinierend, aber auch verantwortungsvoll und mitunter belastend. Natürlich musste zwischen den aufsehenerregenden Vorkommnissen auch der übliche Kleinkram erledigt werden. Es versteht sich auch von selbst, dass nicht jede Ermittlung und Fahndungsmaßnahme von Erfolg gekrönt war und ich musste schmerzlich zur Kenntnis nehmen, dass ich nicht jeden Täter erwischen konnte. So wurde mein Kiberer-Alltag, geprägt von Erhebungen wegen Anzeigen im Bereich der Gewaltkriminalität, immer wieder aufgelockert von notwendigen Leichenkommissionierungen. Selbstverständlich durfte die notwendige Bürokratie nicht vernachlässigt werden, wurden doch von den zuständigen Politikern die Statistiken benötigt, um sich entsprechend in Szene setzen zu können.

Es dauerte aber nicht sehr lange und ich hatte mit einem meiner Kollegen aus dem Referat 1 wiederum die Möglichkeit, unseren Kibererinstinkt auf die Probe stellen zu können. Eines schönen Tages ging bei der BPD Linz ein Schreiben ein, wonach bei einem bekannten Homosexuellentreff in Linz vermehrt Raubüberfälle verübt worden waren. Bei den Raubopfern handelte es sich ausschließlich

um Homosexuelle, die am angeführten Ort auf entsprechende zwischenmenschliche Beziehungen hofften. Diese Tatsache lockte offensichtlich auch die Gruppe der Tatverdächtigen an. Die überfallenen und beraubten Opfer stammten alle aus dem Homosexuellen-Milieu, weshalb diese auch anonym bleiben wollten. Geschädigte, die anonym bleiben wollen und Ermittlungen im einschlägigen Milieu – keine besonders verlockenden Aussichten.
Mein Kollege fungierte als Aktenführer und gemeinsam machten wir uns nun auf die Suche nach den vermeintlichen Räubern, wobei wir uns zur nächtlichen Stunde an den einschlägig bekannten Orten und Treffpunkten aufhielten. Schon bald häuften sich die Informationen, und so gelang es uns, eine siebenköpfige Bande von Jugendlichen auszuforschen, die sich auf Überfälle auf Homosexuelle spezialisiert hatte. Insgesamt konnten wir sieben Haftbefehle erwirken und auch sofort persönlich vollziehen. Dieser Tätergruppe konnten wir 45 Delikte, wie Raubüberfälle, Körperverletzungen und Erpressungen, nachweisen. Dieser Erfolg führte wiederum zur feierlichen Überreichung eines Belobungsdekretes durch den Behördenleiter und Polizeidirektor. Im ausführlichen Dekret stand zu lesen:

> *Infolge der von Ihnen durchgeführten kriminalpolizeilichen Ermittlungen ist es Ihnen gelungen, eine Gruppe von jugendlichen Tätern auszuforschen, wobei sieben Haftbefehle erwirkt und vollzogen worden sind. Auch die Organisation der „HOSI"-Linz hat Ihre erfolgreiche und sicherheitspolitische sehr bedeutende Tätigkeit in Ihrem Schreiben an die BPD Linz entsprechend gewürdigt. Für diese erfolgreiche Amtshandlung, welche Sie mit kriminaltaktischem Geschick, besonderem Fleiß und Ausdauer geführt haben, spreche ich Ihnen die belobende Anerkennung aus und teile Ihnen mit, dass für sie eine Geldbelohnung beantragt wurde.*

Es ist für mich immer wieder erbaulich, wenn die Geschädigten, Anzeiger und Betroffenen sich über die ihnen von uns erfahrene Behandlung freuen und den Erfolg einer Amtshandlung zu würdigen und zu schätzen wissen.

Schon sehr bald wartete eine neue Herausforderung auf meinen Kollegen und mich. Über Interpol kam ein Erhebungsersuchen an die BPD Linz, welches meinem Kollegen zur Bearbeitung und Überprüfung zugeteilt worden war. Dabei sollte vorerst lediglich erhoben werden, ob sich eine bestimmte weibliche Person in Linz aufhält. Unsere Erhebungen ergaben, dass diese Frau tatsächlich in Linz wohnhaft war und auch einer Beschäftigung nachging. Diesen Umstand meldeten wir via Interpol der ersuchenden Dienststelle im Ausland. Kurze Zeit später erhielten wir eine genauere Information über den vorliegenden Sachverhalt aus der Heimat dieser Frau: Sie stand dort angeblich in dringendem Tatverdacht, ihren Gatten ermordet zu haben. Entsprechende Beweise konnte man aber zu diesem Zeitpunkt nicht anbieten, da es keine Leiche des Mannes gab. Er galt lediglich als verschwunden, doch die massiven Verdächtigungen gegen die Frau wurden immer lauter. Wir wurden um zweckdienliche Ermittlungen gebeten. Meinem Kollegen und mir gelang es – aufgrund umfangreicher Ermittlungen – genügend Verdachtsmomente gegen die Frau zu eruieren und so einen Haftbefehl erwirken zu können, den wir sofort vollzogen. Bei der dramatischen Einvernahme gestand uns die Frau, ihren Gatten ermordet zu haben.

Wegen immer wiederkehrender Demütigungen und Gewaltexzesse habe sie ihren Mann mit dem stumpfen Teil einer Holzaxt erschlagen, während er im Wohnzimmer auf der Couch schlief. Laut ihren Angaben habe sie dem Schlafenden mehrmals mit der Hacke auf den Kopf geschlagen. Danach habe sie den leblosen Körper in einen Teppich eingerollt und vorerst im Wohnzimmer des gemeinsamen Hauses liegen lassen. Da ihr der Leichnam zu schwer war, konnte sie diesen nicht entsorgen. Mit zunehmender Dauer setzte ein natürlicher Verwesungsprozess ein, der verständlicherweise mit einer massiven Geruchsbelästigung einherging und die Frau gehörig unter Druck setzte. Sie entschied sich zu einem entscheidenden Schritt: Um die Leiche entsorgen und aus dem Haus bringen zu können, entschloss sie sich, diese zu zerteilen.

Sie erzählte uns genau und detailliert, wie sie dabei vorgegangen war. Eine wahrlich schaurige Geschichte, die wir da in den Nachtstunden in unserem Büro der kriminalpolizeilichen Abteilung der BPD Linz zu hören bekamen. Die abgetrennten Gliedmaßen, der Kopf und der Torso wurden von ihr in Nylonsäcke verpackt und in einen ausgetrockneten Brunnen geworfen. Durch diese exakten Ortsangaben konnten die Leichenteile gefunden werden und bestätigten den fürchterlichen Verdacht. Die Frau wurde von uns in das landesgerichtliche Gefangenenhaus überstellt und in weiterer Folge in ihre Heimat ausgeliefert.

In der belobenden Anerkennung des damaligen Polizeidirektors steht angeführt:

Bei der Einvernahme der Tatverdächtigen ist es Ihnen durch besonderes Vernehmungsgeschick gelungen, die Tatverdächtige zu einem detaillierten Geständnis, insbesondere über den Verbleib der von ihr zerstückelten Leiche, in einem 20 Meter tiefen Brunnen, zu bewegen. Für diese erfolg-

reiche Amtshandlung, die Sie mit kriminaltaktischem Geschick und ausgezeichneter Vernehmungstechnik geführt haben, spreche ich Ihnen die belobende Anerkennung aus und teile Ihnen mit, dass für Sie eine Geldbelohnung beim BMfI beantragt worden ist.

Ein belobendes Dekret überreicht zu bekommen, ist immer eine angenehme Sache.

Der berufliche Alltag ließ aber nicht lange auf sich warten und wir beschäftigten uns wieder mit dem anfallenden Kleinkram. Dieser Kleinkram hatte aber durchaus seine positiven Seiten, konnte man doch bei den notwendigen Erhebungen die für einen Kiberer unbezahlbare Lokal- und Personenkenntnis auffrischen oder gar erweitern.
Gegen Ende eines meiner Journaldienste, wie könnte es auch anders sein, wurde von drei unbekannten Tätern eine Trafik in Linz überfallen. Die Trafikantin wurde mit einer Faustfeuerwaffe bedroht und die Barschaft aus ihrer Kassenlade geraubt. Als Journaldienst des Referates 1 war ich natürlich für derartige Vorfälle an diesem Tag zuständig und wurde auch zum Tatort beordert. Somit entfiel der geplante ruhige Fernsehabend mit meiner Gattin. Als diese aus den Nachrichten erfahren musste, dass in Linz ein bewaffneter Raubüberfall stattgefunden hatte und im Wissen um meinen Journaldienst, war ihr schlagartig bewusst, dass sich mein Dienstende möglicherweise bis in die frühen Morgenstunden verzögern würde.
Ich nahm, wie immer bei solchen Einsätzen, mein Werkzeug (Pistole, Handfessel und Schreibzeug) aus dem Schreibtisch und begab mich zum Tatort. Die wie üblich als Erste am Tatort eingetroffenen Sicherheitswachebeamten setzten die notwendigen und wichtigen Erstmaßnahmen. Die Spurensicherung durch den Erkennungsdienst der BPD Linz war bereits im Gange und so konnte ich mich um die Tatortarbeit kümmern und die Fahndung koordinieren. Im Zuge dieser Fahndungsmaßnahmen konnten wir die drei Täter relativ rasch ausforschen und auch festnehmen. Die Tatwaffe und die Beute konnten gefunden und zur Beweislegung sichergestellt werden. Die geständigen Täter wurden dem Gefangenenhaus des Landesgerichtes Linz überstellt.
Bei der kriminalpolizeilichen Abteilung der BPD Linz wurden die Anzeigen je nach angezeigtem oder vorliegendem Delikt den entsprechenden Referaten zugewiesen.

Beim Referat 1 (Sexual- und Gewaltdelikte) häuften sich in diesen Tagen die Anzeigen gegen einen bislang unbekannten Täter, der es vorwiegend auf betagte Damen abgesehen hatte. Diesen entriss er mit Gewalt deren Handtaschen und wendete, wenn er es für notwendig hielt, auch größere Gewalt an. Ein sehr übler Bursche, wie sich noch herausstellen sollte. Schon bei der Aktenzuteilung wurde damals vom Referatsleiter auf eventuelle Parallelen Bedacht genommen und dies bei der Zuteilung der Akten berücksichtigt. Da ich für die Bearbeitung dieser sich offensichtlich anbahnenden Serie vorgesehen war, stapelten sich die entsprechenden Anzeigen auf meinem Schreibtisch. Viele Anzeigen bedeuten auch viel Arbeit. Wiederum bedeutete auch viel Arbeit viel Kenntnis und Information. Alles im Leben hat eben seine zwei Seiten.

So konnte ich mir von den angezeigten Raubüberfällen ein genaues Bild machen. Ich konnte Zusammenhänge und Übereinstimmungen feststellen. Diese wurden überprüft und ergaben aufgrund der lokalen und regionalen Orts- und Personenkenntnis in der weiteren Folge einen wesentlichen Fahndungshinweis. Auch die eine oder andere Information aus Kreisen meiner Konfidenten und Informanten zeigte sich wirkungsvoll. Das Führen eines Informanten oder Konfidenten ist eine sensible Angelegenheit. Behutsames Vorgehen und Fingerspitzengefühl sind dabei unbedingt notwendig. Solche Informanten können nicht einfach an einen anderen Sachbearbeiter oder Kollegen weitergegeben werden wie etwa ein Kochrezept. Unter den Kriminalbeamten ist es aus erklärlichen Gründen nicht üblich, einen Informanten weiterzugeben. Dazu müsste schon ein wesentlicher Anlass vorliegen. Das Abwerben eines Informanten oder Konfidenten durch einen anderen Kollegen gilt unter den Kiberern als unakzeptables Verhalten, welches unter keinen Umständen zu tolerieren ist.

So gelang es mir tatsächlich, einen Tatverdächtigen zu identifizieren und gegen diesen einen Haftbefehl zu erwirken. Als ich mich im Verlaufe von Ermittlungen auf der Landstraße in Linz herumtrieb, kam mir unverhofft der gefahndete und zur Festnahme ausgeschriebene Räuber entgegen. So schritt ich zur Tat und vollzog die Festnahme. Als alter Hase zeigte sich der Festgenommene natürlich nicht sehr gesprächsbereit. Trotzdem konnte ich ihm einige besonders niederträchtige Raubüberfälle auf betagte Damen nachweisen.

Die Unterrichtseinheiten in Vernehmungslehre und Vernehmungstaktik während der einjährigen Ausbildung zum Kriminalbeamten machten sich wieder einmal positiv bemerkbar.

Bei einem kleinen Festakt in den Räumen des Polizeidirektors bekam ich ein belobendes Dekret überreicht, welches ein Novum aufzuweisen hatte. Sparen war offensichtlich angesagt – und so wurde ich mittels *eines* Dekretes für *zwei* Amtshandlungen belobt.

> *Gemeinsam mit anderen Kollegen konnten Sie den bewaffneten Raubüberfall auf die Trafik in Linz durch effiziente und zielgerichtete Nachforschungstätigkeit schon wenige Stunden nach der Tat klären. Die Tatwaffe und ein Großteil des erbeuteten Bargeldes konnte sichergestellt werden. Von den von Ihnen ausgeforschten Tätern konnten Sie ein Geständnis erlangen und sie aufgrund der Beweislast dem LG Linz überstellen.*

Im zweiten Abschnitt des überreichten Dekretes stand geschrieben:

> *Durch kriminaltaktisch geschickt geführte Nachforschungen ist es Ihnen ferner gelungen, eine Serie von Raubüberfällen auf Passanten in Linz einer Klärung zuzuführen. Nach intensiven Ermittlungen konnten Sie einen Haftbefehl erwirken und den Tatverdächtigen zur Anzeige bringen. Für diese erfolgreichen Amtshandlungen, die Sie mit kriminaltaktischem Geschick, besonderem Fleiß und Ausdauer geführt haben, spreche ich Ihnen die belobende Anerkennung aus und teile Ihnen mit, dass für Sie dafür eine Geldbelohnung beim BMfI beantragt worden ist.*

So also stand es geschrieben auf dem Dekret, welches wegen offensichtlich notwendiger Sparmaßnahmen auf nur *ein* Dekret zusammengefasst wurde. Trotzdem danke für die Anerkennung und die beantragte Geldbelohnung.

Eines Tages flatterte eine Verletzungsanzeige eines Krankenhauses beim Journaldienst der Kripo ein. In das besagte Krankenhaus war ein junger Mann eingeliefert worden, der einen lebensbedrohlichen Messerstich in der Brust aufwies. Bei derartigen Verletzungen ist jedes Krankenhaus gesetzlich verpflichtet, die Polizei davon in Form einer Verletzungsanzeige zu informieren und in Kenntnis zu setzen.

Mir wurde dieser Akteneingang zur Bearbeitung zugewiesen, da ich wieder einmal zum richtigen Zeitpunkt zum Journaldienst eingeteilt war.

Der lebensgefährlich verletzte Mann war mir bereits von mehreren zurückliegenden Amtshandlungen bekannt. Aus diesem Grund kannte ich auch dessen

Lebensumstände und Gewohnheiten. Der junge Mann hatte damals wohl eine leichte Identitätskrise und somit häufigen Kontakt mit der Polizei. Seine damalige Freundin war mir ebenfalls nicht unbekannt. Ich suchte den jungen Mann in der Intensivstation des Krankenhauses auf, und nachdem mir der Arzt eine Sprecherlaubnis erteilt hatte, machte ich mich daran, einen Krankenbesuch zu absolvieren. Der durch den Messerstich schwer verletzte Patient tischte mir erwartungsgemäß sofort eine vollkommen unglaubwürdige Unfallversion auf. Es erhärtete sich für mich der Verdacht, dass dieser junge Mann offenbar seine Freundin schützen wollte. Abermals machte sich die Ausbildung zum Kriminalbeamten positiv bemerkbar und der Unterricht in der Gerichtsmedizin während des Kripo-Chargenkurses hatte seine positiven Spuren bei mir hinterlassen.

Alles roch nach einer klassisch abgesprochenen Unfallversion zwischen Opfer und Täter. In diesen Kreisen ist es absolut nicht unüblich, sich nach massiven Ausschreitungen sehr rasch wieder zu versöhnen und die Wahrheit zu verheimlichen oder zu verschleiern. Wer kooperiert schon gerne mit den Bullen? Da nimmt man schon einmal einen Messerstich in die Brust in Kauf – der in diesem Fall, dank der Kunst der Ärzte, glimpflich ausgegangen war.

Trotzdem konnte ich aus den Puzzlestücken, wie Einstich, Einstichwinkel und vielen anderen Anhaltspunkten, ein Bild formen und die Täterin der Tat überführen.

Mit dem üblichen hochtrabenden Stil bei derartigen belobenden Anerkennungen wurde mir Folgendes schriftlich mitgeteilt:

> *Es ist Ihnen durch Ihre außergewöhnlich geschickt geführte Vernehmung, des durch einen Messerstich lebensgefährlich Verletzten gelungen, dessen Freundin als Täterin auszuforschen und gegen sie einen Haftbefehl zu erwirken. Mit großem Einsatz und Fleiß konnten Sie eine abgesprochene Unfallversion eindeutig widerlegen.*

Der übliche Nachsatz mit der beim Innenministerium beantragten Geldbelohnung war angeschlossen. Mit diesen beantragten Geldbelohnungen war es eine komische Sache. Sie wurden vom Behördenleiter zwar beantragt, fanden aber in den Augen der hohen Damen und Herren im zuständigen Ministerium für Inneres nicht immer die gleiche Begeisterung, weshalb fallweise die Auszahlung nicht erfolgte.

Zu dieser Zeit waren sogenannte Arbeitsgruppen (ARGE) bei der Polizei in Österreich groß im Kommen. Bei jeder sich bietenden Möglichkeit wurden diese ARGE-Gruppen ins Leben gerufen und widmeten sich der Bearbeitung eines Aktes. Die Mitglieder dieser Gruppen rekrutierte man auf freiwilliger Basis aus den verschiedenen Bereichen der kriminalpolizeilichen Abteilungen.
Unter der Leitung eines erfahrenen Kiberers als Aktenführer waren diese dann unterwegs und tätigten die notwendigen Ermittlungen. Als Mitglied einer solchen ARGE war mir in den Anfängen des 21. Jahrtausends ein nicht unerheblicher Erfolg beschieden, der mir ein neuerliches Dekret verschaffte, in welchem zu lesen stand:

> *Mit anderen Kriminalbeamten konnten Sie eine 15-köpfige österreichisch-türkisch-dominikanische Einbrecherbande ausforschen.*
> *Es konnten 55 Geschäftseinbrüche, 25 KFZ-Einbruchsdiebstähle, mit einer Gesamtschadenssumme von über ATS 1,200.000,--, sowie der gewerbsmäßige Handel mit Suchtmitteln nachgewiesen werden.*

Die Amtshandlung führte zu einem positiven Echo für die Exekutive in der Öffentlichkeit.
Die belobende Anerkennung wurde mir vom damaligen Behördenleiter ausgesprochen, der mir auch persönlich das Dekret überreichte. Auch eine Geldbelohnung wurde ordnungsgemäß beim BMfI beantragt.

Mein Bürokollege und ich hatten wieder einmal, wie damals üblich, gemeinsam Journaldienst und warteten auf die Dinge, die uns dieser Tag bringen würde. Bei der obligatorischen Frühbesprechung, wo alle diensthabenden Kriminalbeamten anwesend zu sein hatten, gab es die notwendigen Informationen. Dabei wurden auch wichtige Verlautbarungen gemacht und große Amtshandlungen besprochen. Bei dieser Frühbesprechung wurde keinem von uns beiden ein aktueller Akt zugewiesen. Doch so ein Journaldienst dauert normalerweise zwölf Stunden – aber was ist schon normal bei der Kriminalpolizei!? Erinnern wir uns an den sinnigen Spruch: *Bei der Polizei gibt es nichts, was es nicht gibt!*
Kurze Zeit später erreichte uns ein Anruf vom Journalgruppenführer, welcher uns zu einem Wohnhaus in Urfahr beorderte. Dort war in einer Wohnung die Leiche eines jungen Mädchens aufgefunden worden. Es bestand der dringende Verdacht auf Fremdverschulden. Wie üblich holten wir unser Werkzeug – Pistole, Handfessel und Schreibzeug – aus dem Schreibtisch und setzten uns in

Richtung Tatort in Bewegung. Dort informierten uns die bereits anwesenden SWB über den vorliegenden Sachverhalt.

Der Erkennungsdienst war ebenfalls vor Ort und mit der Tatortarbeit beschäftigt. Die Leiche des Mädchens wies eindeutige Hinweise auf Fremdverschulden auf.

Die in solchen Fällen übliche gerichtliche Obduktion, bei der wir selbstverständlich anwesend waren, bestätigte leider den fürchterlichen Verdacht: Das junge Mädchen war mit einer Strumpfhose erdrosselt worden.

Nachdem die Identität des Mädchens und die Todesursache geklärt waren, lag eine sehr schwere Aufgabe vor uns: Wir mussten den Eltern des Mordopfers die grauenvolle Nachricht vom gewaltsamen Ableben ihrer Tochter überbringen. Einerseits überbrachten wir diese schreckliche Nachricht, andererseits benötigten wir gleichzeitig Informationen über das Mordopfer, und zwar so schnell wie möglich. Eine fatale Situation für die beteiligten Personen.

Bei der Ermordeten handelte es sich um eine sehr aktive junge Studentin, welche in verschiedensten Funktionen tätig war. Aus diesem Grund hatte sie auch einen sehr großen Freundes- und Bekanntenkreis und wir somit eine ebenso große Anzahl von Bezugspersonen und möglichen Tätern. Nach Absprache mit unseren Vorgesetzten wurde eine Arbeitsgruppe zusammengestellt, die meinem Kollegen und mir jederzeit bei Bedarf unterstützend zur Seite stehen sollte. So machten wir uns an die grundlegende kriminalistische Kleinarbeit. Nach unzähligen Befragungen und niederschriftlichen Einvernahmen, die alle ergebnislos verliefen, gab schlussendlich der Computer der Ermordeten den ausschlaggebenden Hinweis auf den Täter, den wir somit in gemeinsamer Kleinarbeit ausforschen und überführen konnten.

Auch diese erfolgreiche Amtshandlung führte zur Überreichung eines Dekretes durch den Behördenleiter und die obligatorisch beantragte Geldbelohnung im BMfI. Im Dekret steht zu lesen:

> *Durch rasche und zielgerichtete Erhebungstätigkeit konnten Sie den Tatverdächtigen ausforschen und einen gerichtlichen Haftbefehl erwirken, und ihn in weiterer Folge unter der Last der gegen ihn ermittelten Indizien zu einem Teilgeständnis bewegen.*
>
> *Für diese erfolgreiche und für die Reputation der BPD Linz sehr wichtige Amtshandlung, die Sie mit besonderem kriminalistischem Geschick ge-*

führt haben, spreche ich Ihnen die belobende Anerkennung aus und teile Ihnen mit, dass für Sie dafür beim BMfI die Zuerkennung einer Geldbelohnung beantragt wurde.

Auch der Rektor der Johannes Kepler Universität bedankte sich schriftlich bei uns, der in diesem Fall erfolgreichen Arbeitsgruppe. Es wurde in diesem Dankschreiben angeführt, dass unser zuvorkommendes und sensibles Auftreten zu einem positiven Bild der Polizei bei den Studenten beigetragen habe. Diese Feststellung freut mich persönlich ganz besonders.

Es dauerte nicht sehr lange und ich hatte mich wieder einmal mit einer schweren Gewalttat im Milieu der Sandler zu beschäftigen. Ein stark alkoholisierter Obdachloser wurde mit schweren Verletzungen in ein Krankenhaus eingeliefert. Die Befragung des Geschädigten gestaltete sich erwartungsgemäß sehr langwierig und schwierig, da Polizisten in diesen Kreisen logischerweise nicht sehr beliebt und willkommen sind. Der Mann war mir von zurückliegenden Amtshandlungen bestens bekannt. Er war seit mehr als zwanzig Jahren in Linz als Obdachloser unterwegs – und ich im gleichen Zeitraum und in der gleichen Stadt als Polizist. Mit Kiberergespür, einigen Zigaretten und geringfügigem Bargeld konnte ich ihn doch zum Erzählen bringen. Angeblich war er von zwei Unbekannten, ebenfalls Obdachlosen, niedergeschlagen, durch Tritte und Schläge schwer verletzt und seiner geringen Barschaft beraubt worden.
Ein Raub bleibt aber immer ein Raub, auch wenn die Beute gering ist und sich das Opfer wenig kooperativ zeigt.
So machte ich mich wegen akuten Personalmangels alleine auf die Suche nach den beiden Tätern. Tagelang und nächtelang trieb ich mich auf allen bekannten Treffpunkten der Obdachlosen umher und sammelte dort meine Erkenntnisse. Tatsächlich trieben in der Szene zwei „Zuagroaste" ihr Unwesen. Mit ziemlicher Brutalität verbreiteten sie Angst und Schrecken unter den Obdachlosen in Linz. In mühevoller Kleinarbeit, und mit Hilfe unzähliger Zigaretten und geringfügiger Zuwendungen, konnte ich diese beiden Täter ausforschen. Nun brauchte ich sie nur mehr zu suchen und zu finden, was mir im Verlaufe eines meiner Streifzüge durch die Sandlerszene in Linz dann gelang. Durch gutes Zureden, aber mit bestimmter Tonlage, konnte ich sie überzeugen, dass jeglicher Widerstand zwecklos sei und es für alle Beteiligten am besten sein würde, bei der nun von mir ausgesprochenen Festnahme keinen Blödsinn zu machen. Da ich diese Bot-

schaft offenbar sehr überzeugend vermitteln konnte, verlief die Festnahme im unfairen Verhältnis – zwei zu eins gegen mich – ohne nennenswerte Probleme. Auch die anschließenden Einvernahmen waren zielführend, da sie mit den Geständnissen der Festgenommenen endeten. – Ob sie der bevorstehende Winter und die Aussicht auf eine warme Unterkunft und geregelte Verpflegung in einem „staatlich geführten Hotel" oder meine Art der Einvernahme zum Geständnis bewegt hat, bleibt ein Geheimnis. Eine Überstellung der Täter in das Gefangenenhaus des LG Linz war obligatorisch, lautete der Tatverdacht immerhin auf Raub, wobei das Opfer schwer verletzt worden war.

Die Klärung dieses Raubaktes führte zu einer weiteren Dekretverleihung durch den damaligen Behördenleiter und Polizeidirektor. Im Dekret stand zu lesen:

> *Durch intensive und mangels Kooperation des Geschädigten auch sehr schwierigen Ermittlungen ist es Ihnen gelungen, die Tat zu klären und die beiden Unterstandslosen auszuforschen, aus eigenem Antrieb festzunehmen und nach einem Teilgeständnis dem Gef.Haus beim LG Linz zu überstellen.*

Bei der Überreichung dieses Dekretes stellte ich überrascht fest, dass noch eine zweite als erfolgreich erkorene Amtshandlung angeführt war. Diese wurde wie folgt zitiert:

> *Weiters ist es Ihnen gelungen, eine von u.T. ohne jeglichen Opferbezug begangene Aggressionstat zu klären. Beim Verlassen eines Tanzlokales in Linz wurden die beiden Opfer von u.T. völlig grundlos zusammengeschlagen und durch Fußtritte gegen den Körper und insbesondere den Kopf schwerst verletzt worden (Schädel-, Knöchel- und Kieferbrüche). Nach intensiven Ermittlungen konnten Sie den mehrfach einschlägig vorbestraften Amateur-Kickboxer ausforschen und zur Anzeige bringen.*
>
> *Für diese erfolgreichen Amtshandlungen spreche ich Ihnen die belobende Anerkennung aus.*

Diese brutale Attacke gegen zwei Nachtschwärmer hatte einen für mich nicht nachvollziehbaren Hintergrund. Im Verlaufe meiner Ermittlungen meldeten sich mehrere Zeugen, die jedoch aufgrund des brutalen Vorgehens des Tatverdächtigen keine niederschriftlichen Aussagen machen wollten. Sämtliche Zeugen konnten den Tatverdächtigen auf Lichtbildern identifizieren, wollten aber wegen einer schriftlichen Aussage – aus Angst – nicht aktenkundig gemacht werden. Gibt es doch für den Tatverdächtigen das Rechtsmittel der Akteneinsicht und bei der Hauptverhandlung am Gericht ein persönliches Aufeinandertreffen. Für mich als Kiberer, ohne akademische Ausbildung, waren die Argumente der Zeugen nachvollziehbar und die Angst nicht unbegründet.

Bei Gericht wurde dieser Sachverhalt aber anders beurteilt und kein Haftbefehl erteilt. Trotzdem wurde diese Amtshandlung von meinen Vorgesetzten als erfolgreich eingestuft und im überreichten Dekret angeführt.

Das Verhältnis zwischen Exekutive und Justiz würde sicherlich genügend Stoff für ein eigenes Buch liefern. Aber wer hat schon ein offenes Ohr für die Probleme eines kleinen Ermittlers von der Straße? Ein Kiberer denkt eben nach kriminalpolizeilichem Muster und ein Staatsanwalt hat juristische Richtlinien zu beachten.

An einem Jännertag im Jahre 2005 versah ich wieder einmal meinen Nachtdienst im Kripo-Journal. Ich machte es mir gegen 23:30 Uhr im *„Aufbleiberbett"* gemütlich – soweit dies überhaupt so bezeichnet werden kann – als ich prompt einen Anruf erhielt. Ein Anruf im Nachtdienst zu dieser Tages- bzw. Nachtzeit bedeutet fast immer Arbeit. Also sprang ich aus dem Bett, und noch während ich mich fertig adjustierte, mein Werkzeug (Pistole, Handfessel, Taschenlampe und Schreibzeug) aus dem Schreibtisch fischte, erfuhr ich vom Kripo-Dauerdienst, dass soeben ein bewaffneter Raubüberfall auf eine Tankstelle im Süden von Linz verübt worden sei.

Die kurze Anordnung lautete: Sicherheitswache vor Ort, Erkennungsdienst verständigt, drei Täter flüchtig, Täter sind bewaffnet, Übernahme der Amtshandlung – Punkt und aus. Eine klare Anordnung und der Arbeitsalltag eines „Gewaltkiberers" bei der kriminalpolizeilichen Abteilung der BPD Linz.

Mit dem zweiten Nachtdienst-Kiberer machte ich mich nun auf den Weg zum Tatort. Die Kompetenzen waren klar getrennt. Die Sicherheitswache war klarerweise bereits vor der Kripo am Tatort und verfügte dort die wichtigen und erforderlichen Sofortmaßnahmen. Von der Kripo wurde die Amtshandlung übernommen und die nötigen Fahndungsmaßnahmen erweitert und entsprechend koordiniert.

Die Tatortarbeit wurde eingeleitet und die erforderlichen Ermittlungen durchgeführt. Die Zusammenarbeit der Sicherheitswache und der Kripo lief wie

immer ausgezeichnet, waren die Zuständigkeiten und Kompetenzen doch klar festgelegt. Nicht zuletzt wegen dieser Zusammenarbeit konnten wir noch in der selben Nacht die drei flüchtigen Täter ausforschen und festnehmen.
Abermals hatte sich die gute Lokal- und Personenkenntnis bezahlt gemacht. Die gesamte Raubbeute konnte aufgefunden und an die Geschädigten ausgefolgt werden. Die Wollhauben mit den ausgeschnittenen Sehschlitzen sowie die Tatwaffe konnten sichergestellt und als Beweis dem Gericht übermittelt werden.

So hatte es sich zugetragen im Jänner 2005 beim bewaffneten Raubüberfall auf eine Tankstelle im Süden von Linz. Meine Vorgesetzten würdigten die Amtshandlung meines Kollegen vom Kripo-Nachtdienst und mir und stuften diese als belobigungswürdig ein, weshalb eine Dekretverleihung stattfand.

Im Dekret stand zu lesen:

> *Aufgrund des großen Medieninteresses war die Klärung dieses Raubüberfalles für das Image der Linzer Polizei von vehementer Bedeutung und wird auch aus generalpräventiven Gründen als äußerst wichtig eingestuft.*

So steht es geschrieben in meinem letzten Belobigungsdekret, welches mir vom Behördenleiter, dem Polizeidirektor der BPD Linz, im Zuge eines feierlichen Aktes überreicht wurde.

Zu diesem Zeitpunkt ahnte ich noch nicht, dass mit dem Inkrafttreten der Polizeireform am 1. 7. 2005 die Zuständigkeit für bewaffnete Geschäftsüberfälle und Banküberfälle dem Stadtpolizeikommando Linz, wo ich in Zukunft meinen Dienst versehen sollte, entzogen würde.
Für derart schwere Gewaltverbrechen sollten ausschließlich die „Spezialisten" des Landeskriminalamtes für OÖ. zuständig sein. Die Posten/Planstellen beim durch die Polizeireform neu geschaffenen Landeskriminalamt wurden offiziell zur Besetzung ausgeschrieben. Jeder Zollwache-, Gendarmerie- und Polizeibeamte konnte sich dafür bewerben.

Die Zeit der Reformen

Von den zuständigen Politikern wurde schon seit geraumer Zeit über die Reformierung der Exekutive, aber auch der Strafprozessordnung nachgedacht. Eine Polizeireform, also die Zusammenlegung von Gendarmerie und Polizei zu einem Wachkörper, geisterte schon längere Zeit durch die Köpfe der hochrangigen Beamten und Politiker.

Reform – im Duden steht geschrieben: *Reform = Umgestaltung, Neuordnung, Verbesserung des Bestehenden.*

So gesehen wurde viel, sehr viel reformiert. Es wurde umgestaltet und Neuordnungen veranlasst. Ob es zu Verbesserungen gekommen ist, mögen die dazu befugten Personen beurteilen.

Die Arbeitsgruppe *„Polizei 2000"* machte den Anfang mit der Reform und legte den Grundstein. Das folgende *„Team 04"* zeigte sich schlussendlich hauptverantwortlich für die Polizeireform, welche am 1. Juli 2005 in Kraft getreten ist. Wie weit die Politik bei der personellen Besetzung dieser beiden verantwortlichen Arbeitsgruppen ihren Einfluss geltend gemacht hat, kann ich nicht beurteilen.

Der gemeinsame Name „POLIZEI", eine Vereinfachung der Zusammenarbeit und die Abstimmung bürokratischer Abläufe. Aus wirtschaftlicher Sicht eine Zusammenführung der Uniformbeschaffung sowie eine einheitliche Uniformierung und ein einheitlicher Fuhrpark. Die Koordination der Ausbildung und viele andere Maßnahmen schienen im Vorfeld einer Diskussion würdig. Trotzdem wurde bereits im Vorfeld von verschiedenen Seiten von einer drohenden „Gendarmerisierung" und einer *„feindlichen Übernahme"* der Polizei durch die Gendarmerie gewarnt. – Heute, nach mehr als fünf Jahren, steht die durchgezogene Polizeireform von 2005 mehr und mehr unter Kritik, wird aber nach wie vor seitens der Verantwortlichen verteidigt.

Der damalige Innenminister kam zu einer Gesprächsrunde nach Linz. Auf die Frage nach den unterschiedlichen Bewertungen/Planstellen beim Stadtpolizeikommando und beim Landespolizeikommando bzw. dem Landeskriminalamt, versicherte uns der mitgereiste hohe Gendarmerie-Offizier, dass nur die besten

Kriminalbeamten, die ausschließlich für die *„high level crime"* zuständig sein werden, beim Landeskriminalamt in den verschiedenen Ermittlungsbereichen ihren Dienst versehen werden. Mit diesem Argument wurden die besser bewerteten Planstellen beim Landeskriminalamt begründet. Es wurde uns bei dieser Gesprächsrunde versichert, dass alle Bewerbungen eingehend geprüft und objektiv beurteilt werden würden. Nur die Besten der besten Kriminalisten aus dem Stande der Zollwache, der Gendarmerie und der Polizei sollten für die „high level crime" zuständig sein, versicherte uns der hochrangige und für die Reform mitverantwortliche Offizier aus dem Stande der Gendarmerie.
Über die kriminalistischen Fähigkeiten eines ehemaligen Zöllners, der durch die Eliminierung der Zollwache seinen Weg zur Polizei gefunden hat, möchte ich mir kein Urteil erlauben.

Vor der Polizeireform gab es zwei unterschiedliche Exekutivkörper. Die Polizei in der Stadt und die Gendarmerie außerhalb der Städte, im ländlichen Raum. Die Kompetenzen, die Aufrechterhaltung der öffentlichen Ruhe, Ordnung und Sicherheit, waren grundsätzlich die gleichen, auch wenn die Strukturen unterschiedlich waren.
Aufgrund der unterschiedlichen Anforderungen der jeweiligen Exekutivkörper haben sich im Laufe von Jahrzehnten auch unterschiedliche Systeme entwickelt, die sich den geforderten Umständen entsprechend angepasst hatten.
Da sich die Entwicklung der Kriminalität innerhalb von Großstädten und Ballungsräumen unterschiedlich zum eher „friedlichen Landleben" gestaltet hatte, wurde diesem Umstand bei der Polizei entsprechend Rechnung getragen. Bei der Polizei gab es, zum Unterschied zur Gendarmerie, zwei unterschiedliche Wachkörper: Die uniformierte Sicherheitswache und die zivile Kriminalpolizei. Diese beiden Wachkörper wurden entsprechend ihrer Zuständigkeit in den Städten eingesetzt. Es gab dabei eine klare Abtrennung der Aufgaben und Kompetenzen.

Die Grundausbildung in der Polizeischule mussten alle angehenden Polizeibeamten absolvieren. Erst danach war es möglich, sich endgültig für die Sicherheitswache oder die Kriminalpolizei zu entscheiden. Sah man seine Zukunft bei der uniformierten Sicherheitswache, so konnte man dort seinen Dienst versehen. Eine überaus wichtige und interessante Tätigkeit. Wollte man dienstführender Sicherheitswachebeamter werden und somit als möglicher Kommandant eines Wachzimmers mehr Verantwortung übernehmen, so hatte man die Möglichkeit, sich für die Auswahlprüfung zum Chargenkurs zu bewerben.

Wollte man jedoch seine berufliche Zukunft als Kriminalbeamter im Kriminaldienst fortsetzen, war ein anderer unterschiedlicher Weg notwendig. Nicht der Chargenkurs für SWB war das Ziel, sondern die Auswahlprüfung für den Kriminaldienst, der Kripokurs. Ebenfalls ein Chargenkurs, aber speziell ausgelegt für die Ausbildung zum Kriminalbeamten. Eine vollkommen unterschiedliche Ausbildung im Gegensatz zum Chargenkurs der uniformierten Sicherheitswache, warteten doch auf einen Kriminalbeamten vollkommen unterschiedliche berufliche Anforderungen in seiner neuen Tätigkeit. Ein entscheidender Schritt; denn hatte man sich für die Kriminalpolizei entschieden, gab es kein Zurück mehr. Nach erfolgreicher Ausbildung mit Abschlussprüfung gab man seine Uniform für immer ab und gehörte von nun an dem Corps der Kriminalbeamten an und wechselte zum Wachkörper der Kriminalpolizei.

Bei der damaligen Gendarmerie lagen die Dinge in Bezug auf den Kriminaldienst etwas anders. Die interessierten Beamten warteten auf eine freie Planstelle bei der Kriminalabteilung des jeweiligen Gendarmerie-Kommandos und bekamen sie diese, war der Fall für sie erledigt. Sie entledigten sich der Uniform und waren „Kriminalbeamte" bei der Kriminalabteilung. Die angeeigneten kriminalistischen Fähigkeiten auf einem Gendarmerie-Posten im Mühlviertel oder im Salzkammergut waren ausreichend. Eine besondere Ausbildung, wie der einjährige Kripo-Kurs bei der Polizei war nicht erforderlich. Ebenso war bei der Gendarmerie die Rückkehr in den uniformierten Stand jederzeit möglich.

Mehrfach wurde uns bei verschiedenen Vorträgen zur geplanten Polizeireform versichert, dass man selbstverständlich das Wohl der Bevölkerung und der betroffenen Beamten im Auge haben werde. Bei der bevorstehenden Polizeireform sollte *„das Beste der Gendarmerie"* und *„das Beste der Polizei"* herausgefiltert werden und dadurch die „neue Polizei" entstehen.

Sollte es mich bedenklich stimmen, dass – trotz aller Beteuerungen – dem „Team 04" lediglich ein einziger Kriminalbeamter der Polizei angehörte und dies den Verantwortlichen ausreichend schien?

Die angekündigte Polizeireform warf ihre Schatten voraus und die ersten sichtbaren Veränderungen hielten Einzug. Das Polizeigefangenenhaus durfte nicht mehr als solches bezeichnet werden und alle Hinweisschilder wurden auf „Polizeianhaltezentrum“ geändert. Die Funkleitstelle wurde in Stadtleitzentrale umbenannt und die Dienstführung wurde zur Führungsunterstützung. Aus meinem Büro wurde eine Kanzlei – die befürchtete „Gendarmerisierung“ setzte sich unaufhaltsam fort.

Von der Fachzeitschrift der Vereinigung österreichischer Kriminalisten, „Kriminalpolizei“, wurden mehrere Umfragen zum Thema Polizeireform durchgeführt und Interviews abgedruckt. Sehr interessant erscheint mir dabei die Ausgabe April/Mai 2005:

> *Linz vor dem D-Day? Die Kriminalisten der Linzer Polizei fürchten, bei der Zusammenlegung mit der Gendarmerie unter die Räder zu kommen.*

In einem in dieser Ausgabe abgedruckten Interview tätigte der damalige KI-Leiter der BPD Linz (Leiter des Kriminalbeamteninspektorats) folgende Aussage:

> *Abgesehen von Wien war die Polizei im Team 04 im Grunde nicht vertreten. Wir KI-Leiter fordern die Gleichwertigkeit der Kriminaldienststellen in den jetzigen BPD-Städten. Es darf nicht sein, dass voll ausgebildete Kriminalbeamte plötzlich in der zweiten Liga spielen.*

Sein Wort in Gottes Ohr, oder noch besser, in den Ohren der politisch verantwortlichen Reformer, die offenbar beidseitig mit Taubheit geschlagen waren. So stand es abgedruckt und zu lesen in der Ausgabe April/Mai 2005 in der Zeitschrift „Kriminalpolizei“. Ausgebildete Kriminalbeamte gab es lediglich bei der Polizei. Nicht bei der Gendarmerie und schon gar nicht bei der Zollwache. Die Spannung unter den Exekutivbeamten stieg, gab es doch ab Inkrafttreten der Polizeireform keine Polizisten und auch keine Gendarmen mehr. Kriminalbeamte wurden nicht mehr ausgebildet und Zollwachebeamte versahen ihren Dienst in allen Bereichen der Kriminalitätsbekämpfung. Es gibt nur mehr Exekutivbeamte, einige davon in kriminalpolizeilicher Verwendung. Kein Unterschied mehr und auch keine spezielle Ausbildung, hieß das hohe Ziel der Reformer.

Einige brisante Statements aus dieser hoch interessanten Ausgabe der „Kriminalpolizei“ im Vorfeld der Polizeireform, sollten nicht in Vergessenheit geraten.

> *Nur der Name wechselt.*
> *Derzeit sind in der Kriminalabteilung des LGK OÖ. 125 Beamte beschäftigt. Im Landeskriminalamt OÖ. werden es 200 sein.*

Der damalige Leiter der Kriminalabteilung OÖ. fügt in seinem Interview an:

Die Mehrheit hat kein Problem mit dem Namen Polizei.

Es wird für beide Wachkörper Chancengleichheit geben müssen. Wenn nicht, gibt es so viele Ausgebrannte wie wir es uns nicht leisten können.

Ein zur damaligen Zeit interessanter Ausblick in die Zukunft, dem leider von den Reformern kein Gehör geschenkt wurde.

Es prallen Welten aufeinander.

Die damaligen Gewerkschafter der Linzer Kriminalpolizei fürchten, dass dem Linzer Stadtpolizeikommando ein „Seniorenverein" zur Bekämpfung der Kleinkriminalität übrig bleibt. Das Landeskriminalamt werde alle Top-Kriminalisten abziehen.

Diese Aussage des damaligen FSG-Personalvertreters der Kripo Linz steht nach der Polizeireform und der erfolgten Postenvergabe sowohl beim Landeskriminalamt als auch beim Stadtpolizeikommando Linz unter keinem guten Stern. Nachdenklich stimmt auch der Umstand, dass dieser „Personalverräter" an der Vergabe der Planstellen und Posten ein nicht unbeträchtliches Wort mitzureden hatte. Ob es ein Zufall ist, dass dieser „Personalverräter" eine gut bewertete Planstelle beim Stadtpolizeikommando Linz erhalten hat? – Es müsste gestattet sein, dies zu hinterfragen.

Überraschend übereinstimmend schlug sein Kollege der damaligen FCG-Personalvertreter der Kripo Linz in die gleiche Kerbe. Dieser „Personalverräter" bekleidet seit der Reform eine gut bewertete Stelle beim Landeskriminalamt OÖ. Wie der Zufall so spielt, hatte auch dieser „Kollege" bei der Postenvergabe ein Wort mitzureden. Aus diesem Grunde finde ich seine Bemerkungen zur Reform hoch interessant.

Nein. Die Polizei geht unter. Ich fürchte, die Gendarmerie holt sich die Rosinen aus dem Kuchen, die Polizei spielt den Lückenbüßer. Wir können nur noch versuchen, in den jetzt eingesetzten Unterarbeitsgruppen das Beste aus der Situation rauszuholen. Der jetzige Stand der Dinge ist das Resultat einer einseitig mit Gendarmen besetzten Reformkommission.

In einer Stadt wie Linz herrschen andere Voraussetzungen als am Land. Hier haben wir mit der Hälfte des Personals das Doppelte an Strafrechtsdelikten aufzuarbeiten. Da lässt sich ein System, das am Land funktionieren mag, nicht eins zu eins umlegen.

Künftig soll nach dem neuen System die Sicherheitswache Kriminalakte selber erledigen. In Linz hat die SW noch überhaupt keine Möglichkeiten das zu tun, weder räumlich noch von der Ausrüstung und von der Ausbildung her. Speziell bei Haftsachen wird das ein Problem.
Wenn es dann noch – wie es geplant ist – Kriminalbeamte erster Klasse in den Landeskriminalämtern geben wird und Kriminalbeamte in einer zweiten Ebene, dann wird es zu zusätzlichen Reibungen kommen.

Es ist beruhigend für mich zu wissen, bei der Personalvertretung einen Kollegen mit derartigem Weitblick sitzen zu haben. Die Tatsache, dass es eigentlich nur bei der Polizei ausgebildete Kriminalbeamte gab, verleiht dieser Aussage eine gewisse Ironie.

Meinen Entschluss, bis heute keiner Personalvertretung oder Gewerkschaft beigetreten zu sein, bereue ich trotzdem nicht. Schade ist nur, dass eine engagierte und erfolgreiche Polizeiarbeit und persönlicher Einsatz im Beamtenapparat der Polizei unbelohnt bleibt. Bessere Aufstiegschancen bieten hier natürlich die Zugehörigkeit zu einer politisch motivierten Gruppierung.
Der Termin des Inkrafttretens der Polizeireform rückte immer näher und so kam die Zeit, sich für eine Planstelle zu bewerben. Planstellen beim Landeskriminalamt (LKA) und beim Stadtpolizeikommando Linz (SPK-Linz) standen zur Auswahl und sollten neu besetzt werden. Einfach ausgedrückt: Die Polizei wurde mit dem Wachkörper kriminalpolizeiliche Abteilung, aber auch die Gendarmerie mit der Kriminalabteilung, aufgelöst und vollkommen neu strukturiert. Das Stadtpolizeikommando und das Landespolizeikommando wurden aus der Taufe gehoben. Das Landeskriminalamt beim LPK für OÖ. sollte dabei für die *„high level crime“* zuständig sein, so die Aussage der verantwortlichen Reformer.
Das Landeskriminalamt wurde grundsätzlich nach dem Muster der aufgelösten Kriminalabteilung der Gendarmerie aufgebaut, weshalb es eine Ermittlungsgruppe für Leib und Leben und eine Ermittlungsgruppe für Raubkriminalität gab.
Auf diese beiden Ermittlungsbereiche bezog sich nun mein Interesse und ich gab dafür meine Bewerbungen ab. Hatte ich doch in den letzten 25 Jahren im Stadtgebiet von Linz auf diesem Sektor gearbeitet und meine Erfahrungen gemacht. Meine persönlichen Qualifikationen reichten nicht für eine Aufnahme beim Landeskriminalamt OÖ. Die von mir eingereichten Bewerbungen beim Ermitt-

lungsbereich für Raub und beim Ermittlungsbereich für Leib und Leben wurden nicht berücksichtigt und fanden keine Zustimmung. Obwohl ich mich nicht für eine Planstelle beim Stadtpolizeikommando Linz beworben hatte, wurde ich dem dortigen kriminalpolizeilichen Referat zugeteilt. In weiterer Folge wurde auch eine Bewerbung als Kriminalreferent auf einer Polizeiinspektion nicht berücksichtigt und abgelehnt.

Die „Mordgruppe“ und die „Raubgruppe“ des Landeskriminalamtes für OÖ. waren somit ab Beginn der Reform für derart schwere Delikte wie Tötungsdelikte und bewaffnete Geschäftsüberfälle – auch im Stadtgebiet von Linz – zuständig. Diese Über- und Unterordnung der Kriminalbeamten aus der ersten und der zweiten Reihe sollte in der Folge noch zu kuriosen Vorfällen und Reibungen führen.

Wie von den verantwortlichen Reformern angekündigt, fanden nur die „besten Top-Kriminalisten“ den Zugang zum Landeskriminalamt.

So schaffte es lediglich der damals jüngste Ermittler, vermutlich wegen seines noch sehr frischen theoretischen Wissens, des Referates 1 (Gewalt- und Sexualdelikte) der Kripo Linz und ein ehemaliger Zollwachebeamte, der beim Einbruchsreferat der BPD Linz tätig war, bei der Mordgruppe des LKA für OÖ. den hohen Anforderungen zu entsprechen.

Wie hoch diese Anforderungen gewesen sein müssen, zeigt, wie ich vermute, folgendes praktische Beispiel:

Am 1. 7. 2005 trat die Polizeireform in Kraft. Im März 2005 wurde am Stadtrand von Linz ein ermordeter Mann aufgefunden. Ein Drogenkurier war, wie sich später herausstellte, von seinen Auftraggebern wegen seiner Unzuverlässigkeit liquidiert und „entsorgt“ worden. Da zu diesem Zeitpunkt die Polizeireform noch nicht in Kraft war, übernahm die dafür zuständige kriminalpolizeiliche Abteilung/Referat 1 der BPD Linz die Bearbeitung dieses Mordaktes. Als Aktenführer fungierte ein lang gedienter und erfahrener Gewaltkiberer der Linzer Kripo. Das mehrköpfige Team konnte nach schwierigen und langwierigen Ermittlungen diesen Mord einer Klärung zuführen. Der Vereinigung der österreichischen Kriminalisten war diese Klärung durch die Kiberer der BPD Linz eine besondere Ehre wert. Das mehrköpfige Team wurde nach Wien geladen und dort ausgezeichnet. Jedes Mitglied wurde mittels Dekret zum „Kriminalist 2005“ ernannt. Aus diesem 8-köpfigen, erfolgreichen und belobigten Team gelang es

nur einem einzigen Ermittler, sich für die Mordgruppe des LKA für OÖ. zu qualifizieren. Kurios finde ich dabei die Tatsache, dass es sich um einen ehemaligen Zollwachebeamten, ohne jegliche kriminalpolizeiliche Ausbildung, handelt.
So sollte es sich im Verlaufe der kommenden Jahre mehrfach zutragen, dass gelernte Kriminalbeamte aus dem Kriminalreferat des SPK Linz, an verschiedenen Tatorten im Stadtgebiet von Linz, von ehemaligen Zollwachebeamten und Gendarmeriebeamten, ohne kriminalpolizeiliche Ausbildung, Anweisungen erhalten, wie sie sich zu verhalten hätten. Unter Hinweis auf die Über- und Unterordnung zwischen Landespolizeikommando/Landeskriminalamt und Stadtpolizeikommando nach der Polizeireform und die sachliche Nichtzuständigkeit wurden diese ausgebildeten Kriminalbeamten auch des Tatortes verwiesen.
Den „Top-Kriminalisten" des Landeskriminalamtes steht das Recht zu, eine Amtshandlung jederzeit zu übernehmen, aber auch jederzeit wieder abzutreten und einem anderen Ermittler aus der zweiten Reihe diese aufs Auge zu drücken.
Bei der Raubgruppe des LKA OÖ. konnte keiner der Bewerber aus dem Stand der Polizei (Kripo Linz/Gewaltdelikte) die hohen Anforderungen erfüllen. Am 20. September 2009 erschien in der Kronen-Zeitung ein Artikel zur Raubkriminalität und man entschied sich bei der Sicherheitsdirektion für OÖ. diesen zu kommentieren.

Es erfolgte ein Brief/Mail an die Mitarbeiter von höchster Stelle:

> *Der Ausgangspunkt des Journalisten war die Verschlechterung der Aufklärungsquote bei den Raubdelikten durch die Polizeireform. Strasser hat eine gut funktionierende Kriminalpolizei zerschlagen.*
> *Mein klares Argument hingegen war, die Reform hat die Kriminalpolizei positiv belebt. Vor der Reform war die Kriminalpolizei eine Einbahnstraße vom Wachzimmer ins Referat. Mit der Reform wird die Zusammenarbeit zwischen Landeskriminalamt, Stadtpolizeikommando und Polizeiinspektion wirklich gelebt. Viele Ermittlungen finden vor Ort auf den Polizeiinspektionen statt, werden in Kooperation geführt bzw. sind die Kolleginnen intensiv bei den LKA-Ermittlungen eingebunden. Diese Kooperation zeigt hohes Engagement und Eigeninitiative mit dem Ergebnis: bei den Aufklärungsquoten sind die SPK in Österreich Spitze. Ich werde jede Gelegenheit nützen, diese Botschaft weiterhin zu verteilen und damit einen Dank an alle Polizistinnen und Polizisten abgeben.*

Dieses Schreiben macht deutlich, wie erschreckend weit sich Theorie und Praxis eigentlich voneinander entfernt haben. Warum dieses fehlgeschlagene System in einer Großstadt wie Linz, durch praktische Beispiele mehrfach als ungeeignet entlarvt, mit einer derartigen Vehemenz von der Polizeiführung verteidigt wird, entzieht sich leider meiner Kenntnis. Ob dieses unflexible und unnachgiebige Verhalten auf Unwissenheit beruht oder andere Ursachen zu Grunde liegen, ist mir leider ebenfalls nicht bekannt. Als Kritiker wird man im harmlosesten Fall als Suderer und ewig Gestriger denunziert. Es hat aber schon schwerwiegendere Maßnahmen gegen Kritiker gegeben, wie man hört.

Bei allen spektakulären Amtshandlungen sind hohe Vertreter der Sicherheitsdirektion für OÖ. vor Ort und sind für die Medienarbeit verantwortlich. Zu Pressesprechern mutierte vormalige Schreibkräfte oder Akademiker ohne kriminalpolizeiliche Ausbildung und Verständnis, geben der Presse bereitwillig und detailliert Auskunft. Manchmal erinnern diese Aussagen und Berichte dieser Pressesprecher eher an Erhebungsberichte der Ermittler, doch nicht alle Ermittlungsergebnisse gehören in die Öffentlichkeit oder fördern die Arbeit am Tatort.
Durch das Inkrafttreten der Polizeireform blieb im städtischen Raum kein Stein auf dem anderen.
Im ländlichen Raum war die Reform lediglich äußerlich, durch geänderte Uniformen und Fahrzeuge zu erkennen. Als die Polizeireform in Kraft gesetzt wurde, hat sich eigentlich für die ehemaligen Gendarmen auf den vormaligen Gendarmerie-Posten, jetzt Polizeiinspektionen, nicht wirklich Grundlegendes geändert. Sie versehen jetzt in einer neuen, blauen Uniform auf Inspektionen ihren Dienst und lenken Dienstfahrzeuge mit der Aufschrift „POLIZEI". Vermutlich aus nostalgischen Gründen verblieben die alten *BG*-Kennzeichentafeln (Bundesgendarmerie) auf den meisten Funkwagen der ehemaligen Gendarmen. Sie versehen weiterhin, so wie bisher, ihren Dienst im ländlichen Raum, wo sie bei der Bevölkerung bekannt und auch angesehen sind. Lokale Gegebenheiten und Gewohnheiten sind ihnen geläufig. Eine gute und zielführende Konstellation, die keine Reform erfordert hätte.
Grundlegend anders verlief die Polizeireform im städtischen Großraum, wie zum Beispiel in Linz. Hier blieb kein Stein auf dem anderen. Den übrig gebliebenen Kiberern aus der zweiten Reihe, welche ihre Planstellen beim SPK (Stadtpolizeikommando) erhalten hatten, wurde eindringlich zur Kenntnis gebracht,

dass es *eine Zeit vor dem 01. 07. 2005 nicht gibt* und nun eine neue Zeitrechnung angebrochen sei, der man sich selbstverständlich vollkommen kommentarlos und kritiklos zu unterwerfen hatte.

Immer mehr uniformierte Exekutivbeamte fanden, nach dem Muster der ehemaligen Gendarmerie, Gefallen am Kibererspielen, entledigten sich ihrer Uniform und wurden dem Kriminalreferat des SPK Linz zugeteilt. Der mit Inkrafttreten der Polizeireform eliminierte Kripo-Kurs war nicht mehr erforderlich.

Ein weiteres Kuriosum fand mit der Polizeireform Einzug bei der Polizei in Linz. Auf den Polizeiinspektionen wurden Kriminalreferenten eingesetzt, die für die Bearbeitung der Kriminalitätsakten zuständig sein sollten. Die in Linz auf den Polizeiinspektionen eingesetzten Kriminalreferenten stammen alle aus dem Stande der Sicherheitswache und verfügen über keinerlei kriminalpolizeiliche Ausbildung. Den ausgebildeten Kriminalbeamten wurde im Gegenzug jedoch verwehrt, eine derartige Planstelle als Kriminalreferent auf einer Polizeiinspektion zu bekleiden. Dieser Umstand führte dazu, dass die schweren Delikte von den „Spezialisten“ des LKA und die „normale“ Kriminalität auf den Polizeiinspektionen zu bearbeiten war. Ganz nach dem Muster der aufgelösten Gendarmerie. Die neu geschaffene Ebene, das Kriminalreferat des SPK, wurde zum Lückenbüßer abgestempelt. Gibt es doch beim LKA verschiedene Ermittlungsbereiche, die für die unterschiedlichsten Tatbestände zuständig zeichnen. Es konnte natürlich nicht angehen, dass man einen Ermittler der Raubgruppe zu einer möglichen Vergewaltigung zum Tatort schickt oder umgekehrt, zumal sich dieser dann als nicht zuständig deklarieren müsste. Konnte man sich auf den Tatbestand nicht einigen, bestand immer noch die Möglichkeit, die Kriminalisten des SPK-Kriminalreferates mit der Bearbeitung zu betrauen.

Da keine Kriminalbeamten mehr nach dem Muster der früheren Polizei ausgebildet werden, ist es möglich, im Verlaufe eines Tages als uniformierter Exekutivbeamter, aber auch als ziviler Exekutivbeamter im Stadtgebiet seinen Dienst zu versehen.

Aufgrund der explodierenden Kriminalität werden immer wieder Schwerpunktaktionen und Planquadrate durchgeführt, die zumeist sehr medienwirksam angekündigt werden. Die dafür zugeteilten Kollegen, vollkommen ortsunkundige Beamte aus dem ländlichen Raum, werden nötigenfalls mit Stadtplänen ausgerüstet, um im Bedarfsfall „sofort“ zu den jeweiligen Tatorten geschickt werden zu können.

Ob die befürchtete „Gendarmerisierung“ ein politischer Fauxpas war und zum kriminalpolizeilichen Tohuwabohu führte, möge jeder für sich selbst beurteilen. Verbesserungsvorschläge von ausgebildeten Kriminalbeamten mit jahrelanger Praxis wurden und werden von den Verfechtern der Polizeireform in den Wind geschlagen. Auf Kritik wird von den Verantwortlichen sehr heftig mit Strafversetzungen und sogar Suspendierung reagiert, was naturgemäß sehr abschreckend wirkt und es somit kaum jemand mehr wagt, auf die Missstände aufmerksam zu machen.
Die Polizeireform nach Gendarmerie-Muster brachte noch eine weitere, nicht ungefährliche Unsitte mit sich. Eine fast unüberblickbare Anzahl von Sondereinheiten wurde gegründet, die außerhalb der normal geltenden, internen Regeln operieren. Jeder der sich seiner Uniform entledigt und einer Sondereinheit angehört, gilt als „Wunderwuzzi“ und „Top-Cop“. Auswertige Dienststellen mit zivilen Beamten in kriminalpolizeilicher Verwendung und die Angehörigen der Sondereinheiten treiben „ihr Unwesen“ im Stadtgebiet, was immer wieder zu vermeidbaren, äußerst gefährlichen Situationen führt.

Zeichnung: Markus Klaffenböck

Die Grundregeln der Kriminalitätsbekämpfung gelten nicht mehr und wurden rigoros von neuen untauglichen Regeln übernommen und verdrängt. Auf den Tatorten herrscht fallweise ein beschämendes und unprofessionelles Verhalten. Uniformierte Exekutivbeamte, zivile Exekutivbeamte, „Top-Ermittler des LKA“, zivile Angehörige von Sondereinheiten, dazu die Stadtspurensicherer und die Tatortgruppe des LKA, alle sind am Tatort vertreten. Nicht fehlen darf natürlich die behördliche Spurenvernichtungskommission, bestehend aus den leitenden Beamten von SPK, LPK und SID, alle müssen vor Ort sein und sich mediengerecht profilieren. Von keinem der Anwesenden wird jedoch eine entsprechende Initiative ergriffen, können doch die Top-Kriminalisten jederzeit die Verantwortung für die Bearbeitung übernehmen, aber genauso schnell wieder abgeben.

Ich kann mich noch sehr gut erinnern, an den Spruch aus längst vergangener Zeit: *Der Beifahrer des Funkwagens ist Wagenkommandant.* Der Wagenkommandant des ersten am Tatort eingetroffenen Funkwagens übernimmt die Amtshandlung. Dieser kann bei Bedarf oder Notwendigkeit natürlich die Kripo verständigen und diese übernimmt den Akt. Der Aktenführer der Kripo ist ab diesem Zeitpunkt für den Akt verantwortlich und kann diesen auch nicht abgeben, respektive einem anderen auf das Auge drücken, und sich damit aus der Verantwortung stehlen. *Die Anzeige ist deine Visitenkarte,* wurde uns immer und immer wieder von unseren Ausbildnern eingetrichtert. Die Anzeige dient dem Staatsanwalt, dem Richter, dem Verteidiger und den Sachverständigen als Arbeitsgrundlage.

Aber diese Zeit ist unwiderruflich vorbei. Der persönliche anfängliche Frust wich nach der Erkenntnis der eigenen Machtlosigkeit der Resignation.

Nach Auflösung der Zollwache wurden deren Beamte der Polizei eingegliedert. Diesen Weg wollten die verantwortlichen Politiker offensichtlich weiterverfolgen und machten sich nun daran, aus überzähligen Postlern und Bediensteten der Telekom Polizisten zu machen. Von ranghohen Politikern wurde ernsthaft in aller Öffentlichkeit verkündet, dass man diese „Polizisten“ mit Fällen betrauen sollte, die vom Schreibtisch aus erledigt werden könnten. Diese Aussage von höchster politischer Ebene, ist an Naivität kaum zu überbieten. Nach der Auflösung der Zollwache, wurden diese Beamten in einem Schnellsiedeverfahren ausgebildet und zu Polizisten „umfunktioniert“. Von der Politik wurde auch lautstark darüber nachgedacht, „überflüssige“ Militärangehörige zu Polizisten zu machen. Nun waren also die „überzähligen“ Postler und Mitarbeiter der Telekom an der Reihe und sollten zu Polizisten mutieren. „Aufgeschulte“ Grenzgendarmen, mit einer „light-Version“ von Polizeiausbildung wurden bereits im Polizeidienst eingesetzt. Alle diese Notmaßnahmen tragen nicht gerade dazu bei, das Niveau der Exekutivbeamten zu heben, dürften aber im Sinne der Erfinder sein. Unter einem derartigen Aspekt lässt mich die politische Diskussion über die Situation bei den Pensionierungen schaudernd in die Zukunft blicken. Greise Exekutivbeamte, jenseits des Sechzigers, im Streifendienst und auf Verbrecherjagd. Ein bevorstehendes Szenario, das zukünftige Straftäter in Jubel und Zuversicht ausbrechen lassen wird.

Anno dazumal, vor der „Gendarmerisierung" der Polizei, dauerte es nicht lange und die Kiberer unterhielten sich bei jeder Gelegenheit, wie könnte es auch anders sein, über dienstliche Belange. Angeregte Unterhaltungen über Ermittlungen, Fahndungsmaßnahmen und Festnahmen waren allerorts an den Treffpunkten der Kiberer zu vernehmen.

Die Inhalte aktueller Diskussionen und Unterhaltungen unter den noch verbliebenen Kiberern haben heute andere Inhalte. Die Erstellung des monatlichen Dienstplanes nach Gendarmerie-Muster und Dienstzeitmanagement (DIMA) für eine „Kripo-Einheit" in einer Großstadt wie Linz, nimmt viel Zeit in Anspruch. Mythisch klingende Formulierungen wie PAD (Protokollieren, Anzeigen, Daten), EDD (Elektronische Dienst Dokumentation) und ERV (Elektronischer Versand von Akten) haben die Unterhaltungen über Ermittlungen, Fahndungsmaßnahmen und Festnahmen abgelöst und massiv in den Hintergrund gedrängt. Heute diskutieren Kiberer, ob ein Akt elektronisch verschickt werden kann oder darf. Ist die Verwendung eines Kurzbriefes zulässig oder nicht, muss eine neue Ordnungszahl angelegt werden oder nicht? Welche bereits angeführte Eintragung in der EDD muss gestrichen, erneuert oder nachgetragen werden?

Alle diese bürokratischen Notwendigkeiten und „Erleichterungen" binden die heutigen Kiberer mehr und mehr an den Schreibtisch. Ermittlungen, Fahndungen und Festnahmen geraten dadurch in den Hintergrund. Die eigentliche Kibererarbeit leidet zunehmend darunter. Verloren gegangene Informationen über die Strukturen, Organisationen und aktuelle Veränderungen in der Halb- und Unterwelt könne man jetzt, bei der *Polizei – neu* (ohne ausgebildete und spezialisierte Kriminalbeamte) auf der zuständigen Polizeiinspektion erfragen, maßregelte mich ernsthaft ein ranghoher Offizier des SPK-Linz, als ich mich erdreistete, auf diesen Umstand aufmerksam zu machen.

Auch die Strafprozessordnung wurde reformiert und trat 2006 in Kraft. Die Strafprozessordnung beinhaltet einige der wichtigsten gesetzlichen Bestimmungen für das Einschreiten der Polizei. Sie regelt die Festnahmebestimmungen, die Grundlagen für eine Hausdurchsuchung, eine Sicherstellung oder eine Telefonüberwachung, wobei massiv in die Grundrechte von Personen eingegriffen wird. Grundsätzlich hat sich durch die Reform der Strafprozessordnung nichts am Einschreiten der Polizei geändert. In manchen Angelegenheiten, wie zum Beispiel bei einer Sicherstellung von Tatwaffen oder Raubbeute, wurde die Vorgangsweise komplizierter und der bürokratische Aufwand erheblich mehr. Ob dies im Sinne der Reformer lag, entzieht sich leider meiner Kenntnis. In der Bezeichnung der Schriftstücke, welche dem Gericht übermittelt werden, gab es grundlegende Veränderungen. Ob diese formalen Änderungen einer Reform bedurft haben, darf bezweifelt werden. Anzeigen, Meldungen, Berichte und Aktenvermerke sind in der neuen Strafprozessordnung (StPO) verpönt. Hier werden Amtsvermerke, Anfallsberichte, Anlassberichte, Zwischenberichte und Abschlussberichte verfasst. Die Bestimmungen der neuen Strafprozessordnung besagen, dass es nur mehr Beschuldigte und Zeugen gibt. Auskunftspersonen und vertrauliche Mitteiler gehören somit der Vergangenheit an und zu vernehmende Personen dürfen auch nicht mehr als solche bezeichnet werden. Die Arbeit der Exekutivbeamten in kriminalpolizeilicher Verwendung wurde durch diese Reform nicht leichter. Im bürokratischen Sinn eher aufwändiger und komplizierter.

Seit der Abschaffung des Wachkörpers Kriminalpolizei, ist die Titulierung „Festnahme durch die Kriminalpolizei" oder „Sicherstellung durch die Kriminalpolizei" bei entsprechenden Maßnahmen durch die neue Strafprozessordnung zwingend vorgeschrieben. Jeder Exekutivbeamte, der im Sinne der Strafrechtspflege tätig wird, handelt laut neuer StPO als Kriminalpolizei.

Somit ist einem Außenstehenden schwer verständlich zu machen, dass im Zuge der Polizeireform, der eigenständige Wachkörper der Kriminalpolizei abgeschafft wurde. Ein Schelm, der Schlechtes denkt, wie ich meine.

Es ist kaum zu glauben, aber der Stellenwert der Kriminalpolizei und der Kriminalbeamten (Kiberer) verliert zusehends an Wert. Diese Tatsache ist mit einem einfachen Beispiel belegbar. Der Sicherheitsdirektor der SID OÖ. kommt aus dem Lager der uniformierten Sicherheitswache und verfügt über keine spezielle kriminalpolizeiliche Ausbildung. Der Landespolizeikommandant für OÖ. und dessen Stellvertreter haben ihre Wurzeln bei der ehemaligen Gendarmerie und

somit ebenfalls keine kriminalpolizeiliche Ausbildung nach dem Muster der abgeschafften Kripo bei der Polizei. Der Stadtpolizeikommandant von Linz stammt aus den Reihen der uniformierten Sicherheitswache und besitzt ebenfalls keine spezielle kriminalpolizeiliche Ausbildung. Jedoch besitzt er den Ruf, ein echter „Uniformierter“ zu sein. Der Stellvertreter des Stadtpolizeikommandanten von Linz und Leiter des Kriminalreferates kommt zur Abwechslung wieder aus der Gendarmerie – spezielle kriminalpolizeiliche Ausbildung: Fehlanzeige. Der Stellvertreter des Leiters des Kriminalreferates stammt aus den Reihen der Kriminalpolizei der ehemaligen BPD Linz und ist somit der erste leitende Beamte in Oberösterreich mit kriminalpolizeilicher Ausbildung. In der Hierarchie bedeutet dies den 6. Platz für diesen Offizier des SPK Linz. Dessen Stellvertreter verfügt ebenfalls über keine kriminalpolizeiliche Ausbildung, da er aus dem Stande der aufgelösten Zollwache seinen Weg zur Polizei gefunden hat. Der Letzte im Bunde der leitenden Beamten verfügt über eine kriminalpolizeiliche Ausbildung nach dem Muster der ehemaligen Polizei.
Der Leiter des Landeskriminalamtes OÖ. kommt zwar aus den Reihen der Polizei und verfügt über eine akademische Bildung, jedoch über keine kriminalpolizeiliche Ausbildung. Dessen Stellvertreter kommt aus der ehemaligen Gendarmerie und dort war, wie jedermann weiß, eine kriminalpolizeiliche Ausbildung nicht notwendig, um als „Kriminalbeamter“ tätig zu sein.
Ob dieses kleine Beispiel ein Grund für das stark sinkende Niveau bei der Bekämpfung der Kriminalität ist, vermag ich nicht zu beurteilen. Vermehrt wird von den verschiedensten Stellen auf das sinkende Niveau bei der Kriminalitätsbekämpfung, den sogenannten Kriminalitätsakten, hingewiesen und mehr Professionalität eingefordert.

Aufhorchen lässt ein Zentralausschuss-Informer der FCG/KdEÖ vom August 2010 (www.polizei-fcg.at), der auf eine Fachausbildung Kriminaldienst verweist. Darin steht geschrieben:

Durch eine ARGE innerhalb der SIAK wurde ein Konzept einer (spartenspezifischen) Fachausbildung für all jene Beamtinnen und Beamten erarbeitet, die nach erfolgreicher Absolvierung der Grundausbildung für die Verwendungsgruppe E2a für eine Dienstverrichtung im Kriminaldienst – konkret bei einem Landeskriminalamt oder bei einem operativen Kriminaldienst eines SPK vorgesehen sind bzw. eine solche anstreben.

Darüber hinaus soll der Zugang zur Fachausbildung für den Kriminaldienst auch anderen, überwiegend im Kriminaldienst verwendeten Beamten möglich sein und so zu einer weiteren Professionalisierung der kriminalpolizeilichen Arbeit beitragen. Allgemeine Voraussetzung für die Teilnahme an der Fachausbildung ist eine mindestens zwei Monate dauernde praktische Verwendung im Kriminaldienst in einem Ermittlungs- oder Assistenzbereich eines LKA oder in einem Fachbereich des operativen Kriminaldienstes in einem SPK (außer Wien).

Den Verantwortlichen erscheint eine Ausbildungsdauer in diesem Bereich von 160 Unterrichtseinheiten/Stunden als ausreichend. Die Fachausbildung besteht aus 16 Themenblöcken/-bereichen in der Dauer von 4 bis 24 Unterrichtseinheiten/Stunden.

Ein winziger Schritt in die richtige Richtung, der allerdings abermals die Frage aufwirft: Warum wurde die spezielle, einjährige Ausbildung zum Kriminalbeamten in Form eines Kripochargenkurses, mit nachfolgender Spezialisierung in einem Referat nach dem Muster der ehemaligen Polizei, abgeschafft?

Nach fünf Jahren der Veränderungen durch die Polizeireform war es Zeit für einen Rückblick. Die angesprochenen Veränderungen trafen aber nicht alle Beteiligten in derselben Form. Für die Kollegen auf den ehemaligen Gendarmerie-Posten und jetzigen Polizeiinspektionen änderte sich nichts Wesentliches. Die Farbe der Uniform und die Umbennung von Gendarmerie auf Polizei waren die gravierendsten Änderungen. Die Aufwertung des Landeskriminalamtes und die Abwertung der Stadtpolizeikommandos, samt Abschaffung des eigenständigen Wachkörpers der Kriminalpolizei, waren da schon von anderem Kaliber und Bedeutung.

„No na net" wird und wurde die Reform von den zuständigen Reformern und Führungskräften verteidigt und als Erfolg verkauft. Die Institution Polizei hat sich diese Reform jedoch nicht verdient.

Die „Kronenzeitung" titelt am 9. 7. 2010 einen Artikel auf Seite 24 wie folgt:

Fünf Jahre umstrittene Polizeireform.
„In den Köpfen gibt es noch Gendarmen!"

Bezeichnend für die Situation bei der Polizei nach der erfolgten „Gendarmerisierung" durch die Polizeireform scheint mir die Tatsache, dass zu diesem brisanten Thema ausgerechnet zwei Personalvertreter des Landespolizeikommandos/ Landeskriminalamt befragt werden, die aus dem Kreise der Gendarmerie kommen.

Im Artikel selbst wird aus diesem Grund einiges verwechselt und nicht real wiedergegeben. Vor der umstrittenen Reform gab es eine klare örtliche Trennung zwischen Stadt und Land und somit auch zwischen Polizei und Gendarmerie. Bei der Polizei gab es die uniformierte Sicherheitswache und die zivile Kriminalpolizei mit klar getrennten Kompetenzen. Im ländlichen Raum, außerhalb der Städte Linz, Wels und Steyr für Oberösterreich war die Gendarmerie bzw. deren Kriminalabteilung verantwortlich. Durch die Reform wurden diese örtlichen und auch sachlichen Zuständigkeiten aufgehoben und eine Ober- und Unterordnung der verschiedenen Dienststellen erst geschaffen. Dieser Umstand führte zu den erwähnten Reibungspunkten, denn vor der Reform waren die örtlich zuständigen Kripo-Einheiten dem übergreifenden Landeskriminalamt NICHT unterstellt. Zu diesem Faktum darf ich die Statements der befragten „Personalvertreter“ und leitenden Beamten aus dem Stande der damaligen Kriminalabteilung OÖ. und dem KI der BPD Linz (Kriminalbeamteninspektorat) in Erinnerung rufen, welche offensichtlich über wahrsagerische Fähigkeiten verfügten.

Wie unterschiedlich können doch die Auslegungen der Tatsachen und wie unendlich groß der Unterschied zwischen Theorie und Praxis sein.

Nach mehr als 30 Dienstjahren engagierter und erfolgreicher Polizeiarbeit auf das berufliche Abstellgleis, ohne Verantwortung und Aufstiegschancen abgeschoben zu werden und für die letzten Dienstjahre zum Lückenbüßer verdammt zu sein, ist eine Sache, mit der es fertigzuwerden gilt.

Ein bereits zitierter kultiger TV-Kiberer wird in seinem letzten Kinofilm gefragt, ob er Polizist sei. Dieser antwortet darauf: *„Ich bin kein Polizist, ich arbeite nur bei der Polizei!“*

Ein wahres Wort, dessen tieferer Sinn den sprichwörtlichen Nagel auf den Kopf trifft. Als gelernter Polizist und ausgebildeter Kriminalbeamter fällt es mir immer schwerer, mich mit der Polizei in der jetzigen Form zu identifizieren. In unzähligen Gesprächen mit Kollegen wurde mir klar, dass ich mit meiner Meinung nicht alleine dastand.

Da erscheint mir der Artikel „Kriminalpolizeilicher Erfolg ist eine Motivationsfrage“ aus der Zeitschrift *kripo.at, Ausgabe 2010/Nr.: 4* fast wie eine persönliche, beleidigende Verhöhnung.

***

Der Weg in die Privatwirtschaft, sobald man sich jenseits der magischen Altersgrenze von 50 bewegt und die letzten 30 Jahre damit verbracht hat, diversen Falotten hinterherzujagen, ist kein sehr verlockender und aussichtsreicher – er wurde von mir aber tatsächlich ernsthaft in Erwägung gezogen.

Mit dieser Feststellung möchte ich meine rein private Bestandsaufnahme und persönliche Gewissensarbeit über dreißig Jahre im Polizeidienst beschließen. Ein persönlicher Rückblick auf einen Beruf, der zu meiner Berufung wurde und sich schlussendlich zu einer krankmachenden Belastung entwickelte.

Selbstverständlich konnten nicht alle erfolgreichen Amtshandlungen im Buch geschildert werden. Manche davon fanden dennoch den Weg in die Medien, wie die folgenden Seiten beweisen …

Freitag, 30. Oktober 1998 — LOKALES — Seite 11

Gesuchter Ganove (20) wollte dem Super-Sportler der Linzer Kripo davonlaufen:

Marathon-Mann stellte Räuber

Just jenem Linzer Kriminalpolizisten, der Australien und Amerika per Rad durchquerte und pro Jahr 10.000 Kilometer strampelt, wollte ein gesuchter Räuber (20) davonlaufen. Nach nur 200 Metern Verfolgung war die wilde Flucht aber schon zu Ende – klarerweise hatte der Super-Sportler der Exekutive den längeren Atem.

Im Vorjahr radelte der sympathische Kriminalpolizist Karl Traunmüller (42) bei der „Crocodile Trophy" durch Australien, 1994 hatte er auf den 5000 Kilometern beim „Race Across Amerika" selbst in der schlimmsten Hitze-Hölle den Lenker seines Bikes fest im Griff. „Heuer hatte ich eine Trainingspause, ich bin nur etwa 10.000 Kilometer geradelt", plant der Sportler für 1999 bereits ein neues Abenteuer.

Diesem Athleten versuchte Mittwoch abend der aus der Strafanstalt Klagenfurt entflohene Räuber Johann G. (20) in Linz davonzulaufen. „Dienstag nacht hatte

VON R. SCHMITT JUN.

der Gesuchte erneut einen Raub begangen, sein Opfer an der Eisenhandstraße niedergeschlagen. Einen Tag später fanden wir ihn in einem Restaurant an der Bethlehemstraße – er lief sofort davon", jagten Traunmüller und sein Kollege hinterher.

Nach einer wilden Verfolgungsjagd – der Täter lief sogar über Dächer geparkter Pkw – hatte der Kripo-Spitzensportler den um Luft ringenden Ganoven eingeholt und zu Boden geworfen. Ein Autofahr… der das Geran… …alt sah, rief über … Verstärkung für … …mten, die Funk… …e den Räuber …nhaus ein.

Foto: Horst Egger

Super-Sportler Karl Traunmüller hatte den Räuber rasch eingeholt

200.000 S Schaden durch Autoknacker

Durch einen aufmerksamen Bediensteten des Wachdienstes konnte einem Einbrecher und Autoknacker, der innerhalb eines Jahres mindestens 200.000 Schilling Schaden angerichtet hat, das Handwerk gelegt werden. Der Wachmann hatte einen Verdächtigen beobachtet, der sich in der Nacht zum Sonntag bei der Tankstelle an der Linzer Gürtelstraße zu schaffen machte. Alarmierte Polizisten stellten den Mann, der Einbruchswerkzeug bei sich hatte. Im Verhör gestand der Täter, der arbeitslose [redacted] (29) aus Linz, seit Juli vergangenen Jahres 41 Einbrüche verübt zu haben. Allein an acht Autos, die er in einer Tiefgarage knackte, hatte er 80.000 Schilling Schaden angerichtet. [redacted] hatte es vorwiegend auf Wertgegenstände abgesehen. Der Großteil der Beute konnte sichergestellt werden.

Richtige „Nase" führte Polizei zu Einbrecher

LINZ. Aufmerksame Passanten und die richtige „Nase" der Linzer Polizei führten gestern zur Verhaftung des Einbrechers [redacted] in Linz. [redacted] versuchte vorerst gegen 5.30 Uhr in ein Lokal in der Linzer Schillerstraße einzubrechen. Die Glasfüllung der Eingangstüre hatte er bereits eingeschlagen, da wurde er von Passanten vertrieben.

Aufgrund der Personenbeschreibung wurde sofort eine umfangreiche Fahndung eingeleitet.

Die Polizisten kontrollierten dabei auch den bereits mehrfach von Einbrechern „besuchten" „Western-Saloon" in der Neuen Welt und waren erfolgreich – [redacted] wollte gerade neuerlich einbrechen.

Wohnung demoliert

LINZ. Wie ein Berserker wütete gestern nachmittag der 45jährige beschäftigungslose [redacted] (Bild) in der Wohnung seiner ehemaligen Quartiergeberin in Linz, Weingartshofstraße 30. [redacted] war stark alkoholisiert in die im ersten Stock gelegene Wohnung von Hertha Sch. eingedrungen und hatte ihr nach einem Streit einen Teil der Einrichtung demoliert. Dabei riß er auch das Telefonkabel aus der Verankerung, um die Frau daran zu hindern, die Polizei anzurufen. Nachbarn, die den Mann herumtoben hörten, verständigten schließlich die Polizei, die den Rabiaten bändigte und abführte. In der Wohnung von Frau Sch. entstand ein Sachschaden in der Höhe von mindestens 20.000 Schilling.

TAGBLATT-Foto: Harrer

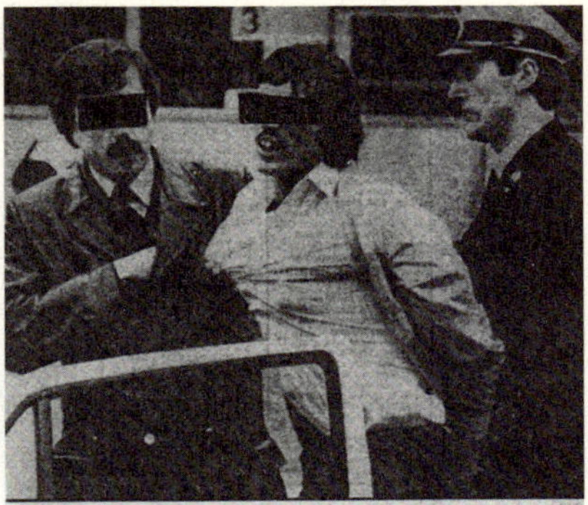

Linz: Wilde Szenen bei Festnahme

Wilde Szenen spielten sich bei einem Polizeieinsatz auf dem Vorplatz des Linzer Hauptbahnhofes ab: Als Beamte einer Funkstreifenbesatzung das Auto des Harald R. (27) aus Graz routinemäßig unter Augenschein nahmen, leistete der Lenker des „Ami-Schlittens" unerwartet aggressiven Widerstand. Es gelang ihm zwar, zu Fuß zu flüchten, er wurde aber dann von Polizisten eingeholt und gestellt. Nochmals versuchte Harald R., sich loszureißen, doch gelang es dann Beamten, den renitenten Grazer in einen Funkstreifenwagen zu verfrachten. Später stellte sich heraus, warum sich der Mann der Amtsh... g widersetzt hatte: er hatte sein Fahrzeug ohne Führerschein ge...

Foto: Egger

Sondereinheit schnappte „gesuchten Verbrecher"

LINZ. Ihr Können und ihre Kampfkraft demonstrierten gestern nachmittag 20 Mann des mobilen Einsatzkommandos der Linzer Polizei bei einer Übung in der Ortskampfanlage in Treffling.

Der Wirt eines Gasthauses verständigt die Polizei, da er in einem seiner Gäste einen gesuchten Verbrecher zu erkennen glaubt. Der im ersten Stock wohnende Gangster sieht die eintreffenden Beamten und beginnt sofort zu schießen. Die Sondereinheit wird verständigt, die bestens geschulten Polizisten treffen Minuten später am Schauplatz ein.

Mehrere Aufforderungen sich zu ergeben sind zwecklos, die Vorbereitungen zum Sturm des Hauses beginnen. Vier Mann pirschen sich auf der Vorderseite an, zwei Mann klettern auf den Dachboden. Eine abgefeuerte Tränengasgranate ist das Zeichen für den Angriff. Die Männer stürzen blitzschnell durch die Tür und die Fenster ins Zimmer und überwältigen den „Verbrecher".

Mit Messer gegen Polizisten

LINZ. Mit einem Stilett versuchte am Mittwoch früh ein ertappter Einbrecher Linzer Funkstreifenpolizisten einzuschüchtern. Ein Taxifahrer hatte den Mann beobachtet, wie er die Glastüre eines Lokales in der Schillerstraße eingeschlagen hatte und geflüchtet war. Der 30jährige Linzer [redacted] wurde von den Beamten trotz einer heftigen Gegenwehr verhaftet.

Torten-Edi sucht Weihnachtsfrieden im Gefängnis Er betrog viele und sich selbst wohl am meisten

VON SABINE NOVAK

LINZ. Schon 23 Jahre seines Lebens saß Edi wegen Betrügereien im Gefängnis. Einen Monat vor Weihnachten schneite der 65-Jährige bei „seinem" Linzer Kriminalisten herein und stellte sich. Edi sehnt sich nach einer warmen Zelle.

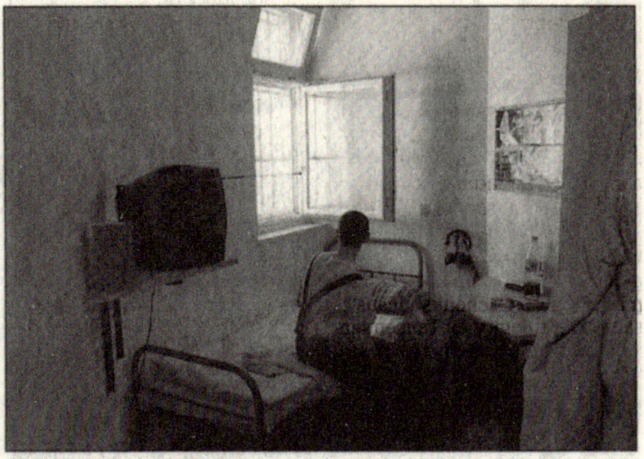

Wer will schon freiwillig ins Gefängnis? Foto: Wassermann

Nach seiner Entlassung im Februar hat Edi wieder seine alte Gaunermasche weitergestrickt. Gleich in der Früh geht [illegible] Geschäfte und bestellt Leberkäse mit Semmeln oder Torten en gros für Geburtstagsfeiern. Und verspricht, alles gegen Mittag abzuholen. Aber schon eine Stunde später taucht er wieder auf und mimt Verzweiflung. Er habe mit drei Bier intus einen Unfall gebaut und nur 2000 Schilling eingesteckt. Der Unfallgegner wolle aber 5000, sonst würde er die Polizei einschalten. Viele hilfsbereite Verkäuferinnen ließen sich erweichen. Bei acht von zehn sei er erfolgreich, weiß der erfahrene Gauner, der sich damit immerhin den Spitznamen Torten-Edi verdient hat. Und sein deutscher Akzent ziehe dabei besonders gut.

Dass die meisten Frauen, die ein Herz für ihn hatten, von ihrem ohnehin nicht üppigen Gehalt den Schaden selber zahlen mussten, lässt ihn nicht ganz kalt: „Es ist schon unrecht was ich tue, aber ich muss doch auch leben", erklärt er „seinem" Kriminalisten Karl Traunmüller. Für den Kripo-Mann war Edi einer der ersten Klienten in seiner Karriere, die er ins Gefängnis schickte. Seither schreibt ihm Edi manchmal sogar Briefe aus der Zelle.

Dass Traunmüller mittlerweile Gewaltdelikte bearbeitet, ist ihm egal. Er kam zu „seinem Kieberer", um die erneuten Gaunereien zu gestehen. Insgesamt zehn an der Zahl diesmal. Etwa ein Jahr Haft dürfte ihm wohl abermals sicher sein. Jetzt sitzt er erst einmal in U-Haft und wartet auf die Verhandlung. „Vielleicht kriege ich meinen alten Job als Abwäscher in der Gefängnisküche wieder", hofft Edi.

Die Geschichte vom legendären Torten-Edi wird ausführlich auf S. 88 – 93 geschildert.

20jähriger raste auf Flucht vor Polizei mit Auto gegen Pflock

LINZ (OÖN-fb). Auf der Flucht vor einer Funkstreife der Polizei raste in der Nacht zum Donnerstag der Tankwart Franz Prückl (20) in seinem Wohnort Linz gegen einen Eisenpflock, der zum Festmachen von Schiffen verwendet wird. Prückl erlitt einen Schädelbruch mit Gehirnaustritt. Die Ärzte im Unfallkrankenhaus zweifeln an seinem Aufkommen.

Ein Hauch von Nostalgie:

Als SWB des Wachzimmers Derfflingerstraße in den 1980er Jahren – beim Verfassen einer Anzeige mittels mechanischer Schreibmaschine und viel Blaupapier.
Im Hintergrund ist ein damals hochmoderner Fernschreiber zu erkennen …

Übernahme eines neuen Streifenwagens.

Am Vienna International Airport bei der Kranich-Truppe.

Für Terroranschlag gewappnet

Eine wirklichkeitsnahe Übung führte gestern das Mobile Einsatzkommando der Linzer Polizei (MEK) auf dem Truppenübungsplatz Treffling bei Linz durch. Die Übung bestätigte eindrucksvoll die Schlagkraft dieser 40 Mann starken Gruppe. Bericht Seite 5. Foto: Volksblatt/Schwarz

Nachrichten FREITAG, 3. OKTOBER 1986

Verbrecherjagd *In der Ortskampfanlage in Treffling übte gestern das Mobile Einsatzkommando der Linzer Polizei die Überwältigung eines Verbrechers, der sich in einem Haus versteckt, um sich schießt und mit einer Bombe droht. Der „Verbrecher" wurde mit Tränengas beschossen, dann griffen die Polizisten durch Tür und Fenster an und nahmen ihn planmäßig fest.* Foto: OÖN/Aigner

Auf außergewöhnlich großes Medieninteresse stieß eine der spektakulären Übungen des Mobilen Einsatzkommandos. Ein (simulierter) Terrorüberfall mit Geiselnahme wurde mit Hubschraubereinsatz, Abseilmanövern sowie dem Stürmen eines Gebäudes erfolgreich und unblutig zu Ende gebracht.
Auch die Herrschaften des BMfI, die extra aus Wien angereist kamen, zeigten sich beeindruckt.

Erinnerungen an meinen Vater – in den 1950er Jahren bei der Strompolizei Linz. Er hatte mir die Berufslaufbahn des Polizisten seinerzeit nahegelegt …